凝煉知識 品味閱讀

朱子《詩經》學新探

黃 忠 慎 著

國立政治大學中國文學博士
國立彰化師範大學國文系教授兼系主任

五南圖書出版公司 印行

自序

筆者近幾年來的研究依然是以《詩經》為主。因為這樣的緣故，我對於新出爐的以《詩經》學為題材的博碩士論文格外地注意。我發現有兩位古代的《詩經》學大家被年輕學者反覆地研究，那就是宋代的朱子與清代的姚際恆。有趣的是，姚氏對於朱子《詩經》學的批判是不遺餘力的，當然這是題外話，在此無須多述。撰寫博碩士論文的莘莘學子在尋覓資料的方便性上，拜資訊科技發達之賜，確是比以往的研究者佔了一些便宜，很多當年未曾正式出版的論文，或登載於早已停刊的雜誌上小文章，也都被現在的研究生挖了出來。在這樣的情形之下，筆者的老掉牙的論文《宋代之詩經學》常被研究生拿來作為檢視朱子《詩經》學的成果之一，也就沒什麼稀奇了。可惜的是，筆者對於三百篇的詮釋觀點早已有了巨大的轉變，早期所作的那本《宋代之詩經學》中的朱子的單元，幾年前我就已棄若敝屣。在從未聞舊作可以登報作廢的情況之下，筆者只好撰寫這本《朱子詩經學新探》，以今日之我向昨日之我宣戰，爾後有人要檢討有關朱子《詩經》學的研究成果時，筆者必須大聲地說，請把焦點放在本書上，忘了《宋代之詩經學・朱子之詩經學》的存在！

眼尖的讀者很快就會發現，本書論文註解遇到參考資料再度使用時，有兩種不同的方式，一是言明同註幾頁幾，或同註幾所引書頁幾，二是書名或篇名照寫，但不再註明出版地、出版社與出版年，以上兩種方式都仍在學界沿用，本書論文兩種都予以試用，但要提醒讀者，第二種方式在修改稿件時比較人性化，第一種方式的最大缺點是當作者補充一個註解時，新註解後面的所有註解涉及「同註幾」的都要隨機更正才行，比方說，我們在註8之後新添一註解，註9以後的同註幾的那個數字都得加1，如果幾日後，我們發現原稿還必須加上兩個註解，光是修正那些「同註幾」的部分，就讓人大嘆吃不消了。

另外要說明的有兩點，其一，〈董仲舒詩無達詁說析論〉一文放在「附編」中是有道理的，只緣筆者以往忽略了《詩》無達詁的事實，才在一些舊作中犯了致命的錯誤，而現在本書正編各文都有「《詩》無達詁」的觀念橫亙在其中，將〈董〉文置於「附編」，不僅合理，甚且有提醒讀者的作用。其二，筆者在〈關於朱子詩經學的評價問題〉中說道：「要想對朱子《詩》學擁有整體性的認識，至少要先熟讀朱子的《詩集傳》、《詩序辨說》、朱鑑的《詩傳遺說》、黎靖德編《朱子語類》八〇、八一兩卷，參考朱子《論語或問》中關於《詩經》的一些意見，呂祖謙《呂氏家塾讀詩記》、王柏《詩疑》、劉瑾《詩傳通釋》、輔廣《詩童子問》各書，再輔以朱子之前、之時、之後的《詩經》研究狀況史料。」很遺憾的，筆者在撰寫本書的過程中，因為身體出現了一些狀況，雖已針對以上的資料作過精詳的點讀，並已將《論語或問》中涉及《詩經》的部分，以及《呂氏家塾讀詩記》所引的「朱子曰」都勾畫出來，但已無餘力再撰述相關之作，所幸彰化師大國文研究所暑期碩士學位班某生，允我願以《論語或問》與《呂氏家塾讀詩記》為範圍，研究朱子的《詩經》學，而王柏之部分，一則有著名學者程元敏先生作過研究，二則其刪《詩》理論已見本書〈貽誤後學乎？可以養心乎？——朱子「淫詩說」理論的再探〉一文，是以暫時略過應屬無妨；至於《朱子語類》有關《詩經》學的言論，本書各文隨處都可見著，似無再立專題的必要；倒是劉、輔二氏之書，筆者翻閱之後，認為雖然對於吾人確認朱子在《詩經》學史上的地位，所能提供的線索與資訊，不是原先筆者所想的那麼管用，但若尚無人作專門的研究，建議研究生以之為題，撰寫學位論文，還是可以的；以上所述，若都逐一完成，關於朱子《詩經》學的研究應可暫告一段落，畢竟值得觀察的《詩經》研究者與《詩經》學著作還有很多，一直在名家名著上著墨，不能說是聰明之舉，而吾人印象中較無分量之作，有時實也未必盡然，例如：明儒季本那被清代的姚際恆譏為平庸的《詩說解頤》，筆者近日卻讀出了季氏用心之所在，也撰出了〈季本《詩說解頤・總論》析評〉一文，並在彰化師範大學國文系論文研討會上發表完畢，假若身體狀況許可，筆者也有可能另撰完整的《季本詩說解頤研究》之作。香港學者李家樹先生在其大作《王質詩總聞研究》（臺北：文史哲出版社，1996年7月）中說「一本被忽略和被低估了的著作，是值得研究者多花功夫、多費筆墨將它的內容真相和歷史地位揭示出來的」，基本上，沒有人可以否認這樣的說法。當然，換個角度來看，名家之所以為名家，名著之所以為名著，通常是其來有自的，僅以朱子為例，其研《詩》說《詩》確實有獨到之處，過度高估雖有迷信權威之嫌，踐踏於地卻也難免誣枉了先賢，希望藉著本書的問世，朱子《詩經》學應該獲得怎樣的評價，大致可以就此確定。

黃忠慎

公元2001年9月

誌於白沙山莊研究室

目錄

附　編

正　編

第一篇　朱子《詩序辨說》新論——以二〈南〉二十五篇為中心的考察

第二篇　貽誤後學乎？可以養心乎？——朱子「淫詩說」理論的再探

第三篇　關於朱子《詩經》學的評價問題

第一篇

朱子《詩序辨說》新論
——以二〈南〉二十五篇為中心的考察

關於《詩序辨說》

朱子在撰畢《詩集傳》之後，又有《詩序辨說》（以下視情況得簡稱《辨說》）之作。[1] 此書旨在挑出〈序〉說之不可盡信或文句稍

[1] 朱子自言：「某因作《詩傳》，遂成《詩序辨說》一冊。其他繆戾，辨之頗詳。」見黎靖德：《朱子語類》（臺北：華世出版社，1987年），第6冊，卷80，頁2079。今人束景南以為《辨說》完成於南宋孝宗淳熙十三年（1186年）。詳束景南：〈朱熹作《詩集解》與《詩集傳》考〉，《朱熹佚文輯考》（南京：江蘇古籍出版社，1991年），頁669-674。

有瑕疵者百餘篇（但亦有不少詩篇，如〈樛木〉、〈芣苢〉、〈汝墳〉、〈行露〉……等，〈序〉說獲得《辨說》的認同），由於本書乃是專為〈詩序〉而作，以此可粗略得知，朱子雖被視為反〈序〉之大將，但三百餘篇的〈序〉說，只有約莫三分之一遭朱子指出有較明顯的瑕疵，這和後世的某些學者全盤反對〈詩序〉，在精神上實有天壤之異。[2] 不過，《詩集傳》依從〈詩序〉之說者大約是百分之二十七，[3] 易言之，尚有三分之一左右的詩篇，朱子在《詩集傳》不願屈從〈序〉說，但在刻意辨解〈序〉說謬誤的《辨說》中又並未特別指出其絕不可信，在尚未作精密的探究之前，姑且方便稱之為這是朱子面對〈詩序〉的灰色地帶。[4]

民國七十七年，筆者曾有《南宋三家詩經學》之拙作，書中針對《辨說》之主要見解作出了簡單的述評，近年又有中央研究院的楊晉龍先生撰有〈朱熹《詩序辨說》述義〉之宏文，楊先生在結論「朱子強調的即詩求義的方法，也的確對後世詮解《詩經》的學者有所啟發，至少不再以〈詩序〉之論為唯一定解，這不能不歸功於朱子的影響。」之語中，加了這樣的註解：「黃忠慎：《南宋三家詩經學》

---

2 眾所周知，近世頗不乏說《詩》全盤否認〈詩序〉者，僅以吳闓生《詩義會通》為例，吳氏認為〈詩序〉之以古說《詩》，惟〈甘棠〉、〈新臺〉最為有據，（吳闓生：《詩義會通》，頁 12、33，臺北：洪氏出版社，1977 年）言下之意，似是表示其餘之〈序〉說充其量僅是古義，並無實據。

3 詳楊晉龍：〈朱熹《詩序辨說》述義〉，結論第 9 條的說明。（臺北：中研院文哲所《中國文哲研究集刊》，1998 年 3 月，第 12 期，頁 348。）

4 按楊晉龍先生謂「朱子《詩集傳》依從〈詩序〉之說者，高達百分之二十七」，李家樹先生卻說：「我曾經做過統計，用〈國風〉一百六十篇為例，發覺朱熹遵從〈序〉說的幾乎達到百分之七十，其他〈小雅〉、〈大雅〉和三〈頌〉更是不用說了。」《詩經的歷史公案》（臺北：大安出版社，1990 年），頁 121。楊、李二氏之統算出入極大，或許前者所謂依從是指全盤接受，後者所謂遵從是指《朱傳》與〈序〉說差異不大，這有待進一步的瞭解，依筆者之閱讀經驗，《朱傳》依從〈序〉說者當不只百分之二十七，但以楊先生大文後出，姑先用其說，日後有機會再進行〈詩序〉與《朱傳》重新的比較考析。

（台北：台灣商務印書館，1988 年），頁 192-246，曾歸納《詩序辨說》之主要見解為 100 條，可參看。惟其主旨在述《詩序辨說》之內容，本文則旨在說明《詩序辨說》寫作之目的與原因，重點有別。」[5] 楊先生大作對於吾人瞭解朱子《辨說》的創作背景與用意，確有頗大之助益，但筆者舊文主旨並非在「述《詩序辨說》之內容」而已，也有評論之用意在裡面，只是當初筆者一則忽略《詩》無達詁乃為天經地義的事實，再則受了時潮之影響，對於〈詩序〉並無好感，因而有意無意地在字裡行間快意鄙薄〈序〉說，邇來每思及此，未嘗不為之汗顏，茲再重讀《辨說》，此時已充分明白「詩有作詩者之心，而又有采詩、編詩者之心焉。有說詩者之義，而又有賦詩、引詩者之義焉。作詩者自道其情，情達而止，不計聞者之如何也。即事而詠，不求致此者之何自也」，[6]「有作詩之誼，有讀詩之誼，有大師采詩、瞽矇諷誦之誼，有周公用為樂章之誼，有孔子定詩建始之誼，有賦詩、引詩節取章句之誼，有賦詩寄託之誼，有引詩以就己說之誼」[7] 的道理，面對朱子《辨說》，自然而然覺得與以往有截然不同的感受，茲以二〈南〉在多數古人心中為三百篇中最重要的單元，乃正始之道，王化之基，為《詩》之正經，[8] 甚至還有學者主張〈南〉應該

5 見註 3 所引《集刊》頁 349。

6 魏源：《詩古微・齊魯韓毛異同論》，《皇清經解毛詩類彙編》（臺北：藝文印書館，1986 年），頁 3132。

7 龔橙：《詩本誼》（《半厂叢書》本），〈序〉。

8 〈關雎・序〉：「〈周南〉、〈召南〉，正始之道，王化之基。」孔穎達《毛詩正義》（臺北：藝文印書館《十三經注疏》本）：「〈周南〉、〈召南〉二十五篇之詩，皆是正其初始之大道，王業風化之基本也。高以下為基，遠以近為始，文王正其家，而後及其國，是正其始也；化南土以成王業，是王化之基也。」（頁 19）鄭玄《詩譜》：「文武之德，光熙前緒，以集大命於厥身，遂為天下父母，使民有政有居。其時詩〈風〉有〈周南〉、〈召南〉，〈雅〉有〈鹿鳴〉、〈文王〉之屬。及成王、周公致太平，制禮作樂，而有頌聲興焉，盛之至也。本之由此風雅而來，故皆錄之，謂之《詩》之正經。後王稍更陵遲，懿王始受譖亨齊哀公，夷身失禮之後，邶不尊賢。自是而下，厲也，幽也，政教尤衰，周室大壞……故孔子錄懿王、夷王時詩，

獨立於〈國風〉之外，與〈風〉、〈雅〉、〈頌〉相提並論，[9]故以之為對象，秉持最客觀的精神，重新檢視《詩序辨說・二南》的內涵。有待說明者，《詩序辨說》的版本有《津逮秘書》本、《學津討原》本、《西京清麓叢書》正編本、《朱子遺書》重刻合編本、《五經補綱》本與《叢書集成初編》本，諸本內容無甚差異，筆者所用的是北京中華書局於1985年出版的《叢書集成初編》本，扉頁書名《詩序》，書名下署名毛萇傳述，朱熹辨說，次頁註明「此據《津逮秘書》本排印，《初編》各叢書僅有此本」，隨後附上《四庫全書提要》之文，文末有云：「今參考諸說，定〈序〉首二語為毛萇以前經師所傳，以下續申之詞，為毛萇以下弟子所附，仍錄冠詩部之首，明淵源之有自，併錄朱子之《辨說》，著門戶所由分，蓋數百年朋黨之爭，茲其發端矣。《隋志》有顧歡《毛詩集解敘義》一卷，雷次宗《毛詩序義》二卷，劉炫《毛詩集小序》一卷，劉瓛《毛詩序義疏》一卷（《提要》原注：案序、敘二字互見，蓋史之駁文，今仍其舊）。《唐志》則作卜商《詩斗》二卷，今以朱子所辨，其文較繁，仍析為二卷，若其得失，則諸家之論詳矣，各具本書，茲不復贅焉。」今考鄭玄釋六亡詩之〈南陔〉、〈白華〉、〈華黍〉云：「此三篇者，鄉飲酒、燕禮用焉。曰：笙入，立于縣中，奏〈南陔〉、〈白華〉、〈華黍〉是也。孔子論詩，雅頌各得其所，時俱在耳。篇第當在於此，遭戰國及秦之世而亡之。其義則與眾篇之義合編，故存。至毛公為《詁訓傳》，乃分眾篇之義，各置於其篇端云。」陸德

訖於陳靈公淫亂之事，謂之變〈風〉、變〈雅〉。」見胡元儀輯：《毛詩譜》，重編本《皇清經解續編》（臺北：漢京文化公司，出版社未註明出版年），第 8 冊，頁 5191。舊編本在卷 1486 首頁中。

9 宋儒程大昌嘗論古有二〈南〉之名而無〈國風〉之名，且〈南〉、〈雅〉、〈頌〉為樂詩，十三〈國風〉為徒詩，又將四者合稱〈四詩〉，梁任公接受其說，以為〈南〉宜獨立於〈國風〉之外，說詳黃忠慎：《南宋三家詩經學》（臺北：商務印書館，1988 年），頁 101-152。

明《經典釋文》亦曰：「此三篇蓋武王之時，周公制禮，用為樂章，吹笙以播其曲，孔子刪定在三百一十一篇內，遭戰國及秦而亡，子夏序《詩》，篇義合編，故詩雖亡而義猶在也。毛氏訓傳，故引〈序〉冠其篇首，故〈序〉存而詩亡。」[10] 子夏是否作〈序〉，實難確考，[11] 而毛公作《傳》之時，引各篇之〈序〉冠於篇首，鄭、陸等人皆有此說，[12] 若無強而有力的反證，毋庸懷疑。不過值得注意的是，在反對〈詩序〉作於毛公之前的說法中，我們也發現反對者的意見提醒了我們，極有可能毛公引的只是今本各篇〈序〉文中的首句，[13] 如此，我們可以同意〈詩序〉當可分為兩個部分，其一，僅以一句扼要之文解釋篇旨的，姑不論先儒採用的名稱為何，以其為完成於毛公之前的早期之作，不妨逕稱為「古序」，而首句之下申說之語，內容多數較為繁瑣，以其為後續完成之作，不妨稱之為〈後序〉。[14] 以下，筆者在探討《詩序辨說》的得失時，就以〈古序〉、〈後序〉代稱各篇〈序〉文中的前後部分。

---

10 見《毛詩正義》，頁 342-343。《四庫提要》則賅引二氏之文，誤為鄭玄個人之見。

11 近人裴普賢謂「今日對〈大序〉已公認為子夏作」，《詩經研讀指導》（臺北：東大圖書公司，1977 年），頁 25，實則即便是〈大序〉，今人仍未公認是子夏所作。

12 同意毛公作《傳》之時，以〈序〉冠諸篇之首的學者極多，及至清朝，王引之《經義述聞》卷 7〈詩經二十九卷〉也強調這樣的說法。

13 如宋程大昌《詩論》、清朱彝尊《經義考》卷 99 引宋邱光庭《兼明書》、曹粹中《放齋詩說》都有〈詩序〉作於毛公之後的見地，但考其內容，皆在批判〈序〉文首句以下申說之語，無法證明篇題下之句也非毛公之前所作。

14 關於各〈序〉之分為兩節，先儒所給的名稱頗為分拏，如大序、小序、前序、後序、古序、續序……，因為都是後出的名詞，是以始終無法統一，也由此而徒增讀者困擾，尤其是宋儒范處義、清人姚際恆、近人徐復觀稱〈序〉文篇題下之句為小序，其下申解之語為大序，更容易讓人將之與〈關雎・序〉中的那段詩論之為〈大序〉、各篇〈序文〉之為〈小序〉混淆。

二

朱子面對〈詩序〉的基本態度與本文的寫作方式

朱子在詆瑕〈詩序〉之前，先有一段傾向支持《後漢書》所指衛宏作〈毛詩序〉的言論：

〈詩序〉之作，說者不同，或以為孔子，或以為子夏，或以為國史，皆無明文可考，唯《後漢書・儒林傳》以為衛宏作〈毛詩序〉，今傳於世，則〈序〉乃宏作明矣。然鄭氏又以為諸〈序〉本自合為一編，毛公始分以寘諸篇之首，則是毛公之前，其傳已久，宏特增廣而潤飾之耳，故近世諸儒多以〈序〉之首句為毛公所分，而其下推說云云者，為後人所益，理或有之，但今考其首句，則已有不得詩人之本意，而肆為妄說者矣，況沿襲云云之誤哉！然計其初，猶必自謂出於臆度之私，非經本文，故且自為一編，別附經後，又以尚有齊、魯、韓氏之說，並傳於世，故讀者亦有以知其出於後人之手，不盡信也。及至毛公引以入經，乃不綴篇後，而超冠篇端，不為注文，而直作經字；不為疑辭，而遂為決辭；其後三家之傳又絕，而毛說孤行，則其牴牾之釋，無復可見，故此〈序〉者，遂若詩人先所命題，而詩文反為因〈序〉以作，於是讀者轉相尊信，無敢擬議，至於有所不通，則必為之委曲遷就，穿鑿而附合之，寧使經之本文，繚戾破碎，不成文理，而終不忍明以〈小序〉為出於漢儒也。愚之病此久矣，然猶以其所從來也遠，其間容或真有傳授證驗而不可廢者，故既頗采以附《傳》中，而復並為一編，以

還其舊，因以論其得失云。（頁 1）

朱子既認「〈序〉乃宏作明矣」，又強調諸儒所謂〈序〉之首句為毛公所分，其下推說云云者為後人所益之說，「理或有之」，但〈序〉之首句已有肆為妄說之病，況為沿襲云云之誤，言下之意，〈詩序〉完成於衛宏之手之機率不小，即便不是，也可確定為漢人所作，而〈古序〉已多不可信，〈後序〉之錯誤更不用多提，且為了配合鄭玄以為〈詩序〉原本自為一編之論，朱子也將〈詩序〉併為一編而論其得失，至於《辨說》並未指陳所有〈序〉說，主要是因為〈詩序〉的某些論見「容或真有傳授證驗而不可廢者」，但〈詩序〉的哪些說法真有傳授證驗，任何人卻是無法得到確實的驗證，所以我們也可以由此推測，主張以詩之本文解說詩義的朱子，凡遇〈序〉說大致可以配合文本的，他就溫柔敦厚地將之視為「有傳授驗證而不可廢者」。

在肯定了〈詩序〉不是孔子、子夏、國史所作之後，朱子就可以較無心理負擔地辨說起〈詩序〉之謬誤或瑕疵了。

在評述《辨說》之論〈詩序〉前，筆者要先強調的是，朱子對於〈詩大序〉是頗為看重的。如前所言，所謂「大序」一詞，說者不一，朱子是將〈關雎・序〉中「詩者，志之所之也。在心為志，發言為詩」至「是謂四始，詩之至也」這一段文字稱為〈大序〉，這〈大序〉之下，《辨說》未作評論，僅注明「說見〈綱領〉」，（《**辨說》頁 1-2**）事實上，〈大序〉可說是先秦儒家詩論的總結，要想知道朱子對〈大序〉是否不滿，就得翻查〈詩傳綱領〉；全文不足四千字的〈綱領〉見於輔廣所撰的《詩童子問》卷首中，根據大陸學者朱杰人先生的意見，〈綱領〉絕非某些人以為的偽書，它完成於朱子晚年，「囊括了自先秦至南宋以來，最重要的有關《詩經》學的理論建樹和爭論的焦點」。[15] 考朱子歿於 1200 年，享年七十一歲，而完成於 1186 年的《辨說》已有「說見〈綱領〉」之語，則朱子晚年作〈綱領〉之說亦未必十分精確，然〈綱領〉之絕非偽書則無可疑。由〈綱領〉以〈大序〉之言作為起子，接著以提綱挈領的方式交代了諸多有關《詩經》學的理論問題，可見朱子雖對〈詩序〉每有稍嫌不敬之詞，[16]對於〈大序〉則頗為尊重。

〈關雎・序〉中非朱子所謂〈大序〉的部分，以及〈關雎〉之外的其餘各篇〈序〉文，朱子以之為〈小序〉，被朱子評論到的〈小序〉超過一百篇，而為了將《辨說》作全面性的研究，筆者計畫在一連串的寫作中，將三百篇無論朱子是否提出具體意見都一一檢審。本文先處理古人最看重的二〈南〉，日後有機會在檢視其餘十三〈國風〉與二〈雅〉、三〈頌〉時都將如此，不作選擇性的論述。當然，即使因為其他因素，致使筆者不克針對《辨說》作持續性的探究，那麼本文的結論作為對整本《辨說》的觀察也有九成的精準度，差異僅在朱子遵〈序〉篇數百分比的統計上之些微出入而已。

朱子辨說〈周南・詩序〉的檢視

(一)〈關雎〉

〈詩序〉：「〈關雎〉，后妃之德也，風之始也，所以風天下而正夫婦也。故用之鄉人焉，用之邦國焉。風，風也，教也，

---

15 詳朱杰人：〈《詩傳綱領》研究〉，頁：1-20，臺北 2000 年 11 月，漢學研究中心、中研院中國文哲研究所籌備處、國立清華大學中文系主辦，「朱子學與東亞文明研討會：紀念朱子逝世八百週年朱子學會議」論文集抽印本。

16 例如朱子在《語類》卷 80 中同意了鄭樵《詩辨妄》所說〈詩序〉為「村野妄人」所作，在《辨說》中批評〈序〉說淺拙、無理者更是所在多有。

風以動之，教以化之。然則〈關雎〉、〈麟趾〉之化，王者之風，故繫之周公。南，言化自北而南也。〈鵲巢〉、〈騶虞〉之德，諸侯之風也，先王之所以教，故繫之召公。周南、召南，正始之道、王化之基，是以〈關雎〉樂得淑女以配君子，憂在進賢，不淫其色，哀窈窕，思賢才，而無傷善之心焉，是〈關雎〉之義也。」

多數的〈序〉說，朱子以精簡的文字作點到式的批判，〈關雎〉是少數中的例外，在「后妃之德也」五字下，《辨說》曰：「后妃，文王之妃大姒也。天子之妃曰后妃，近世諸儒多辨文王未嘗稱王，則大姒亦未嘗稱后，序者蓋追稱之，亦未害也。但其詩雖若專美大姒，而實以深見文王之德，序者徒見其詞，而不察其意，遂壹以后妃為主，而不復知有文王，是固已失之矣。至於化行國中，三分天下，亦皆以為后妃之所致，則是禮樂征伐，皆出於婦人之手，而文王者，徒擁虛器，以為寄生之君也，其失甚矣。惟南豐曾氏之言曰，先王之政，必自內始，故其閨門之治，所以施之家人者，必為之師傅保姆之助，詩書圖史之戒，珩璜琚瑀之節，威儀動作之度，其教之者有此具。然古之君子未嘗不以身化也，故家人之義，歸於反身，二南之業，本於文王，豈自外哉！世皆知文王之所以興，能得內助，而不知其所以然者，蓋本於文王之躬化，故內則后妃有關雎之行，外則群臣有二南之美，與之相成，其推而及遠，則商辛之昏俗，江漢之小國，兔罝之野人，莫不好善而不自知，此所謂身修故國家天下治者也，竊謂此說庶幾得之。」（頁2）在「〈風〉之始也」四字之下，《辨說》曰：「所謂〈關雎〉之亂，以為〈風〉始是也，蓋謂〈國風〉篇章之始，亦風化之所由也。」（頁2）在「所以風天下而正夫婦也，故用之鄉人焉，用之邦國焉」下，《辨說》曰：「說見二〈南〉總論。邦國謂諸侯之國，明非獨天子用之也。」（頁3）在「風，風也，教也。

風以動之，教以化之」句下，《辨說》曰：「承上文解風字之義，以象言則曰風，以事言則曰教。」（頁3）在「然則〈關雎〉、〈麟趾〉之化，王者之風，故繫之周公。南，言化自北而南也。〈鵲巢〉、〈騶虞〉之德，諸侯之風也，先王之所以教，故繫之召公」句下，《辨說》曰：「說見二〈南〉卷首。〈關雎〉、〈麟趾〉言化者，化之所自出也。〈鵲巢〉、〈騶虞〉言德者，被化而成德也。以其被化而後成德，故又曰先王之所以教。元王即文王也，舊說以為大王、王季，誤矣。程子曰：〈周南〉、〈召南〉如乾坤，乾統坤，坤承乾也。」（頁3）在「〈周南〉、〈召南〉，正始之道，王化之基。是以〈關雎〉樂得淑女以配君子，憂在進賢，不淫其色，哀窈窕，思賢才，而無傷善之心焉，是〈關雎〉之義也」之下，《辨說》曰：「按《論語》孔子嘗言〈關雎〉樂而不淫，哀而不傷，蓋淫者樂之過，傷者哀之過，獨為是詩者，得其性情之正，是以哀樂中節，而不至於過耳。而序者乃析哀樂淫傷各為一事，而不相須，則已失其旨矣。至以傷為傷善之心，則又大失其旨，而全無文理也。或曰，先儒多以周道衰，詩人本諸衽席而〈關雎〉作，故揚雄以周康之時〈關雎〉作，為傷始亂。杜欽亦曰，佩玉晏鳴，〈關雎〉歎之，說者以為古者后夫人雞鳴佩玉去君所，周康后不然，故詩人歎而傷之。此《魯詩》說也，與《毛》異矣。但以哀而不傷之意推之，恐其有此理也。曰，此不可知矣。但《儀禮》以〈關雎〉為鄉樂，又為房中之樂，則是周公制作之時，已有此詩矣。若如《魯》說，則《儀禮》不得為周公之書，《儀禮》不為周公之書，則周之盛時，乃無鄉射宴飲房中之樂，而必有待乎後世之刺詩也。其不然也明矣。且為人子孫，仍無故而播其先祖之失於天下，如此而尚可以為風化之首乎？」（頁3）

【按】：今人多視《詩經》為中國最早的一部詩歌總集，在文學史上佔有極為特殊且重要的地位，然而有文學之《詩經》，也有經學之《詩經》，甚至，只要我們知道《詩經》的研究發展史，我們還得倒過來說，有經學的《詩經》，也有文學的《詩經》，古人（**尤其是唐朝以前**）讀《詩經》可以專注其微言深旨，而不理會各詩的藝術價值，今人讀《詩經》當然也儘可致力於三百篇的文學賞析，但不能因此就對古人的視《詩》為經嗤之以鼻，如若不然，就會像某些學者撰文評介古代的《詩經》學論著，所「介」者幾乎都是書本的撰作體例，所「評」者不外乎是說作者缺乏《詩》之為民歌作品的本質。[17] 如今，吾人必須隨時提醒自己，《詩》絕對是「無達詁」的，細部來說已然如此，更何況是粗略地視《詩經》為單純的民歌總集，粗暴地批評古人說《詩》不懂詩的藝術價值。[18] 以《辨說》對於〈關雎〉篇的說明與小幅度的修正來看，朱子還是以詩說教的傳統式說《詩》者，若非其後還有某些詩篇（**特別是二十三篇朱子的所謂淫詩**）的解釋與〈詩序〉落差較大，我們甚至於還可以說朱子是漢儒《詩教》的強力推廣者。清儒方玉潤以為曾有這樣的話：「〈小序〉以為后妃之德，《集傳》又謂宮人之咏大姒、文王，皆無確證，詩中亦無一語及宮闈，況文王、大姒耶？」[19] 方氏是清朝著名的反〈序〉的《詩經》學家，多數的反〈序〉者跟他一樣，非常喜歡從詩中的字裡行間看〈詩序〉的可信度，他們主張據詩直尋本義，這樣的讀詩、解詩方法，我們當然也必須予以絕對的尊重，但假如可以因此判定〈詩序〉的說法幾乎都是錯的，那麼擁護〈詩序〉的人是否也可以說，正因詩中沒有確切點出角色，所以必須借重〈詩序〉來明白詩人究竟指陳何人何事？〈詩序〉自有其以詩說教的創作背景，它代表某一大段時代

---

[17] 如趙制陽先生的一系列《詩經名著評介》之作，對於〈詩序〉的以史說詩深惡痛絕，而反對〈詩序〉的許多宋代以後的學者，趙氏又批評其無民歌觀念，所以仍然擺脫不了〈詩序〉的影響，大陸學者有類此觀念者尤其多，不便枚舉。

[18] 詳黃忠慎：〈董仲舒詩無達詁說析論〉，《鵝湖月刊》第 293 期（1999 年 11 月），頁 1-15。

[19] 方玉潤：《詩經原始》（臺北：藝文印書館，1981 年），上冊，頁 166-167。

（**幾乎可以涵蓋先秦至兩漢**）某一學派學者對於三百篇的詮釋，後世的讀者，相信〈詩序〉字字珠璣而全然接受，與完全否決〈詩序〉且恨之入骨，都是失之偏頗的態度。而就朱子《詩序辨說》的肯定他所謂的〈大序〉以及修正部分〈關雎・序〉觀之，吾人已可推測他對於〈詩序〉並不是很滿意，但絕無打倒〈詩序〉的想法，否則應該從〈關雎〉開始，就對〈詩序〉展開毫不留情的批判。明白了朱子的心態之後，我們面對《辨說》也就可以客觀地拿它來跟〈詩序〉作個比較了。就〈關雎〉而言，此詩一共三章：「關關雎鳩，在河之洲。窈窕淑女，君子好逑。（**一章**）參差荇菜，左右流之。窈窕淑女，寤寐求之。求之不得，寤寐思服。悠哉悠哉！輾轉反側。（**二章**）參差荇菜，左右采之。窈窕淑女，琴瑟友之。參差荇菜，左右芼之。窈窕淑女，鍾鼓樂之。（**三章**）」[20] 作〈序〉者將重點擺在「窈窕淑女」身上，故強調的是后妃之德，朱子卻以為〈關雎〉一詩雖若專美大姒，而實以深見文王之德，這是他個人多次讀詩，涵詠諷誦所得，至於他認為曾鞏身修故國家天下治之說「庶幾得之」，當然絕對是他熟讀〈關雎〉之後而有的領會，詩人本義是否如此，無人可以得知。此外，漢儒也有視〈關雎〉為刺詩者，[21] 朱子以「若如《魯》說，則

---

20 按後人對於〈關雎〉之分章頗有出入，毛、鄭以為五章，朱子《詩集傳》分為三章，清儒俞樾分為四章，本文採用朱子之說，將〈關雎〉分為三章。

21 王先謙：「《魯》說曰：『周道缺，詩人本之衽席，〈關雎〉作。』又曰：『后妃之制，夭壽治亂存亡之端也。是以佩玉晏鳴，〈關雎〉歎之，知好色之伐性短年，離制度之生無厭，天下將蒙化，陵夷而成俗也。故詠淑女，幾以配上，忠孝之篤，仁厚之作也。』又曰：『周之康王夫人晏出朝，〈關雎〉豫見，思得淑女以配君子。』又曰：『周衰而詩作，蓋康王時也。康王德缺於房，大臣刺晏，故詩作。又曰：『昔康王承文王之盛，一朝晏起，夫人不鳴璜，宮門不擊柝，〈關雎〉之人見幾而作。』又曰：『周漸將衰，康王晏起，畢公喟然，深思古道，感彼關雎，性不雙侶，願得周公，配以窈窕，防微消漸，諷諭君父。孔氏大之，列冠篇首。』……《韓敘》曰：『〈關雎〉，刺時也。』……【疏】……蓋《魯詩》王、后並刺，李奇諸人以為歎后，王充諸人以為刺康王，非有異也。」《詩三家義集疏》（臺北：明文書局，1988年），上冊，頁4-10。

《儀禮》不得為周公之書」，以及刺詩不得為風化之首，而予以否決，其所持理由未必充分，[22] 但今文《詩》的詮釋〈關雎〉，其內容確實較《毛詩》之說迂曲了些，其說教之效果恐怕還不如《毛詩》，這倒也接近事實，然而近人徐復觀表示，若能瞭解各詩的成立時代，及陳詩編詩的目的，則〈詩序〉的思古以諷今，正符合詩教的傳統，且〈關雎・毛詩序〉以為詠后妃之德，三家《詩》則以為刺康王晏起之詩，合而觀之，則正是思后妃之德，以刺康王晏起，知周室將衰，與〈詩序〉的基本用心正合。[23] 據筆者粗略的觀察，對傳統《詩教》能有深刻的認識，而又對之最為愛護有加的，徐先生是極為難得的一位。

㈡〈葛覃〉

〈詩序〉：「〈葛覃〉，后妃之本也。后妃在父母家，則志在於女功之事，躬儉節用，服澣濯之衣，尊敬師傅，則可以歸安父母，化天下以婦道也。」

《辨說》：「此詩之〈序〉，首尾皆是，但其所謂『在父母家』者一句爲未安，蓋若謂未嫁之時，即詩中不應以歸寧父母爲言，況未嫁之時，自常服勤女功，不足稱述以爲盛美。若謂歸寧之時，即詩中先言刈葛，亦不相合，且不常爲之於平居之日，而

22 《禮記・明堂位》：「周公踐天子之位，以治天下。六年，朝諸侯於明堂，制禮作樂，頒度量，而天下大服。」有此記載，故孔穎達《禮記正義・序》、賈公彥《儀禮疏・序》皆以《儀禮》為周公攝政時所作，朱子也以為是周公之書，但從宋代至今，反對舊說的不計其數，詳參張心澂：《偽書通考》（臺北：宏業書局，1975 年），頁 269-280，屈萬里：《先秦文史資料考辨》（臺北：聯經出版公司，1985 年），頁 344-346，俞兆鵬：《中國偽書大觀》（江西：教育出版社，1998 年），頁 185-188。此外，刺詩不得為風化之首，說也未必。王先謙在「《詩・國風》」下引《齊》說曰：「《詩》三百五篇。詩者，持也。在於敦厚之教，自持其心。諷刺之意，可以扶持邦家者也。」（前註所引書，頁 3）說亦未必不通。

23 徐復觀：《中國經學史的基礎》（臺北：學生書局，1982 年），頁 155。按三家《詩》中唯《魯詩》明確言及〈關雎〉有刺康王之意，徐氏之言與事實略有差距。

暫爲之於歸寧之時，亦豈所謂庸行之謹哉！〈序〉之淺拙，大率類此。」（頁4）

【按】〈葛覃〉共有三章：「葛之覃兮，施于中谷，維葉萋萋。黃鳥于飛，集于灌木，其鳴喈喈。（一章）葛之覃兮，施于中谷，維葉莫莫。是刈是濩，為絺為綌，服之無斁。（二章）言告師氏，言告言歸。薄汙我私，薄澣我衣。害澣害否？歸寧父母。（三章）」詩人描寫的是一位女子準備回家探望爹娘，而詩中對於采葛、製衣、洗澣又多所著墨，這使序者（以下用朱子語，將作〈序〉之人稱為序者）有了說教的機會，強調后妃因為有極為良好的教育和行為，故可以為天下婦女的表率。朱子發現〈葛覃・序〉的內容禁不起字斟句酌的檢驗，即便他同意〈序〉說首尾皆是，仍然要批評〈詩序〉淺拙，這分明是受了當時學風影響而有的措詞，依筆者之見，若要一字一句檢驗〈詩序〉的內容，勢必會發現其說的確不能扣緊全詩，但序者的用意與苦心卻不難由此而看出。除非說詩者完全不理會《詩》教，否則修正〈序〉說的結果，仍然難逃後人批評，而朱子就是典型的以《詩》說教者，《詩經》是他的理學輔助教材，[24] 他在《詩集傳》中表示，〈葛覃〉乃「后妃所自作，故無讚美之詞。然於此可以見其已貴而能勤，已富而能儉，已長而敬不弛於師傅，已嫁而孝不衰於父母，是皆德之厚而人所難也。〈小序〉以為后妃之本，庶幾近之」，[25] 這樣的詮釋，難道不會受到後人的指瑕麼？試看清儒姚際恆對於〈詩序〉及支持〈序〉說者的批評：

---

24 按朱子以《詩經》為理學教科書，故《詩集傳》頗借《大學》、《中庸》與宋人之理、釋氏之理說詩，這是輔助教材的合理運用，明其用心，即不致訝異。說見黃忠慎：〈關於朱子詩經學的評價問題〉，國立彰化師範大學國文系《國文學誌》第3期（1999年6月），頁23-74。

25 朱子：《詩集傳》（臺北：蘭臺書局，汪中斠注本，1979年），頁3。按《集傳》之書，研《詩》者人手一冊，本子極多，頁數各自不同，爾後所引恕不一一註明頁數。

> 〈小序〉（此指古序）謂后妃之本，此「本」字甚鶻突。故〈大序〉（此謂後序）以爲在父母家，此誤循本字爲說也。按詩曰歸寧，豈得稱其在父母家乎？陳少南又循〈大序〉「在父母家」，以爲本在父母家，尤可哂。孔氏以本爲后妃之本性，李迂仲以本爲務本，紛然模擬，皆以〈小序〉下字鶻突故也。

再看姚氏對朱子的批評：

> 《集傳》不用其說（指不用〈序〉說），良是。然又謂「〈小序〉以爲后妃之本，庶幾近之」，不可解。《集傳》云：「此詩后妃所自作」，殊武斷。

可是姚氏本人能完全不理會古代儒生以《詩》說教的傳統麼？看看他是怎麼解說〈葛覃〉篇的：

> 此亦詩人指后妃治葛之事而詠之，以見后妃富貴不忘勤儉也。上二章言其勤，末章言其儉。……此詩不重末章，而餘波若聯若斷，一篇精神生動處則在末章也。[26]

在姚氏推翻了〈詩序〉與《集傳》之說後，難道他的新說就會廣受後人肯定嗎？當然不會，因為現在的學者多數是從文學的角度來讀《詩經》的，我們不妨信手舉個例子，大陸學者李中華、楊合鳴合著的《詩經主題辨析》解說〈葛覃〉時注意到了姚氏的意見，可是他們卻

26 以上姚氏之文見《詩經通論》，《姚際恆著作集》【第一冊】（臺北：中央研究院中國文哲研究所，1994年），頁22-24。

將詩意解成是「從生產規模及緊張程度看，這很可能是一首描寫手工業作坊中女工生活的詩！」[27] 不用再去檢討李、楊二氏說法的可信度，只要有理可說，我們尊重每位讀詩者的理解與感受。要進言的是，可以儘可能的去用心讀《詩》，當然也可以另立新解，但不要以為自己領悟力最強，舊說是封建時代的產物，可以棄若敝屣。有了這樣的體認，以下筆者面對《辨說》的批評〈詩序〉，其實也未必要牽扯到各家的說法了。

㈢〈卷耳〉

〈詩序〉：「〈卷耳〉，后妃之志也。又當輔佐君子，求賢審官，知臣下之勤勞，內有進賢之志，而無險詖私謁之心，朝夕思念，至於憂勤也。」

《辨說》：「此詩之序，首句得之，餘皆傅會之鑿說。后妃雖知臣下之勤勞而憂之，然曰『嗟我懷人』，則其言親暱，非后妃之所得施於使臣者矣。且首章之我，獨爲后妃，而後章之我，皆爲使臣，首尾衝決，不相承應，亦非文字之體也。」（頁 4）

【按】：很明顯地，序者用心良苦地想將一連串的詩作處理成「組詩」，也就因為如此，從〈關雎〉、〈葛覃〉到〈卷耳〉，都以后妃為主要的角色，而且後面的〈樛木〉、〈螽斯〉、〈桃夭〉、〈兔罝〉、〈芣苢〉，也都跟后妃有關。在古代，特別是三家《詩》式微之後到唐代，讀者面對這樣的說法也許不會錙銖計較其是否能夠與所有的詩句搭軋得當，但朱子生當南宋，在他之前已有不少儒者不滿漢儒之說而發難了，朱子既然不反對鄭樵用「村野妄人」之語批評

---

27 李中華、楊合鳴：《詩經主題辨析》（南寧：廣西教育出版社，1989 年），上冊，頁 6-8。

〈詩序〉，[28]而他的《詩集傳》更是完全不提〈詩序〉，如此他當然要設法挑出〈序〉說的語病了。眾所周知，〈卷耳〉四章的主詞分屬男女兩人，詩共計四章：「采采卷耳，不盈頃筐。嗟我懷人，寘彼周行。（一章）陟彼崔嵬，我馬虺隤。我姑酌彼金罍，維以不永懷。（二章）陟彼高岡，我馬玄黃。我姑酌彼兕觥，維以不永傷。（三章）陟彼砠矣，我馬瘏矣，我僕痡矣，云何吁矣！（四章）」依照序者的解讀，首章的「嗟我懷人」是詩中所要表達的主要意思，那麼二至四章極有可能是女子的想像之詞，據此，我們必須承認，朱子所說的「嗟我懷人」之親暱之言，非后妃之所得施於使臣者，這個評論和歐陽修所說的「婦人無外事，求賢審官非后妃之職也」，[29]都是諦評。不過，朱子以首章之我與末章之我不相承應來批評〈序〉說，則仍然有討論的空間，此詩若是出於客觀之詩人，不無可能先詠閨人思念行人之情，後詠行人思念閨人之情，今人或謂此詩為行役者思家之作，或謂婦女想念其遠行丈夫之詩，二說相反，有趣的是，只要將某些詩句解為想像之詞，二說都可通；序者將重點擺在首章，如此首章之我為后妃，後章之我為使臣，在詩的創作手法上是可以說得通的，近人俞平伯曾說：

> 采卷耳、執筐，明非征夫所爲；登高飲酒，又豈思婦之事？

這幾句話說明了〈卷耳〉篇旨的不確定性，俞氏認為「此詩作為民間戀歌讀，首章寫思婦，二至四章寫征夫，均係直寫，並非代詞。」[30]

---

[28] 朱子：「〈詩序〉實不足信。向見鄭漁仲有《詩辨妄》，力詆〈詩序〉，其間言語太甚，以為皆是村野妄人所作。始亦疑之，後來仔細看一兩篇，因質之《史記》、《國語》，然後知〈詩序〉之果不足信。」《朱子語類》（臺北：華世出版社，1987年），頁 2076。

[29] 歐陽修：《詩本義》（臺北：臺灣商務印書館影印《四庫全書》，第 70 冊），頁184。

此一說詞也甚見高明，我們也由此可見，要將這樣的戀歌拿來說教，是有相當程度的困難度，〈古序〉能以后妃之志說之，也已難能，此所以《辨說》依舊承認「此詩之〈序〉，首句得之。」

㈣〈樛木〉

〈詩序〉：「〈樛木〉，后妃逮下也。言能逮下而無嫉妒之心焉。」

《辨說》：「此〈序〉稍平，後不注者放此。」（頁4）

【按】：《辨說》對於某些詩篇，只引〈序〉說，而未有片言隻句之說明，這是因為這些〈序〉說「稍平」，再由《辨說》扣除「稍平」的〈序〉說，以及僅表示「未可知」或「時序不可考」的各篇，就僅剩百來篇，[31] 也由此可見朱子只想修正〈詩序〉，並無推翻〈詩序〉之意，後人往往只因見《語類》中每每有不利〈詩序〉之言論，而《集傳》又絕口不提〈詩序〉，遂以為朱子是說《詩》中的新派大將，這其實是一種誤解。真正的新派說《詩》者，對〈詩序〉是帶著非常強烈的敵意，他們基本上是從不接受〈詩序〉之說，跟著也會反對支持〈序〉說者，如近人王靜芝先生讀了〈樛木〉「南有樛木，葛藟纍之。樂只君子，福履綏之。（一章）南有樛木，葛藟荒之。樂只君子，福履將之。（二章）南有樛木，葛藟縈之。樂只君子，福履成之（三章）」之後，就說：

按〈詩序〉云……於詩義實未能安。《朱傳》謂眾妾之頌后

[30] 詳俞平伯：〈葺芷繚衡室讀詩札記〉，《古史辨》（臺北：藍燈文化公司，1987年），第3冊，頁454-460。

[31] 黃忠愼：《南宋三家詩經學》，頁245-246。

妃，亦未見近理。觀其由樛木葛藟起興，有依附之義，是婦祝其夫也。[32]

持平而論，〈詩序〉強調后妃的恩情施及群下，又能不嫉妒妃嬪，故〈樛木〉為眾妾用以歌頌后妃之德之詩，此說在古代原本是深具教育意義的，然而後世支持〈序〉說的學者，於詩中之「君子」就委實不易處理了，朱子因為同意〈序〉說，只好說篇中的「君子」指的就是后妃，但戴震曾經說過，「恐君子之稱，不可通於婦人」，假如真的如此，[33] 朱說就面臨考驗；總之，愈能照顧到全部詩句的說法，就愈能獲得讀者的認同。

---

32 王靜芝：《詩經通釋》（臺北：輔仁大學出版部，1991 年），頁 42。在此之前，清儒方玉潤《詩經原始》已說：「觀纍、荒、縈等字，有纏繞依附之意，如蔦蘿之施松柏，似於夫婦為近。」必須注意的是，在提出此說之前，方氏先表示〈詩序〉與《集傳》之說「似矣」，而在此說之後，方氏又說：「偽《傳》又云：『南國諸侯慕文王之化而歸心于周。』其說亦是。總之，君臣夫婦義本相通，詩人亦不過藉夫婦情以喻君臣義，其詞愈婉，其情愈深，謂之實指文王，亦奚不可？而必歸諸眾妾作，則固矣。」（頁 181-182）

33 戴震《杲溪詩經補注》：「毛鄭詩以上二言〈按指「南有樛木，葛藟纍之」〉喻后妃以恩意下逮眾妾，故眾妾得以上附而進御於君。下「君子」（按「南有樛木」二言下云：「樂只君子，福履綏之」）則指君。《集傳》以為『眾妾樂后妃之德而稱願之』，恐君子之稱不可通于婦人，乃云『自眾妾而指后妃，猶言小君內子也。』是與他處『樂只君子』獨別，不然矣。詩辭本無從知為眾妾美后妃所作，葛藟之附樛木，福履之隨君子，實樛木有以來之，君子有以致之也。以是言之，亦可知詩人之言福矣。」《戴震全書》（安徽：黃山書社，1994 年），第 2 冊，頁 12-13。不過，戴震於《毛詩補傳》又說：「〈樛木〉三章，下美上也。〈毛詩序〉曰：『后妃逮下也。』據此為義，詩中君子，蓋通文王、后妃言之也，下謂上之統辭也。」在此數句之下，戴氏自注：「《鄭箋》：『君子，指文王。』朱子謂恐太隔越，故《集傳》云：『自眾妾而指后妃，猶言小君內子也。』竊疑此解亦未自然，詩言『樂只君子』多矣，不應此處獨為『小君內子』之稱。蓋眾妾和樂于文王、后妃之德，『君子』猶曰在上之人爾。」《戴震全書》，第 1 冊，頁 155-156。筆者根據戴氏兩處之言，故正文中引述其說（恐君子之稱不可通於婦人）後，加上「假如真的如此」六字。

㈤〈螽斯〉

〈詩序〉：「〈螽斯〉，后妃子孫眾多也。言若螽斯不妒忌，則子孫眾多也。」

《辨說》：「螽斯聚處和一，而卵育蕃多，故以為不妒忌則子孫眾多之比，序者不達此詩之體，故遂以不妒忌者歸之螽斯，其亦誤矣。」（頁4）

【按】：〈螽斯〉利用螽斯生子繁多的特點，祝福人家多子多孫，或者說是唱出了對多子多孫者的慶賀：「螽斯羽，詵詵兮。宜爾子孫振振兮。（一章）螽斯羽，薨薨兮。宜爾子孫繩繩兮。（二章）螽斯羽，揖揖兮。宜爾子孫蟄蟄兮。（三章）」，由於螽斯多子，以此比后妃子孫眾多，絕對可通，乃後人對於螽斯產子的數目還要較及錙銖，如姚際恆就說：「蘇氏（此指蘇轍）謂螽斯一生八十一子，朱氏謂一生九十九子，今俗謂蝗一生百子，皆不知何從數之而得此數耶？……」[34] 然而，相對於如今純以文學角度閱讀《詩經》的學者而言，姚氏終究是說《詩》中的舊派人物，他還是承認「〈小序〉（即本文所謂〈古序〉）言『后妃子孫眾多』，近是。」[35] 只是，姚際恆對於舊說恆常抱持能批評就批評的態度，所以他又補了這麼一句：「但兼文王言亦可，何必單言后妃乎！」說穿了，這與朱子面對〈詩序〉的態度也頗有相似之處，不知何以姚氏竟有「〈詩序〉固當存，《集傳》直可廢也」[36] 的意氣之言。由《辨說》的批評〈詩序〉觀之，朱子針對的是〈後序〉之說，而誠如歐陽修所言，「螽斯，蝗類

---

34 姚際恆：《詩經通論》，頁30。
35 姚際恆：《詩經通論》，頁29。
36 姚際恆：《詩經通論・詩經論旨》，頁6。

微蟲爾，詩人安能知其心不妒忌」，[37] 以是之故，朱子在《集傳》中特別將〈螽斯〉解為標準的比詩：「比者，以彼物比此物也。后妃不妒忌而子孫眾多，故眾妾以螽斯之群處和集而子孫眾多比之，言其有是德而宜其有是福也。後凡言比者放此。」此說可謂〈古序〉極佳的箋釋，但是後人極表不滿的依舊很多，既然前面言及姚際恆的批評《集傳》，此處我們也不必再拿他人為例了，姚際恆說：

> 《集傳》亦謂此詩眾妾所具。鄒肇敏曰：『朱子以〈關雎〉爲宮人作，〈樛木〉、〈螽斯〉爲眾妾作，豈當時周室充下陳者，盡如班姬、左貴嬪、上官昭容之流耶！』其說良快。予謂其必謂諸詩爲后妃、宮人作，非詩人作者，蓋有故：欲以後之詩涉于淫者皆以爲男女自作，而非詩人諷刺之辭也。本意爲此，他人不及知也。故凡《集傳》謂某某具者，多詩人所具。[38]

姚氏雖快意批評朱子之說，多數今人卻也不喜姚氏之解，為什麼呢？只因他認為〈古序〉之說近是，這也是今日某些說《詩》者的偏執，要反〈序〉就得徹底，對於〈序〉說遮遮掩掩、欲拒還迎的態度，就會被其訕笑，即使不便如此，也不會接受其說。像大陸學者劉毓慶寫《詩經圖註（國風）》，已經注意到了姚氏之見，仍然不用其解。若說因為姚氏擺脫不了舊說桎梏，所以今人不採，那又未必，蓋劉氏在指出詩人不可能以螽斯祝人子孫旺盛之後又說：「高亨先生看到了舊說的矛盾，因此別出新意說：『這是勞動人民諷刺剝削者的短歌。詩以蝗蟲紛紛飛翔，吃盡莊稼，比喻剝削者子孫眾多，奪盡勞動人民的糧穀。』（《詩經今註》）此說更與詩之情調不合。竊疑此當是孩童

[37] 歐陽修《詩本義》，頁 185。
[38] 同註 34。

戲蟈蟈的歌子。內容是說：『蟈蟈，你唧唧地叫起來，我祝你子孫旺盛。』」[39] 這真是耐人尋味，不能擺脫〈詩序〉束縛的，會遭今人譏議；盡脫舊說糾纏，直接涵味本文的，若不能與讀者的觸感相合，那還是會被認為讀不出詩人本義，於是，我們看到所謂的本義、新義一一出籠，又一一被打入冷宮。這就是筆者所謂的說《詩》者的偏執，以為只有自己才有本事讀出詩人本義，但其新解到了其他讀者手中，又被視為是作者個人之意，詩人本義絕非如此。假如姚際恆知道他在大肆批評歷代說《詩》者的缺失之後，[40] 其為三百篇所立之解，絕大多數也不被今人接受，不知將作何感想？明白了沒有一個說《詩》者可以廣受肯定、備受認同的事實，支持朱子的學者似乎也可以稍微釋懷了。此外，〈後序〉為〈螽斯〉篇旨所作的畫蛇添足之說，除非是舊說的死忠擁護者（用現代話來說，就是「〈詩序〉基本教義派」），沒有必要為「螽斯不妒忌」之語強作說明。[41]

㈥〈桃夭〉

> 〈詩序〉：「〈桃夭〉，后妃之所致也。不妒忌，則男女以正，婚姻以時，國無鰥民也。」
>
> 《辨說》：「〈序〉首句非是。其所謂『男女以正，婚姻以

39 劉毓慶：《詩經圖註・國風》（高雄：麗文文化公司，2000 年），頁 19。

40 姚際恆在《詩經通論・自序》中說：「漢人之失在于固，宋人之失在于妄。」在〈詩經論旨〉中更對歷代《詩經》學家指名道姓地橫加批判，連被他稱許為宋人說《詩》第一的嚴粲，也被評為「第總囿于〈詩序〉，間有齟齬而已。惜其識小而未及遠大。」

41 鄭玄為《毛詩》作《箋》，謂「忌，有所諱惡於人」。孔穎達《正義》：「忌者，人有勝己，己則諱其不如，惡其勝己，故曰有所諱惡於人，德是也，此唯釋忌，於義未盡，故〈小星・箋〉云：以色曰妒，以行曰忌……。」陳奐《詩毛氏傳疏》則於「斯」字下斷句。凡此，皆有不得不為〈詩序〉說解的立場，吾人毋庸費詞譏其牽強。

時，國無鰥民』者得之。蓋此以下諸詩，皆言文王風化之盛，由家及國之事，而序者失之，皆以爲后妃之所致，既非所以正男女之位，而於此詩又專以爲不妒忌之功，則其意愈狹，而說愈疏矣。」（頁4）

【按】：與前面幾篇不同的是，朱子在此直指〈古序〉非是，〈後序〉得之，不過這也可以跟他的解說〈關雎〉相呼應，在〈關雎〉的辨說中，他已表明詩雖若專美大姒，而實以深見文王之德，並推介了南豐曾氏身修而國家天下治之說，在〈桃夭〉中，朱子已無法再忍受序者持續性地將多篇的詩歌皆歸於頌美后妃之作，所以他直接挑明了說〈桃夭〉以下諸詩「皆言文王風化之盛，由家及國之事」。在《集傳》中，他就把詩的重心擺在文王身上：「文王之化，自家而國，男女以正，婚姻以時，故詩人因所見以起興，而歎其女子之賢，知其必有以宜其室家也。」如同筆者前面所說，這是朱子個人多次讀詩，涵詠諷誦所得，詩人本義是否如此，無法確切得知，而今人多數對於〈詩序〉與《集傳》的解說〈桃夭〉都是不能接受的，原因是兩者都是在藉機說教，而反〈序〉者最深惡痛絕的就是說教式的題解，然而《詩》教的影響往往是無遠弗屆的，例如大陸學者陳子展認為此詩乃「美民間嫁娶及時之詩」，並且還旁徵了一些舊說，下了個結論，「此皆不知《大學》與《易林》所云，蓋引詩以就己說之義。其實與文王、武王或其他邦君主無關。〈桃夭〉民謠風格，顯無統治階級人物烙印，當為民間嫁娶之詩」，[42] 表面看來，陳氏已然擺脫舊說束縛，但〈桃夭〉原文「桃之夭夭，灼灼其華。之子于歸，宜其室家。（一章）桃之夭夭，有蕡其實。之子于歸，宜其家室。（二章）桃之夭夭，其葉蓁蓁。之子于歸，宜其家人。（三章）」，祝賀之意

42 陳子展：《詩經直解》（臺北：書林出版公司，1992年），頁15。

當然是毋庸置疑的，但何來明顯的讚美與及時之意，陳氏使用「美」與「及時」之字眼，正見其仍受〈詩序〉影響。

(七)〈兔罝〉

〈詩序〉：「〈兔罝〉，后妃之化也。〈關雎〉之化行，則莫不好德，賢人眾多也。」

《辨說》：「此〈序〉首句非是，而所謂『莫不好德，而賢人眾多』者得之。」（頁5）

【按】：〈兔罝〉讚美武夫說：「肅肅兔罝，椓之丁丁。赳赳武夫，公侯干城。（一章）肅肅兔罝，施于中逵。赳赳武夫，公侯好仇。（二章）肅肅兔罝，施于中林。赳赳武夫，公侯腹心。（三章）」由於朱子在辨說〈桃夭〉之時，已先表明「以下諸詩，皆言文王風化之盛，由家及國之事」，是以在此依舊以〈古序〉為非，〈後序〉為是，而《集傳》在《詩》教的基礎上，則重新賦以〈兔罝〉如此之意義：「化行俗美，賢才眾多，雖罝兔之野人，而其才之可用猶如此，故詩人因其所事以起興而美之，而文王德化之盛，因可見矣。」如同前面筆者面對朱子的以文王之盛德取代后妃之教化的意見，這是朱子讀這些詩篇的理解與感受，沒必要比較〈詩序〉與朱說的優劣。不過，宋儒王質懷疑〈兔罝〉中的兔不是兔子，而是老虎，但因捕虎之具未見用苴者，故王氏乃自棄其說，[43] 而近人聞一多先生在《詩經通義》中謂「《釋文》本作菟，云『又作兔』，案古本《毛詩》疑當作菟。菟即於菟，謂虎也」，為了證成此一說法，聞氏引述了一些材料，說明「楚謂虎為菟，乃方言之混同，非名物之借用」，

[43] 王質：《詩總聞》（臺北：新文豐出版公司，1984年），頁9。

「呼虎為菟，既為荊楚之方音，而二南之地，適當楚境，則〈兔罝〉之詩，字作菟（兔）而義實為虎，非不可能矣」，至於捕兔用罝，捕虎是否亦用罝，聞氏引《漢書・揚雄傳・長楊賦序》與《孔叢子・連叢篇》之記載，以為有此可能，而聞氏固然涵詠經文，略推音理，而徵之往籍，證明若依舊說，譬尋常獵夫為「赳赳武夫，公侯干城」，毋其不類，然又因深明《詩》無達詁之事實，故亦表示「見仁見智，聊備一義耳」，[44]筆者對於聞氏為了證明〈兔罝〉一詩中的兔實為老虎，不辭辛勞引經據典，深表佩服之意，而他將辛苦所得以「聊備一義」之語輕輕帶過，更見大家風範，假如學者讀《詩》能有己見，能有新解，又能不霸道地要求讀者只能相信其說，那麼吾人讀三百篇就更能倍增趣味性了。筆者在此只能說，設若聞氏的〈兔罝〉新解是詩人本義，依舊不會妨礙〈詩序〉與朱子的藉詩說教的。

(八)〈芣苢〉

〈詩序〉：「〈芣苢〉，后妃之美也。和平則婦人樂有子矣。」

【按】：《辨說》引〈序〉之說〈芣苢〉，但無一字之評論。依朱子之說〈樛木〉，可知他認為〈芣苢・序〉說「稍平」。本詩因章章言及「采采芣苢」：「采采芣苢，薄言采之；采采芣苢，薄言有之。（一章）采采芣苢，薄言掇之；采采芣苢，薄言捋之。（二章）采采芣苢，薄言袺之；采采芣苢，薄言襭之。（三章）」而芣苢之物據云有助婦人懷孕，[45]故使序者得以借題發揮。《朱傳》：「化行俗

44 詳聞一多：《詩經通義》，《聞一多全集》（香港：NAMTUNG STATIONERY & PUBLISHING CO，出版社未註明出版年），第2冊，頁116-119。

45 《詳毛傳》：「芣苢，車前也。宜懷任焉。」

美，家室和平，婦人無事，相與采此芣苢，而賦其事以相樂也。」這是兼顧了《詩》的經學與文學雙重性質之說，頗為高明。有意思的是，朱子從遵〈序〉到疑〈序〉，這中間，鄭樵扮演了一個關鍵性的角色，但鄭樵《詩辨妄》表示「以〈芣苢〉為婦人樂有子者，據〈芣苢〉詩中，全無樂有子意⋯⋯，〈芣苢〉之作，興采之也，如後人之采菱則為采菱之詩，采藕則為采藕之詩，以述一時所采之興爾，何它義哉！」，[46] 朱子撰寫《詩集傳》也避開了「樂有子」的字眼，但《辨說》中卻不願或捨不得針對〈後序〉有片言隻語的評論。筆者推測這是朱子從遵〈序〉到疑〈序〉再回到尊〈序〉的歷程應有的結果，先前他遵〈序〉是傳統讀書人極為正常的表現，等到疑〈序〉、反〈序〉成為宋儒說《詩》的主流之一，朱子不能免於時潮，也不免認真思考起〈詩序〉的可信度，但由於朱子同漢儒一樣是以《詩》為教化之工具，雖然不願一切都依〈詩序〉的詮解，雅好古學的他仍然非常尊重〈詩序〉的，本文之所以使用「遵〈序〉」與「尊〈序〉」兩詞，理由在此。假若朱子解說〈芣苢〉用的是鄭樵的意見，那麼《詩》就不再是可以說教的經書，也無法作為理學的輔助教材了。

㈨〈漢廣〉

〈詩序〉：「〈漢廣〉，德廣所及也。文王之道，被于南國，美化行乎江漢之域，無思犯禮，求而不可得也。」

《辨說》：「此詩以篇內有『漢之廣矣』一句得名，而序者謬誤，乃以德廣所及為言，失之遠矣。然其下文復得詩意，而所

---

[46] 《詩辨妄》久無傳本，幸有近人顧頡剛為之作輯佚的工作，題為〈鄭樵詩辨妄輯本〉，全文載於「國立北京大學國學門周刊」卷1第5期，拙著《南宋三家詩經學》有收，本文所引鄭氏論〈芣苢〉之文，即見於拙著頁18。

謂文王之化者，尤可以正前篇之誤，先儒嘗謂〈序〉非出於一人一手者，此其一驗，但首句未必是，下文未必非耳。蘇氏乃例取首句，而去其下文，則於此類兩失之矣。」（頁5）

【按】：〈漢廣〉詩云：「南有喬木，不可休息。漢有游女，不可求思。漢之廣矣，不可泳思。江之永矣，不可方思。（一章）翹翹錯薪，言刈其楚。之子于歸，言秣其馬。漢之廣矣，不可泳思。江之永矣，不可方思。（二章）翹翹錯薪，言刈其蔞。之子于歸，言秣其駒。漢之廣矣，不可泳思。江之永矣，不可方思。（三章）」不談《詩》教的話，這是單純描寫男子感嘆江漢游女難以追求的詩，但面對〈詩序〉，豈能忘記序者所負的說教責任？所謂「德廣所及」、「無思犯禮」自然都是出於序者用心良苦的附會，這種附會往往是為了遷就《詩》教而得，應該不至於如朱子所說的「失之遠矣」。再者，〈後序〉言及文王之道，也只是配合《詩》教，朱子以為「尤可以正前篇之誤」，這分明是強迫序者的詮釋必須跟他一致，否則即是「謬誤」，恐非批評之道。說到《詩》教的無遠弗屆，我們在前面已然述及，此處不妨再舉一例，方玉潤《詩經原始》認為〈漢廣〉「即為刈楚、刈蔞而作，所謂樵唱是也。近世楚、粵、滇、黔間，樵子入山多唱山謳，響應林谷。蓋勞者善歌，所以忘勞耳。其詞大抵男女相贈答，私心愛慕之情，有近乎淫者，亦有以禮自持者。文在雅俗之間，而音節則自然天籟也。當其佳處，往往入神，有學士大夫所不能及者。愚意此詩亦必當時詩人歌以付樵」，此說頗為今人所津津樂道，[47]然方氏又謂：

[47] 亦有持反對意見者，如近人余培林先生就以為「今晉陝邊區，樵唱、民歌尚存，歌詞皆鄙俗不堪，方之此詩，猶礫石之與珠玉……」，詳《詩經正詁》（臺北：三民書局，1993年），上冊，頁29-30。

終篇忽疊具江漢，覺躁水茫茫，浩渺無際，廣不可泳，長更無方，唯有徘徊瞻望，長歌浩歎而已，故取之以況游女不可求之意也可，即以之比文王德廣洋洋也，亦無不可。總之，詩人之詩，言外別有會心，不可以釋相求，然則太史取之，抑又何哉？蓋〈國風〉多里巷詞，況此山謳猶能以禮自持，則尤見周家德化所及，凡有血氣，莫不發情止義，所以為貴也。

是以方氏用這樣的一句話來說明〈漢廣〉的篇旨：「江干樵唱驗德化之廣被也」，[48] 方氏以「原始」名其書，試問德化廣被云云果真是詩之原始義，或是為了配合《詩》教而有的經學之義？若說是前者，只怕今日絕大多數執著於據詩直尋本義的學者不會同意，若是後者，那麼凡是批評〈詩序〉而又依然堅守《詩》教的，就不能視〈序〉說如糞土，當然也包括朱子在內。

㈩〈汝墳〉

〈詩序〉：「〈汝墳〉，道化行也。文王之化，行乎汝墳之國，婦人能閔其君子，猶勉之以正也。」

【按】：《辨說》引〈序〉之說〈汝墳〉，但無一字之評論，這是頗為可惜的，因為〈汝墳〉原詩「遵彼汝墳，伐其條枚。未見君子，惄如調飢。（一章）遵彼汝墳，伐其條肄。既見君子，不我遐棄。（二章）魴魚赬尾，王室如燬。雖則如燬，父母孔邇。（三章）」將婦人擔心行役歸來的丈夫會再離她而去的心理，刻劃得入木

---

48 方玉潤：《詩經原始》，頁 193-197。

三分，從各章末二句觀之，〈後序〉所謂「婦人能閔其君子，猶勉之以正」之說實嫌含糊，甚至可以說是有明顯的瑕疵，反觀《集傳》謂「汝旁之國，亦先被文王之化者，故婦人喜其君子行役而歸，因記其未歸之時，思望之情如此，而追賦之也」、「一說，父母甚近，不可以懈於王事而貽其憂，亦通」，都較〈後序〉為具體，所引之「一說」，甚且為〈後序〉「猶勉之以正」之句作了極高明的疏解。《辨說》既然旨在專辨〈詩序〉謬誤之說，對於〈汝墳〉於理不應默然接受才是。筆者也由此深信朱子對於〈詩序〉的尊重，是超出了某些人的理解。

㈩〈麟之趾〉

〈詩序〉：「〈麟之趾〉，〈關雎〉之應也。〈關雎〉之化行，則天下無犯非禮，雖衰世之公子，皆信厚如麟趾之時也。」

《辨說》：「『之時』二字可刪。」（頁5）

【按】：〈麟之趾〉僅有短短數句：「麟之趾，振振公子。于嗟麟兮！（一章）麟之定，振振公姓。于嗟麟兮！（二章）麟之角，振振公族。于嗟麟兮！（三章）」不讀〈詩序〉，實在不會想到這麼一篇祝福或讚美公侯子孫昌盛的詩，會跟〈關雎〉有密切的關聯，而序者的確是這樣教導讀者的。〈古序〉以此篇為〈關雎〉之應，這是認為三百篇的編者對於詩篇的次第安排有其苦心，對於這種見地，後人每不領情，常批評此說甚迂，〈後序〉之說更是不得人緣，連尊〈序〉的宋儒程子都這樣的譏誚之語：

『衰世公子』以下，〈序〉之誤也。以《詩》有公子字，故誤耳。『麟趾之時』，不成辭。麟趾言『之時』，謬矣。[49]

愚見，〈古序〉簡略，反而較難挑出其具體之語病，〈後序〉在尊重並進一步陳述〈古序〉原有的說解下，往往遭綁手綁腳而難以發揮，其說比〈古序〉更難以贏得後人好感，亦勢所必然。《辨說》於〈麟之趾・序〉，僅言「之時」二字可刪，已是心存仁厚。

《詩經・周南》共計十一篇，但其中〈樛木〉、〈芣苢〉、〈汝墳〉三篇，朱子以為〈序〉說「稍平」，因而沒有任何綴語，這三篇就佔了〈周南〉的百分之二十七點二七了。另八篇中，《辨說》對於〈詩序〉的意見其實也都相當平和，分別是：〈關雎〉，〈後序〉析哀樂淫傷各為一事，而不相須，已失其旨；〈葛覃〉，〈後序〉所謂在父母家一句為未安；〈卷耳〉，〈後序〉為附會之鑿說；〈螽斯〉，〈後序〉誤以不妒忌者歸之螽斯；〈桃夭〉、〈兔罝〉、〈漢廣〉，〈古序〉非是；〈麟之趾〉，〈後序〉「之時」二字可刪。在朱子所辨說的〈周南〉詩八篇中，沒有一篇是朱子認為〈序〉說頗為離譜的，再將〈古序〉〈後序〉分而言之，則朱子所不滿的〈古序〉有〈桃夭〉、〈兔罝〉、〈漢廣〉三篇，對〈後序〉較為不滿的有〈關雎〉、〈葛覃〉、〈卷耳〉、〈螽斯〉、〈麟之趾〉五篇，總計在朱子發表意見的〈周南〉八篇〈序〉文中，〈古序〉佔了百分之三十七點五，〈後序〉佔了百分之六十二點五，依數據觀之，朱子對〈古序〉的意見少於〈後序〉，如果將無異議的三篇也納近來統計，則〈周南〉十一篇中，朱子對〈古序〉之說有意見的佔了近百分之二十七點二七，〈後序〉佔了百分之四十五點四五，不過，〈後序〉之說〈麟之趾〉也只有「之時」兩字，被朱子以為可刪，算是小小的語病而已。

---

49 程頤：《詩解》，《二程集》（北京：中華書局，1981 年），頁 1049。

四

朱子辨說〈召南・詩序〉的檢視

㈠〈鵲巢〉

〈詩序〉：「〈鵲巢〉，夫人之德也。國君積行累功，以致爵位，夫人起家而居有之，德如鳲鳩，乃可以配焉。」

《辨說》：「文王之時，〈關雎〉之化，行於閨門之內，而諸侯蒙化以成德者，其道亦始於家人，故其夫人之德如是，而詩人美之也。不言所美之人者，世遠而不可知也，後皆放此。」（頁5）

【按】：朱子只是強調〈序〉文中的夫人是文王時代的諸侯夫人，並未對〈詩序〉提出質疑。一篇歌詠嫁女的作品，「維鵲有巢，維鳩居之。之子于歸，百兩御之。（一章）維鵲有巢，維鳩方之。之子于歸，百兩將之。（二章）維鵲有巢，維鳩盈之。之子于歸，百兩成之。（三章）」，透過〈詩序〉，就成了深具教育意義之作。朱子沒有辨說〈詩序〉的不是，那是因為他也是《詩》教的擁護者與實行者，且看《集傳》對於〈鵲巢〉的詮解：「南國諸侯被文王之化，能正心修身以齊其家，其女子亦被后妃之化，而有專靜純一之德，故嫁於諸侯，而其家人美之曰，維鵲有巢，則鳩來居之，是以之子于歸，而百兩迎之也。此詩之意，猶〈周南〉之有〈關雎〉也。」我們有理由相信，假如〈詩序〉不是完成於一人之手，而是群體的合作，那麼朱子若生在〈詩序〉創作的時代，應該是〈詩序〉陣營中不可或缺的要角。

㈡〈采蘩〉

〈詩序〉：「〈采蘩〉，夫人不失職也。夫人可以奉祭祀，則不失職矣。」

【按】：〈采蘩〉表面上寫的是婦人的采蘩以供祭祀：「于以采蘩？于沼于沚。于以用之？公侯之事。（一章）于以采蘩？于澗之中。于以用之？公侯之宮。（二章）被之僮僮，夙夜在公。被之祁祁，薄言還歸。（三章）」《辨說》在〈序〉之說〈采蘩〉之下，無一字之評論，而朱子在《集傳》中是這樣解釋〈采蘩〉的：「南國被文王之化，諸侯夫人能盡誠敬以奉祭祀，而其家人敘其事以美之也。或曰，蘩所以生蠶，蓋古者后妃夫人有親蠶之禮，此詩亦猶〈周南〉之有〈葛覃〉也。」《集傳》主要是在引申〈序〉說，而所引「或曰」，亦頗具教化作用。後人於《朱傳》「或曰」也時見斟酌採用，如明儒何楷就引朱子「或曰」之語，並說：

子貢《詩傳》亦以為諸侯之夫人勤於親蠶，國人美之。申培說同。愚謂夫人即大姒也，何以證之？以詩稱公侯之事，與〈兔罝〉詠公侯干城同，皆指文王。周自王季始受命為侯伯，至紂以文王為三公，故得稱公侯也。[50]

清儒方玉潤以為「公侯之事」的事謂蠶事，「公侯之宮」的宮是指蠶室，「蓋蠶事方興之時，三宮夫人世婦皆入于室，其僕婦眾多，蠶婦

50 何楷：《詩經世本古義》（臺北：臺灣商務印書館影印《四庫全書》第 81 冊），頁 128。

尤盛，僮僮然朝夕往來以供蠶事，不辨其人，但見首飾之招搖往還而已。蠶事既卒，而後三宮夫人世婦又皆各言還歸，其僕婦眾多，蠶婦亦盛，祁祁然舒容緩步徐徐而歸，亦不辨其人，但見首飾之簇擁如雲而已，此蠶事始終景象如是，讀者可無疑義已」，[51] 大陸學者程俊英、蔣見元也說〈采蘩〉是「一首描寫蠶婦為公侯養蠶的詩」，又說「蘩，白蒿，用來製養蠶的工具『箔』」，[52] 這都是《朱傳》「或曰」的修正。筆者曾經撰寫〈讀召南采蘩〉之文，文中對於〈詩序〉《集傳》與其支持者表示失望，逕指王靜芝先生「采者，可以為任何婦女，無專指夫人之處。而采蘩之工作，又非夫人專任，且為普遍婦女所應為」之言可從，張學波先生「此詩人詠眾婦采蘩而奉之公宮，以供祭祀之詩」之說當已接近詩之本義，[53] 如今想來，頗為自己言語之莽撞悔之極矣，實則除了作詩之人，又有誰能肯定詩之本義？除了作詩之人，又有誰有資格說自己的詮釋一定得詩人本義，他家之說解只不過是引申義？

㈢〈草蟲〉

〈詩序〉：「〈草蟲〉，大夫妻能以禮自防也。」

《辨說》：「此恐亦是夫人之詩，而未見以禮自防之意。」（頁5）

【按】：〈詩序〉於〈草蟲〉之說解僅有〈古序〉一句，無〈後序〉，此中之故，難以確定，但〈草蟲〉就三章內容：「喓喓草蟲，趯趯阜螽。未見君子，憂心忡忡。亦既見止，亦既覯止，我心則降！

---

51 方玉潤：《詩經原始》，頁 217-220。
52 詳程俊英、蔣見元：《詩經注析》（北京：中華書局，1991 年），上冊，頁 31-32。
53 黃忠慎：《儒學長短論》（臺北：駱駝出版社，1997 年），頁 103-105。

（一章）陟彼南山，言采其蕨。未見君子，憂心惙惙。亦既見止，亦既覯止，我心則說！（二章）陟彼南山，言采其薇。未見君子，我心傷悲。亦既見止，亦既覯止，我心則夷！（三章）」觀之，若非婦人懷念征夫之詩，即是喜見君子行役歸來之作，〈詩序〉有其創作背景，但其說〈草蟲〉犯了語意不明之病，其說教的效果不會太好，幾乎可以肯定。《辨說》表示此詩未見以禮自防之意，的確如此。不過，《辨說》懷疑〈草蟲〉恐亦是夫人之詩，完成於《辨說》之前的《集傳》則仍然以為詩中婦人為大夫之妻：「南國被文王之化，諸侯大夫行役在外，其妻獨居，感時物之變，而思其君子如此，亦若〈周南〉之〈卷耳〉也。」無論是諸侯夫人或大夫之妻，朱子維護《詩》教的苦心是可感的。

㈣〈采蘋〉

〈詩序〉：「〈采蘋〉，大夫妻能循法度也。能循法度，則可以承先祖，共祭祀矣。」

【按】：《辨說》在〈采蘋・序〉之下，未表任何意見。〈采蘋〉為歌詠祭祀之作，當然無可置疑：「于以采蘋？南澗之濱。于以采藻？于彼行潦。（一章）于以盛之？維筐及筥。于以湘之？維錡及釜。（二章）于以奠之？宗室牖下。誰其尸之？有齊季女。（三章）」問題在於詩中明白提到一位女子主持祭祀，而這名女子是「有齊季女」，季女即少女，〈詩序〉說是大夫之妻，難免引來非議，而朱子卻照單吸收了〈詩序〉的說詞，他的相當程度地尊重〈詩序〉，又可由此得到驗證。《鄭箋》認為〈采蘋〉是女子將嫁而告廟之禮之詩，若依其說，詩中「祭祖的女子，是待嫁的新娘，在她出嫁以前，家人都為她祭祖告廟，教她待人處世之道」，[54] 這可以用來補正

〈序〉說，當然若要接受〈序〉說，只好放棄《毛傳》「齊，敬」之解釋，而考慮採用近人屈萬里先生之說：「舊說：齊，讀為齋，敬也。季女，少女也。謂主持設羹者，乃齋然莊敬之少女也。按：《儀禮・少牢饋食禮》，薦韭菹醓醢者為主婦，而非少女。此齊字疑乃齊國之齊；蓋齊國之季女，嫁為南國某大夫之主婦也。」只不過，屈先生之語見於《詩經釋義》一書，而在《詩經釋義》修訂本《詩經詮釋》中，屈先生在「有齊季女」條註解下加了個括弧，謂「齊，《韓》作齋（見《玉篇》，王謂當本《韓詩》），《廣雅・釋詁》：『齋，好也。』」[55] 顯見屈先生也發現要將齊解為齊國，並不是那麼容易的事。另者，《左傳・襄公二十八年》中有「濟澤之阿，行潦之蘋藻，寘之宗室，季蘭尸之，敬也。敬可棄乎？」之記載，故明儒何楷據以謂「〈采蘋〉為詩人美武王元妃邑姜教成，能脩此禮而作」，[56] 筆者管見，〈詩序〉善於以史說詩，乃是為了方便說教，何楷以史說詩，則是其企圖心的展現，對於前者我們可以不必動輒嗤之，對於後者我們則必須要求何氏提出更為周全的證據。

㈤〈甘棠〉

〈詩序〉：「〈甘棠〉，美召伯也。召伯之教，明於南國。」

【按】：《辨說》於〈甘棠・序〉無意見。〈甘棠〉一詩短短三章：「蔽芾甘棠，勿翦勿伐，召伯所茇。（一章）蔽芾甘棠，勿翦勿敗，召伯所憩。（二章）蔽芾甘棠，勿翦勿拜，召伯所說。（三

54 引文見吳宏一：《白話詩經》（臺北：聯經出版公司，1993 年），第 1 冊，頁 99。
55 屈萬里：《詩經詮釋》（臺北：聯經出版公司，1983 年），頁 27。
56 何楷：《詩經世本古義》，頁 157-158。

章）」據詩所言，是人民懷念召伯，呼籲眾人要愛惜召伯所曾憩息之樹，將此詩收進三百篇中，其為讚美召伯之意至為明顯，〈詩序〉之言誠然不虛，宜乎《辨說》不對〈詩序〉有所批駁，而《集傳》說的又比〈詩序〉更為周詳些：「召伯循行南國，以布文王之政，或舍甘棠之下，其後人思其德，故愛其樹而不忍傷也。」後人對於〈序〉之說〈甘棠〉亦大致能夠接受，吳闓生先生甚至以為這是〈詩序〉中最為有據之詩。[57] 只是詩中人民所懷念的那位召伯究係周初的召公奭或宣王時代的召伯虎，至今尚有爭議，鄭玄為〈毛序〉作《箋》說：「召伯，姬姓，名奭。食采於召。作上公，為二伯，後封於燕。此美其為伯之功，故言伯云。」[58] 古人對於這樣的說法難得有異議，朱子也不例外，但自梁任公《古書真偽及其年代》、傅斯年《詩經講義稿・周頌說》、陸侃如、馮沅君《中國詩史》、屈萬里《詩經詮釋》力主召伯實為召穆公虎之後，人多從其說，[59] 但亦有學者舉證堅持舊說可信，[60] 筆者不敏，至今仍不敢斷言新舊說何者為是，所幸這都於《詩》教無傷。

㈥〈行露〉

〈詩序〉：「〈行露〉，召伯聽訟也。衰亂之俗微，貞信之教興，彊暴之男，不能侵陵貞女也。」

【按】：《辨說》引述〈詩序〉之說〈行露〉，其下無評論。〈行露〉與前面的〈甘棠〉不同的是，〈甘棠〉明白言及召伯，〈行

---

57 吳闓生：《詩義會通》（臺北：洪氏出版社，1977 年），頁 12。但吳氏於書中頁 33 又說〈序〉之說《詩》惟〈邶風・新臺〉最為有據。可再參本文註 2。

58 《毛詩正義》，頁 54。

59 黃忠慎：《詩經簡釋》（臺北：駱駝出版社，1995 年），頁 38。

60 趙制陽：《詩經名著評介》（臺北：學生書局，1983 年），頁 371-377。

露〉則沒有，序者未必掌握了〈行露〉是召伯聽訟的證據，但既然〈行露〉緊接在〈甘棠〉之後，將之也視作與召伯有關的詩，在序者而言，是很正常的作業。兼之，〈行露〉之為女子拒絕強迫婚姻的詩，是顯而易見的，而篇中又有速獄、速訟之語，遂使序者得以「召伯聽訟」來解釋，這也可以說是不錯的說詩技巧。朱子在《集傳》中針對〈序〉說，有極好的發揮：「南國之人遵召伯之教，服文王之化，有以革其前日淫亂之俗，故女子有能以禮自守，而不為強暴所污者，自述己志，作此詩以絕其人。」而就〈行露〉全部三章「厭浥行露。豈不夙夜，謂行多露。（一章）誰謂雀無角？何以穿我屋？誰謂女無家？何以速我獄？雖速我獄，室家不足。（二章）誰謂鼠無牙？何以穿我墉？誰謂女無家？何以速我訟？雖速我訟，亦不女從（三章）」而言，以首章稍較費解。《集傳》的解釋是這樣的：「言道間之露方濕，我豈不欲早行乎？畏多露之沾濡而不敢爾。蓋以女子早夜獨行，或有強暴侵陵之患，故託以行多露而畏其沾濡也。」筆者對於先賢的詮釋能力佩服有加，不過《詩》無達詁，筆者同意〈詩序〉與《集傳》的解說，不表示他人的看法也都一致，像清儒崔述就認為〈行露〉與下篇〈羔羊〉是一組詩，宜一併參看，他說：

〈行露・序〉云：『召伯聽訟也。強暴之男不能侵陵貞女也。』劉向《列女傳》謂『申女許嫁於酆，夫家禮不備而欲迎之，女不可，而夫家訟之，故女作此詩。』朱子《集傳》全用〈序〉說，而釋『室家不足』之文，則又兼采劉義。余按，召公從武王定天下，相成、康，致太平，其精明果斷必有大過人者，強暴之男將畏之不暇，安敢反來訟人？即訟矣，召公亦必痛懲之而不為之理，安有反將貞女致之獄中者哉！且所謂『禮未備』者，儀乎？財乎？儀邪，男子何惜此區區之勞而必興訟？訟之勞不更甚於儀乎？財邪，女子何爭此區區之賄而甘入獄？婚娶而論財，又何娶焉？揆之情禮，皆不宜有。細詳詩意，但爲以勢迫之不從，而因致造謗興訟耳，不必定爲女子之詩，如〈序〉、《傳》云云也。且此篇在〈甘棠〉之後，召伯既沒，〈甘棠〉乃作，則此必文王時詩明矣。[61]

崔氏盯緊詩文的作法也代表其實事求是的精神，但尋章摘句的結果往往就理會不到《詩》教，崔述治學新中帶舊，倒也還能顧及《詩》的教化作用，其餘之人就未必能夠了，單以〈行露〉而言，誠如大陸學者郝志達所說的，〈行露〉為婚姻訴訟之詩，「然其旨眾說紛淆，而文獻無徵，各執一端，是己非彼」。郝氏《國風詩旨纂解》所收〈行露〉異說超過十種，他在按語中有這樣的一段話：「二三章毛鄭以為男家雖有媒妁，不待期而欲強行六禮，女家不從。崔述駁其非甚明。然崔以為勢迫之不從，而致興謗，不必定為女子之詩。方玉潤申之以為『貧士卻婚以遠嫌也』，然其以『女無家』為『女子有已許字之夫家』，而以『室家不足』為『吾家素貧』，以『不女從』為不與汝相從。一『家』而二義，一『女』字而二用，亦見其錯亂矣。《魯詩》說此為申女、酆男之訟，亦無據。今人蓋余冠英、高亨之說，余說已有人駁正之，高說似通。然到底為何旨，當俟進一步之研究。」[62]崔述之說遭郝氏評及，也不表示就一定不如所謂『高說似通』的高亨之說，[63]這就是《詩》無達詁的妙趣，眾說紛紜，各自以為能得詩人本義，可惜說者眾多，詩的本義卻只有一個，如此說來，搭配《詩》教

61 崔述：《讀風偶識》（臺北：學海出版社，1992年），頁7-8。

62 郝志達：《國風詩旨纂解》（天津：南開大學出版社，1990年），頁61-66。

63 高亨說〈行露〉是「一個婦人因為她的丈夫家境貧苦，回到娘家就不回夫家了。他的丈夫以自己有家為理由，要求她回家同居而被拒絕，就在官衙告她一狀。夫婦同去聽審，她唱出這首歌，責罵她的丈夫，表示決不回夫家。」《詩經今注》（臺北：漢京文化公司，1984年），頁21-22。

的舊說未必真得詩人本義，放棄《詩》教的新說也未必真得詩人本義，兩相比較，新說是否真的勝過舊說，筆者不敢使用「不辯自明」之字眼，但總覺得值得大家深思，最起碼，恥笑舊說絕對是不公平的。

㈦〈羔羊〉

> 〈詩序〉：「〈羔羊〉，〈鵲巢〉之功致也。召南之國，化文王之政，在位皆節儉正直，德如羔羊也。」
>
> 《辨說》：「此〈序〉得之，但『德如羔羊』一句爲衍說耳。」（頁6）

【按】：〈羔羊〉詩云：「羔羊之皮，素絲五紽。退食自公，委蛇委蛇。（一章）羔羊之革，素絲五緎。委蛇委蛇，自公退食。（二章）羔羊之縫，素絲五總。委蛇委蛇，退食自公。（三章）」若無法確定詩義，而想借助〈詩序〉的詮釋，讀者立刻會發現〈古序〉之說微顯含糊，不過也就因為它簡略而含混，使作〈後序〉者有了不少發揮的空間，但詩云羔羊之皮、之革、之縫，也僅是表明大夫燕居之服，[64]〈後序〉以「德如羔羊」說之，當然又容易成為攻〈序〉者眾矢之的。《集傳》：「南國化文王之政，在位皆節儉正直，故詩人美其衣服有常，而從容自得如此也。」朱說的確較無瑕疵。與〈詩序〉、《集傳》相反的說法是清儒崔述所說的「羔裘，大夫常服；退食，大夫常事；初不見有所謂節儉正直者。《鄭箋》訓『退食』為減膳，訓『自公』為從公，以為節儉正直之證。然獻可替否乃為正直，從君豈得謂之正直！『退公』之下係以『自公』，

[64] 《毛傳》：「大夫羔裘以居。」《朱傳》：「小曰羔，大曰羊。皮，所以為裘，大夫燕居之服。」

狀以『委蛇』，明謂退自公朝，豈得以退為減。《朱傳》以為『退朝而食於家，從公門而出』，其訓當矣。然既不用鄭氏之解，何以仍襲節儉正直之說？節儉正直究於何見之乎？惟《朱傳》所謂『從容自得』者於理為近。然則此篇特言國家無事，大臣得以優游暇豫，無王事靡盬、政事遺我之憂耳，初無美其節儉正直之意，不得遂以為文王之化也」，「為大夫者，夙興夜寐，扶弱抑強，猶恐有覆盆之未照，乃皆退食委蛇，優游自適，若無所事事者，百姓將何望焉？」[65] 崔氏強調〈羔羊〉為諷刺之作，今日大陸許多學者認為〈羔羊〉為諷刺士大夫生活過於悠閒安逸之詩，即是受了崔說的啟發，[66] 如同筆者在前面〈行露〉之所言，新說是否真的可以就此取代舊說，實不容過於樂觀。[67]

(八)〈殷其靁〉

〈詩序〉：「〈殷其靁〉，勸以義也。召南之大夫，遠行從政，不遑寧處，其室家能閔其勤勞，勸以義也。」

《辨說》：「按此詩無勸以義之意。」（頁 6）

【按】：〈殷其靁〉只有短短三章：「殷其靁，在南山之陽。何斯違斯？莫敢或遑。振振君子，歸哉歸哉！（一章）殷其靁，在南山之側。何斯違斯？莫敢遑息。振振君子，歸哉歸哉！（二章）殷其

65 崔述：《讀風偶識》，頁 8。
66 黃忠慎：《詩經簡釋》，頁 42。
67 翟相君：「〈羔羊〉寫的是東周王室的大夫，參與周王的祭祀或宴會之後，自公所退出，帶著醉態而歸。」「『委蛇委蛇』應是指走路時搖搖擺擺，從容自得。高亨先生說〈羔羊〉寫的是『衙門中的官吏都是剝削壓迫、凌賤殘害人民、蟠在人民身上，吸食人民血液以自肥的毒蛇。人民看到他們穿著羔羊皮襖，從衙門裡出來，就唱出這首歌，咒罵他們，揭出他們是害人毒蛇的本質』，恐怕不夠穩妥。」《詩經新解》（鄭州：中州古籍出版社，1993 年），頁 86-87。

靁，在南山之下。何斯違斯？莫或遑處。振振君子，歸哉歸哉！（三章）」詩中的男子「不遑寧處」是對的，可是三章都以「歸哉歸哉」作結，照說應是作妻子的盼望丈夫早日歸家，說是「勸以義」，未免過於牽強。[68] 筆者非常同意徐復觀先生對於〈詩序〉價值的說明：「〈詩序〉出現時代的先後，可作判定文獻價值的標準，不一定可作判定《詩》教價值的標準。同時，若認〈詩序〉為有價值，不等於說每一〈序〉皆無瑕疵。若認為無價值，也不等於說每一〈序〉皆無意義。最重要的是應當看出作〈詩序〉者的用心所在。」[69] 筆者以往曾以為〈序〉說不值一哂，及至發現果真《詩》無達詁是千真萬確的事實，而〈詩序〉又有其獨特的創作背景，終於能體會序者的苦心孤詣，也對過往的鄙夷〈詩序〉倍感惶惑，但也在承認〈詩序〉有其價值之後，發現有些〈序〉文確有瑕疵，相信某些〈序〉說固然有不可磨滅的教誡的用心在裡面，但用來說教，只怕效果不彰。〈殷其靁〉是一個例子，「勸以義」之說，想必只是序者挖空心思，以配合朝廷對經書的要求，而朱子則較無這方面的心理壓力，《辨說》當然可以輕鬆地說「此詩無勸以義之意」，但從《集傳》「南國被文王之化，婦人以其君子從役在外而思念之，故作此詩」來看，在婦人思念君子之前，硬生生地加上「南國被文王之化」之句，說教效果仍然不太樂觀。這不是說序者與朱子的以詩說教的功力不夠，而是有些詩篇要賦以政教意義的確比較困難一些。

---

68 明儒呂柟云：「夫召南之大夫遠行從政，不遑寧處，則然矣，其曰室家能閔其勤勞，勸以義者，何也？曰：非振振之君子，其能完歸哉？悉興乎？言雷且有定處，君子不遑，曾雷之不若也。有序乎？曰：陽而側，側而下，雷愈安愈近，君子愈危愈遠。」《毛詩說序》（臺北：新文豐出版公司，1984年），頁6。清儒姜炳璋云：「三章步步加切，纔見周南婦人勉之以義。」《詩序補義》（臺北：商務印書館影印《四庫全書》，第89冊），頁39。類此堅決擁〈序〉者的說詞，著實不值識者一笑。

69 徐復觀：《中國經學史的基礎》，頁154。

(九)〈摽有梅〉

〈詩序〉：「〈摽有梅〉，男女及時也。召南之國，被文王之化，男女得以及時也。」

《辨說》：「此〈序〉末句未安。」（頁6）

【按】：〈摽有梅〉是一篇會讓序者頭痛的詩：「摽有梅，其實七兮。求我庶士，迨其吉兮！（一章）摽有梅，其實三兮。求我庶士，迨其今兮！（二章）摽有梅，頃筐塈之。求我庶士，迨其謂之！（三章）」如朱子所言，〈詩序〉「男女得以及時」之句並不十分妥當。歐陽修曾直率地指出，〈摽有梅〉之詩，「終篇無一人得及時者」，[70] 豈僅如此，詩言「摽有梅，其實七兮」、「摽有梅，其實三兮」、「摽有梅，頃筐塈之」，梅落而致果實僅餘七、餘三，終於掉落殆盡，分明是過時，而絕非及時，當然，面對〈摽有梅〉這樣的詩篇，序者為了配合《詩》教，以「男女得以及時」之說解之，也是不得已的作法，不過，同樣是說教，朱子的《集傳》說得就比〈詩序〉好些：「南國被文王之化，女子知以貞信自守，懼其嫁不及時，而有強暴之辱也，故言梅落而在樹者少，以見時過而太晚矣，求我之眾士，其必有及此即日而來者乎！」，而嚴粲《詩緝》的詮釋〈摽有梅〉，成效又似乎比《朱傳》還好：「此詩述女子之情，欲得及時而嫁，蓋紂之淫風既微，而婚姻以正，女無異志，必待聘而後行，所謂被文王之化也。」[71] 至於一向對〈詩序〉沒有好感的姚際恆《詩經通論》竟認為〈摽有梅〉是「卿大夫為君求庶士之詩」，[72] 過猶不及，

---

70 《詩本義》，頁191。

71 嚴粲：《詩緝》（臺北：廣文書局，1983年），頁16。

72 姚際恆：《詩經通論》，頁58。

筆者以為姚氏之創見特殊而說服力不高。當然，筆者既要強調信服董子所言的《詩》無達詁，對姚氏的解釋雖不以為然，自也有一些興趣。

㈩〈小星〉

〈詩序〉：「〈小星〉，惠及下也。夫人無妒忌之行，惠及賤妾，進御於君，知其命有貴賤，能盡其心矣。」

【按】：前面有幾篇〈序〉不盡如人意，朱子用最簡略的文字帶過，而於問題較大的〈小星・序〉，《辨說》無異議，朱子的愛護〈毛詩序〉由此可見。為何這樣說呢？先看〈小星〉原文及今文《詩》的說解。「嘒彼小星，三五在東。肅肅宵征，夙夜在公。寔命不同！（一章）嘒彼小星，維參與昴。肅肅宵征，抱衾與裯。寔命不猶！（二章）」《韓詩外傳》首卷記載，「曾子仕於莒，得粟三秉，方是之時，曾子重其祿而輕其身；親沒之後，齊迎以相，楚迎以令尹，晉迎以上卿，方是之時，曾子重其身而輕其祿。懷其寶而迷其國者，不可與語仁；窘其身而約其親者，不可與語孝；任重道遠者，不擇地而息；家貧親老者，不擇官而仕。故君子橋褐趨時，當務為急。傳云：不逢時而仕，任事而敦其慮，為之使而不入其謀，貧焉故也。詩云：『夙夜在公，實命不同。』」[73] 王先謙《詩三家義集疏》：「……言曾子親在則祿仕為重，親沒雖卿相不往。《外傳》多推演之詞，而義必相比，明此詩是卑官奉使，故取與曾子仕莒事相儗。唐白居易《六帖・奉使類》引此詩『肅肅宵征，夙夜在公』，正用《韓》義。宋洪邁《容齋隨筆》云：『〈小星〉：「肅肅宵征，抱衾與

---

73 《韓詩外傳》（臺北：臺灣商務印書館，1986年），頁1。

裯」，是詠使者遠適，夙夜征行，不敢慢君命之意。《箋》釋此兩句，謂諸妾肅肅然而行，或早或夜，在於君所，以次第進御。又云，裯者床帳也。謂諸妾夜行，抱被與床帳待進御。且諸侯有一國，其宮中嬪御，雖云至下，固非閭閻微賤之比，何至於抱衾而行。況於床帳，勢非一己之力所能致者，其說可謂陋矣。』宋章俊卿、程大昌亦謂此為使臣勤勞之詩，皆本《韓》為說。」[74] 假如說今古文《詩》都是在為政治服務的，那麼《韓》、《毛》之說，何者較為平實，何者較易為人所接受，當然不言可喻，《辨說》接受〈毛詩序〉之說〈小星〉，實是過於寬宏了。

㈩〈江有汜〉

〈詩序〉：「〈江有汜〉，美媵也。勤而無怨，嫡能悔過也。文王之時，江沱之間，有嫡不以其媵備數，媵遇勞而無怨，嫡亦自悔也。」

《辨說》：「詩中未見勤勞無怨之意。」（頁 6）

【按】：〈江有汜〉是這樣寫的：「江有汜，之子歸，不我以。不我以，其後也悔。（一章）江有渚，之子歸，不我與。不我與，其後也處。（二章）江有沱，之子歸，不我過。不我過，其嘯也歌。（三章）」今日許多學者據詩直尋本義，認為〈江有汜〉是寫男子的失戀，或者倒過來說，以之為棄婦之作，先秦兩漢未必無人知道詩的內容是如此簡單，但這種所謂本義如何說教？朱子以《詩》為理學之輔助教材，認為〈序〉言除了「勤而無怨」為詩中所無之義，餘皆可通。我們可以透過《集傳》，以進一步瞭解〈詩序〉所說的故事：

---

[74] 王先謙：《詩三家義集疏》，上冊，頁 104。此本為今人吳格點校本，誤以洪邁之言僅至「不敢慢君命之意」止，茲改。

是時汜水之旁，媵有待年於國，而嫡不與之偕行者，其後嫡被后妃夫人之化，乃能自悔而迎之。故媵見江水之有汜而因以起興，言江猶有汜，而之子之歸，乃不我以，雖不我以，然其後也亦悔矣。

若說序者與朱子之言，無法從詩中找到確切的證據，吾人之見是，執著於據詩直尋本義者不是視《詩經》為文學要籍麼？然則何以不允許古人讀《詩》時有一些想像力？想像不是文學的要素之一麼？當然毫無條件接受舊說的，往往是古人怎麼說，就怎麼相信，但今日吾人要想支持〈序〉說，王先謙的意見就不能不予以肯定：「『不我以』，謂嫡不以自恃，重言之以實見在情事。『其後也悔』，逆料而勤望之，風人忠厚之恉也。《傳》『嫡能自悔也』，誤為已然事。」[75] 竹添光鴻也強調「『其後也悔』者，是冀幸將來之辭。媵不敢怨，而俟其自悔。必如此解，方與美媵合」。[76] 這都是擁〈序〉者必須重視的意見。

㈩〈野有死麕〉

〈詩序〉：「〈野有死麕〉，惡無禮也。天下大亂，彊暴相陵，遂成淫風，被文王之化，雖當亂世，猶惡無禮也。」

《辨說》：「此〈序〉得之。但所謂無禮者，言淫亂之非禮耳，不謂無聘幣之禮也。」（頁 6）

【按】：〈野有死麕〉被今人視為情詩，廣義而言，言情之詩就

---

75 《詩三家義集疏》，上冊，頁 109。

76 竹添光鴻：《毛詩會箋》（臺北：華國出版社，1975 年），第 1 冊，〈召南〉單元，頁 28。

可歸為情詩，而〈野有死麕〉的確涉及情愛之事：「野有死麕，白茅包之。有女懷春，吉士誘之。（一章）林有樸樕，野有死鹿，白茅純束。有女如玉。（二章）舒而脫脫兮，無感我帨兮，無使尨也吠。（三章）」本詩的第三章是解說的重點，就全體內容觀之，此乃詠男子向女子求愛示好，女子芳心已然許之，在約會時，女子告戒男子切勿鹵莽之作，有了第三章女子的告誡提醒之詞，序者就不難用來說教了。依《辨說》的寫作體例，朱子既同意此篇〈序〉說，在〈序〉文之下，應該不會再繫以任何文字，但因要提醒讀者，〈序〉所謂無禮是指淫亂之非禮，是以補綴數言於〈序〉文之下，吾人在統計時，〈野有死麕〉仍然必須視為朱子毫無異議的一篇。至於朱子之所以強調〈序〉所謂無禮非謂無聘幣之禮，那是針對《鄭箋》「無禮者，為不由媒妁，鴈幣不至，劫脅以成昏」之解釋而發。關於〈詩序〉之說〈野有死麕〉，筆者以為缺失在稍嫌複雜，《集傳》說得就比較容易讓人理解些：「南國被文王之化，女子有貞潔自守，不為強暴所污者，故詩人因所見以興其事而美之。」以《詩》為教育工具者最喜以美刺說詩，就〈野有死麕〉觀之，〈序〉以為刺詩，《集傳》以為美詩，二說似若相反，骨子裡卻是相同的意思，惡無禮之男即是讚美貞潔之女，美貞潔之女就是厭惡強暴之男。可以想見的是，對於這種男女相戀之作，〈詩序〉與《集傳》之說在現今是不會得到太多的人認同的。可是，序者與朱子畢竟是從男女感情的角度來說詩，仍然扣緊了詩的本質，而某些古人推翻了舊說，其新說難道保證不比以往更為迂曲麼？例如清儒方玉潤認定〈野有死麕〉乃「拒招隱也」，他說：「自來解此詩者，不一其說。……姚氏際恆能知眾說之非，而不能獨抒所見，仍主山野為昏之說，至謂吉士為赳赳武夫，亦屬不倫，唯章氏潢云：『〈野有死麕〉，亦比體也。詩人不過託言懷春之女，以諷士之炫才求用，而又欲人勿迫於己者。』然謂懷春之女，其色且如玉也，吉士甯不誘之，又誤解懷春、如玉二語而為一也。夫曰懷春，則其情近乎淫矣；曰如玉，則其德本無瑕矣；語意各別，斷斷不可相混，故范氏處義曰：『女子之德潔白如玉，不可犯以非禮，白茅純束，亦以比德，與「生芻一束，其人如玉」同意。』則其識過章氏遠矣。愚意此必高人逸士，抱璞懷貞，不肯出而用世，故託言以謝當世求才之賢也。」[77] 方氏言下甚有把握，但其說不僅後人難得見到有同意者，甚且還有學者特別指出其說不可信從，如張學波先生就說：

> 章氏以此爲諷士之炫才求用之詩，方氏以此爲拒招隱之作，細味全詩，既無炫才求用之語，尤無拒招隱之意，章氏、方氏之說，斷不可從。[78]

當然，筆者不會因方氏之語就否決〈詩序〉與《集傳》之說，也不會因張先生的「細味全詩」，就立刻否定章氏、方氏之說，三百篇皆無達詁，但若拿〈詩序〉、《集傳》與章潢、方玉潤之說互作比較，吾人可以發現這些說法都肯定了《詩》的教化功能，而〈詩序〉、《集傳》直接從男女情愛的角度出發以說詩，章氏、方氏則繞了個圈子來解詩，若一定要說這些詮解未免迂曲，何者為甚，應是不言可喻的。

㈦〈何彼襛矣〉

> 〈詩序〉：「〈何彼襛矣〉，美王姬也。雖則王姬亦下嫁於諸侯，車服不繫其夫，下王后一等，猶執婦道，以成肅雝之德也。」
>
> 《辨說》：「此詩時世不可知，其說已見本篇。但〈序〉云：『雖則王姬，亦下嫁於諸侯。』說者多笑其陋，然此但讀爲

[77] 方玉潤：《詩經原始》，上冊，頁 255-257。
[78] 張學波：《詩經篇旨通考》（臺北：廣東出版社，1976 年），頁 31。

兩句之失耳。若讀此十字合爲一句，而對下文『車服不繫其夫，下王后一等』爲義，則序者之意，亦自明白。蓋曰王姬雖嫁於諸侯，然其車服制度，與他國之夫人不同，所以甚言其貴盛之極，而猶不敢挾貴以驕其夫家也。但立文不善，終費詞說耳。」（頁7）

【按】：鄭樵嘗譏評〈詩序〉，謂「〈何彼襛矣〉言『雖則王姬，亦下嫁於諸侯』，不知王姬不嫁於諸侯，嫁何人？」[79] 古書無標點，「雖則王姬」句下若加一逗號，則〈序〉文確顯可笑，但若依《辨說》之釋，問題即迎刃而解。此篇〈序〉文下，雖有朱子綴語，但純係在為易生誤解之〈後序〉文字辯解，故仍得視為朱子無異議的一篇。朱子除了支持〈序〉說之外，對於〈何彼襛矣〉的寫作時代也不敢逕自廢除舊說，[80] 這是頗受後人非議的一點。要討論這個問題，我們必須先看看詩是怎麼寫的：「何彼襛矣？唐棣之華。曷不肅雝？王姬之車。（一章）何彼襛矣？華如桃李。平王之孫，齊侯之子。（二章）其釣維何？維絲伊緡。齊侯之子，平王之孫。（三章）」「經」二、三章明白言及平王之孫，齊侯之子，吾人若不讀「傳」，勢必直接解「平王」為東周之平王宜臼，可是《毛傳》卻告訴我們，「平，正也。武王女，文王孫，適齊侯之子」，今文學派的見解則和《毛詩》看法截然不同，王先謙《詩三家義集疏》：「三家說曰：『言齊侯嫁女，以其母王姬始嫁之車遠送之。』……案，如三家說，是『齊侯之子』，為齊侯所嫁之女，平王之孫，周平王之外孫女也。平王女王姬先嫁於齊，留車反馬。今所生之女，嫁西都畿內諸侯之國，榮其所自出，故以其母王姬始嫁之車遠送之。詩人見此車而貴

---

79 詳黃忠慎：《南宋三家詩經學》，頁20。

80 《詩集傳》：「此乃武王以後之詩，不可的知其何王之世。然文王、大姒之教，久而不衰，亦可見矣。……平，正也。武王女，文王孫，適齊侯之子。或曰，平王即平王宜臼，齊侯即襄王諸兒，事見《春秋》，未知孰是。」

之，知其必有肅雝之德，故深美之也。」[81] 雖然今人黃永武先生力主研究《詩經》必從篤守《毛傳》入手，並歸結出《毛傳》的十大長處，[82] 吾人仍必須說，《毛傳》在此將平王解為平正之王是不對的，因為「平王之孫」句下還有「齊侯之子」之句，「平」字若訓正，在文字結構上來講，它是一個形容詞，那麼「平王之孫」底下的「齊侯之子」的「齊」字也應該是一個形容詞才行，這樣，詩的意思就成了「平正之王之孫，齊一之侯之子」，說極牽強，是以「平王」和「齊侯」當是兩個對稱的名詞，「平」字不宜釋為正。詩中的平王是東周平王，而「齊侯之子」之句，也非《毛傳》所說的「適齊侯之子」，關於此點，清儒馬瑞辰已經使用歸納法，證明詩中凡疊言為某之某者，皆指一人言，未有分指兩人者，因此馬氏敢有這樣的說法：

> 《儀禮・疏》引鄭君《鍼膏肓》曰：『齊侯之女，以其母始嫁之車遠送之。』謂此詩為齊侯嫁女之詩，則詩所云『齊侯之子』，謂齊侯之女子，猶〈碩人〉詩『齊侯之子』、〈韓奕〉詩『蹶父之子』皆謂女子也。詩所云『平王之孫』，乃平王外孫。言平王之外孫，則於詩句不類，故省而言之曰孫。猶〈閟宮〉『周公之孫』，不言曾孫，而但言孫也。詩二句皆指齊侯之女子言，於經文正合。[83]

馬文中談到鄭玄《鍼膏肓》云此詩為詠齊侯嫁女，以其母王姬始嫁之車遠送之，考鄭氏箋《毛詩》，於〈何彼襛矣〉亦遵〈序〉、《傳》

---

[81] 王先謙：《詩三家義集疏》，上冊，頁 114。

[82] 詳黃永武：〈怎樣研讀詩經〉，孔孟學會：《詩經研究論集》（臺北：黎明文化公司，1981 年），頁 19-33。

[83] 詳馬瑞辰：《毛詩傳箋通釋》（北京：中華書局，1989 年），上冊，頁 100-102。不過，我們要提醒讀者，馬瑞辰雖然證成了「平王之孫」與「齊侯之子」是指同一人，但他因為以為齊侯嫁女之詩，不應附於〈召南〉，所以依舊解平為平正，齊為齊一。

而無異議，此處所云當係用三家之說，而非個人之見。[84]確定了此詩係歌詠齊侯嫁女之作，我們就可明白此詩的重點並不在王姬了。在此，請容許筆者再強調一點，接受今文家之說，純是為了實事求是，事實上，今古文《詩》對於〈何彼穠矣〉的說教觀點是一致的，都認為這是一篇讚美詩，現今有些學者支持方玉潤《詩經原始》「諷王姬車服漸侈也」之說，[85]也有學者雖認為這是歌詠齊侯嫁女之作，但不認同這是讚美詩，而是南國之人所作的諷刺之作。[86]依筆者之見，透過文字的抽絲剝繭，是有可能看出詩中的重點人物不在王姬，但詩人的觀感（以〈何彼穠矣〉而言，即是詩之美刺）卻是因後人讀詩的領會不同而可以出現不同的見解，硬要說漢儒與朱子誤把諷刺詩讀成讚美詩，也未免武斷了些。

㈣〈騶虞〉

〈詩序〉：「〈騶虞〉，〈鵲巢〉之應也。〈鵲巢〉之化行，人倫既正，朝廷既治，天下純被文王之化，則庶類蕃殖，蒐田以時，仁如騶虞，則王道成也。」

《辨說》：「此〈序〉得詩之大旨，然語意亦不分明。楊氏曰：『二〈南〉正始之道，王化之基，蓋一體也。王者諸侯之風，相須以爲治，諸侯所以代其終也。故〈召南〉之終，至於仁如騶虞，然後王道成焉。夫王道成，非諸侯之是也，然非諸侯有騶虞之德，亦何以見王道之成哉！』歐陽公曰：『賈誼《新書》

84 黃忠慎：《惠周惕詩說析評》（臺北：文史哲出版社，1994年），頁121。
85 如張學波《詩經篇旨通考》，頁33就認為方氏之說「深得詩旨」。
86 糜文開、裴普賢：「齊國國君以娶了周平王的女兒王姬為榮，現在他們所生的女兒嫁到召南地方去，就用王姬嫁來時的花車去送親，來擺闊。南國詩人就作詩來諷刺說：新娘既艷若桃李，車服之盛又眩耀生光，只可惜缺少了些肅敬庸和氣氛了啊！」《詩經欣賞與研究》改編版（臺北：三民書局，1987年），第1冊，頁99。

曰：「騶者文王之囿名，虞者囿之司獸也。」』陳氏曰：『《禮記・射義》云：「天子以騶虞爲節，樂官備也。則其爲虞官明矣。獵以虞爲主，其實歎文王之仁而不斥言也。」』此與舊說不同，今存於此。」（頁7）

【按】：〈騶虞〉文義淺近：「彼茁者葭，壹發五豝。于嗟乎，騶虞！（一章）彼茁者蓬，壹發五豵。于嗟乎，騶虞！（二章）」〈古序〉以〈騶虞〉為〈鵲巢〉之應，這跟把〈麟之趾〉說成是〈關雎〉之應一樣，不太容易引起今人的共鳴。《辨說》面對〈麟之趾〉為〈關雎〉之應之說基本上是同意的，只是認為〈後序〉「麟趾之時」的「之時」二句可刪而已，而面對序者的以〈騶虞〉為〈鵲巢〉之應，朱子只是輕聲表示語意不夠分明罷了。也由於朱子的同意〈騶虞・序〉「得詩之大旨」，他在《集傳》中當然也接受了《毛傳》騶虞為「白虎黑文，不食生物」之義獸之說，實則三家《詩》認為騶虞是為天子、諸侯看管苑囿、陪侍狩獵的官員，其說比之毛說要有來得有根據，再從詩的內容來看，兩章都以「于嗟乎騶虞！」作結，其為讚美騶虞能幹、盡責的詩，應該不會有太大的疑義。〈詩序〉的說法當然有為了說教而刻意曲解某些詩句的毛病，不過只要熟悉古代的《詩》教環境與說《詩》習慣，對於〈序〉說自然也不會太過詫異，朱子就是一個例子，他讀《詩》先從〈詩序〉入手，等到發現鄭樵諸人的不滿〈詩序〉也有幾分道理，解《詩》就想擺脫舊說束縛，然而《詩》教之影響已深入其心，兼以朱子本人也用經書的眼光來讀三百篇，此時即便已有「風者，多出於里巷歌謠之作」的想法，仍舊認定「惟〈周南〉、〈召南〉，親被文王之化以成德，而人皆有以得其性情之正，故其發於言者，樂而不過於淫，哀而不及於傷，是以二篇獨為風詩之正經」，[87] 以是，其說《詩》仍然有舊學的影子，二〈南〉

---

[87] 引文為今20卷本《詩集傳》卷前〈序〉之語。按此〈序〉作於淳熙四年丁酉冬十

的部分尤其明顯，明白了這個道理，我們也就不用再為朱子的批評〈詩序〉非老師宿儒所作，[88]說詩卻又往往不能另出新義，而有所不解、遺憾與譏其固陋了。[89]

《詩經・召南》共計十四篇，但其中〈采蘩〉、〈采蘋〉、〈甘棠〉、〈行露〉、〈小星〉五篇，朱子以為〈序〉說「稍平」，因而沒有任何綴語，這五篇就佔了〈周南〉的百分之三十五點七一，超過

月，朱子四十八歲，當時尚無《詩集傳》一書，但〈序〉先於書而作，當無此理，大陸學者束景南〈朱子作《詩集解》與《詩集傳》考〉以為朱子先作《詩集解》，此書從紹興三十一年（1160年）開始寫作，歷經數次修正，完成於淳熙四年（1177年），後來朱子黜〈毛序〉，作《詩集傳》，此書乃在《詩集解》的基礎上增刪修改三次而成，時為淳熙五年（1178年）至淳熙十三年（1186年）。說詳《朱熹佚文輯考》，頁660-674。是則今本《詩集傳・序》當為《詩集解》之〈序〉。再據朱杰人〈論八卷本《詩集傳》非朱子原帙，兼論《詩集傳》之版本〉一文，朱鑑改訂本應可視為《詩集傳》最權威的版本，現存宋刻本當據蔡元定后山本刊刻，而元明等三個版本（元本藏於臺灣國家圖書館，兩明本藏於上海圖書館及北京圖書館）則傳自朱鑑改訂本，而因為朱鑑改訂本是最具權威的版本，所以元明等三個版本及劉瑾、朱公遷、胡廣才會選用這一系統的版本，說詳林慶彰主編：《經學研究論叢》第5輯（臺灣：學生書局，1998年），頁87-110。但所謂權威版本的《詩集傳》並未收本文所引之〈序〉，然則今坊間流行的《詩集傳》，其卷前〈序〉當為《詩集解》之〈序〉，大致已無問題，但據筆者閱讀各本《詩集傳》的粗淺心得，即便朱子從尊〈序〉到口頭反〈序〉，他還是非常看重二〈南〉，還是認為這兩單元為風詩之正經，這是任何人都無法否認的。

88 朱子：「〈詩序〉多是後人妄意推想詩人之美刺，非古人之所作也。古人之詩雖存，而意不可得。序詩者妄誕其說，但疑見其人如此，便以為是詩之美刺者，必若人也。……看來〈詩序〉當時只是箇山東學究等人做，不是箇老師宿儒之言，故所言都無一事是當。」《朱子語類》，頁2077-2078。

89 趙制陽：「朱子反對〈詩序〉，是由於〈詩序〉把詩旨說壞了。他說〈國風〉是『民俗歌謠之詩』，這一大方向原已被他找到了。可是我們讀他的《詩集傳》，仍不免於失望，因為他喊的是反〈序〉的口號，說詩時卻常常比〈詩序〉更附會。」《詩經名著評介》，頁140。李家樹：「根據〈毛詩序〉，〈周南・樛木〉乃讚美后妃沒有嫉妒之心，能夠善待眾妾之作，《詩集傳》不但因襲了舊說，而且從《詩序辨說》所言，可證後者也不是每首詩都攻擊〈詩序〉的。同樣的例子在《三百篇》中不勝枚舉，朱氏的見識『仍然是固陋的很』。」「《詩集傳》的兩個缺點：無論是在訓詁抑或在闡釋詩旨方面，都達不到作為研讀《詩經》入門書籍的資格。」《詩經的歷史公案》，頁122、124。

三成了。與《辨說・周南》不同的是，〈召南〉中有幾篇雖然墜以較多的文字，但其實並不反對〈詩序〉之說，如〈鵲巢〉，《辨說》其實是為〈詩序〉作疏解的工作；〈野有死麕〉，《辨說》只是提醒讀者〈序〉文「無禮」之含意；〈何彼襛矣〉，《辨說》甚至在為他人的誤讀〈序〉文辯解；〈騶虞〉，《辨說》表示〈詩序〉得其大旨，僅僅是語意不夠分明；如此，〈召南〉十四篇中，朱子接受〈序〉說的竟然高達九篇！假如我們採取更寬宏的眼光，〈羔羊〉既然「〈序〉得之」，只是〈後序〉「德如羔羊」一句為衍說而已，那麼就不妨也視作解說被朱子所認同的一篇，這樣，朱子所接受的〈召南・序〉說就多達十篇了！依比例而言，這就佔了〈召南〉十四篇中的百分之七十一點四二！不過，既然要細數《辨說》對於〈詩序〉的批評，就算是吹毛求疵，我們也要計算進去，亦即雖則〈羔羊〉只是〈後序〉出現衍文，也必須記上一筆缺失，那麼朱子所接受的〈召南・詩序〉總共佔了〈召南〉十四篇中的百分之六十四點二八，比例依舊相當地高。餘四篇中，《辨說》對於〈詩序〉的意見其實也都沒什麼不敬之詞，分別是：〈草蟲〉，詩中人物恐非〈古序〉所謂大夫妻，而是夫人，且未見以禮自防之意。〈殷其靁〉，詩中無〈古序〉與〈後序〉所說的「勸以義」之意。〈摽有梅〉，〈後序〉末句未安。〈江有汜〉，詩中未見〈後序〉所言「勤而無怨」之意。這四篇中，〈草蟲〉僅有〈古序〉一句，無〈後序〉，本難以列入古後〈序〉何者較得朱子偏好的統計之中，但為了公平起見，仍應視為只評到了〈古序〉的一篇。至於〈殷其靁〉，雖說〈古序〉已先有「勸以義」之言，〈後序〉只不過保留其字眼，為了公平起見，我們只有認為〈古序〉與〈後序〉都是被朱子批評的對象。另二篇詩，〈摽有梅〉與〈江有汜〉，《辨說》所指瑕的都是〈後序〉的文字。如此算來，〈古序〉不得朱子之心的僅有〈草蟲〉與〈殷其靁〉兩篇，〈後序〉被批評的則有〈羔羊〉、〈殷其靁〉、〈摽有梅〉與〈江有汜〉

四篇，前者佔〈召南〉總篇數的百分之十四點二八，後者佔百分之二十八點五七，〈後序〉比之〈古序〉更容易受到《辨說》的批評。

結　語

在檢視完朱子《詩序辨說》之處理二〈南〉二十五篇經文，並作了遵〈序〉與評〈序〉的統計之後，吾人願意作出下列五點說明：

⑴按照詩學系統論之觀點，事物都是一個有機組成的系統，整體大於部分之和，從整體出發，儘管在局部有於理不通之處，但其所得一定是整體性的，[90]〈詩序〉的作者群（因筆者不認為〈詩序〉從頭至尾皆為一人所作，故稱為「作者群」）就是將三百篇視作一個有機組成的系統，朱子面對《詩經》的態度也是如此的。朱子雖受到時潮之影響，對於〈詩序〉種種說法起了懷疑之心，但他的《詩集傳》，無論是所謂早期的本子或是經過數度修正過的定本《詩集傳》，與長期深入人心的《詩毛傳鄭箋》其實根本就是同性質的產品。從今本《詩集傳》卷前所附的〈序〉文，（完成於南宋淳熙四年；1177年），表示「《詩》之所謂風者，多出於里巷歌謠之作，所謂男女相與詠歌，各言其情者也。惟周南、召南，親被文王之化以成德，而人皆有以得其性情之正，故其發於言者，樂而不過於淫，哀而不及於傷，是以二篇獨為風詩之正經」，吾人就可輕易嗅到這樣的氣息。雖然此〈序〉並非定本《詩集傳》之〈序〉，但從完成於淳熙十三年（1186年）的定本《詩集傳》與《詩序辨說》觀之，朱子的確是特別重視《詩》中的二〈南〉，而《辨說》面對〈詩序〉之詮釋二〈南〉

---

[90] 毛正夫：《中國古代詩學本體論闡釋》（臺北：五南圖書公司，1997年），頁22。

各篇，言語文字上也極盡溫和客氣之能事。朱子的好友呂祖謙認為朱子性情不夠寬容與厚道，[91]從《辨說》面對〈詩序〉的態度觀之，倒也未必如此。

⑵朱子以三百篇為理學教育之輔助教材，以《詩》說教的態度與漢儒殊無二致，故支持〈序〉說諸篇者固不待言，即便評論並修正〈序〉說者，也都與〈序〉說有著極為相似的基調（**按：淫詩說自然不在此限，但非本文討論範圍，故暫且不論，他日筆者自當另撰專文討論朱子的淫詩說**），後人之不喜〈詩序〉者，往往連帶不喜《集傳》，理由在此。[92]

⑶〈周南〉收詩十一篇，其中〈樛木〉、〈芣苢〉、〈汝墳〉三篇，《辨說》無異議，這佔了〈周南〉中的百分之二十七點二七。餘八篇中，〈桃夭〉、〈兔罝〉、〈漢廣〉三篇，〈辨說〉對〈古序〉不甚滿意，〈關雎〉、〈葛覃〉、〈卷耳〉、〈螽斯〉與〈麟之趾〉五篇，〈辨說〉對〈後序〉之文字有意見，總計〈周南〉十一篇中，朱子不認為〈詩序〉「稍平」的超過七成，達到百分之七十二點七二。

⑷〈召南〉收詩十四篇，其中〈采蘩〉、〈采蘋〉、〈甘棠〉、〈行露〉、〈小星〉五篇，《辨說》於〈序〉文下無任何綴語，這就佔了十四篇中的百分之三十五點七一，超過三成了。另外有四篇〈鵲巢〉、〈野有死麕〉、〈何彼襛矣〉、〈騶虞〉，《辨說》為〈詩序〉所作的綴語，其實重點是在幫助讀者閱讀〈詩序〉，如此說來，《辨說》支持〈詩序〉的竟然高達百分之六十四點二八！比重之高，使我們確信所謂朱子為反〈序〉派的大將之說，與事實委實有極大的

91 詳田浩（Hoyt Cleveland Tillman）：《朱熹的思惟世界》（臺北：允晨文化公司，1996年），頁182。

92 不喜《集傳》的姚際恆就再三地指出，「說《詩》入理障，宋人之大病也」，「不可說入理障」，「詩人從不說理」，詳參趙明媛：《姚際恆詩經通論研究》（中壢：國立中央大學中國文學研究所博士論文，2000年12月），頁87-98。

差距。至於《辨說》對於〈召南・序〉說有意見的各篇中，〈古序〉與〈後序〉所佔〈召南〉單元的比例分別是百分之十四點二八與百分之二十八點五七，兩者與無異議的部分相加，超過百分之百，這是因為〈殷其靁〉的〈古序〉與〈後序〉都有被《辨說》所批評的「勸以義」一詞，所以我們在做統計時，出現了重出的情況，並非統計上出了問題。

⑸將〈周南〉與〈召南〉合併統計，可以發現《辨說》對於〈序〉說可以接受的共有十二篇，佔了二〈南〉二十五篇中的百分之四十八，其餘十三篇，《辨說》所作的綴語不在推翻〈序〉說，而僅是在為〈詩序〉作局部性的修正，因此我們可以確信朱子雖在《語類》中出現了不少批評〈詩序〉的言論，可是不僅定本《詩集傳》並無打倒〈詩序〉的企圖，即便是專為〈詩序〉而作的《辨說》依舊沒有痛詆〈詩序〉的意思，這使我們瞭解到一個事實，朱子確曾對〈詩序〉一度失去信心，但在解讀三百篇時，朱子還是選擇了向〈詩序〉靠攏的傳統路線，這其中最大的關鍵是，假如投向反〈序〉派的陣營，那麼《詩》之所以為教化之工具便落空了；既然朱子以三百篇為理學的輔助教材，在不願篤守〈詩序〉的情況之下，唯有部分接受〈序〉說，部分修正〈序〉說，部分自出新說一途了。何況朱子備受爭議的淫詩說，其用意仍然在說教，而且二十三篇的所謂淫詩也僅佔了全《詩》的百分之七點五四，連一成都不到，所以我們雖然尚未針對《辨說》作全面性的檢視，結論已經呼之欲出了：朱子說《詩》不是反〈序〉派，不是守〈序〉派，昔日清儒姚際恆說「遵〈序〉者莫若《集傳》」，[93] 今日有一些學者誤信其說，其實他們都錯了，朱子不是遵奉〈詩序〉之說，他是尊重〈詩序〉而不全盤接收，是故，一言以蔽之，朱子是標準的尊〈序〉者。

---

[93] 姚際恆：《詩經通論・詩經論旨》，頁5。

第二篇

貽誤後學乎？可以養心乎？[1]
——朱子「淫詩說」理論的再探

前　言

客觀而言，朱子為中國經學史上之泰斗是毋庸置疑的。鄭玄被譽為是東漢最偉大的經學家，精通三《禮》而遍注群經，融合古文、今文而集漢代經學之大成，而朱子則再往前邁進一大步，不僅融合了今

---

[1] 文幸福先生在《孔子詩學研究》（臺北；學生書局，1996 年），頁 197-201 中，有〈朱子淫詩貽誤後學〉一節，彭維杰先生則有〈淫詩養心解〉之文於 2001 年 4 月在彰化師範大學國文系論文研討會上發表。本文主標題借用二人之語，以凸顯朱子淫詩說所獲致的評價之兩極化。

古文，更是「集經學全體大用之大成的大儒」。[2] 對《詩經》、《周易》、《四書》尤為關注的朱子，身為中國第一流的經學家，其《詩》學造詣及其以《詩》說教的苦心，絕對是值得吾人肯定的。[3] 要瞭解朱子的《詩經》學，最直接的方式是從目前仍廣為流傳的《詩集傳》、《詩序辨說》入手，其次是留意《朱子語類》中朱子關於《詩經》學的諸般見地，而一般人對於朱子《詩經》學的概念可以周予同先生的話作為代表：「朱熹《詩經》學之大要，約可析為三方面，即：一、反對〈詩序〉，以為不足憑信；二、不專主毛、鄭，而間採今文《詩》說；三、提出新解，以《詩經》二十四篇為淫佚之作。」[4] 關於朱子之反對〈詩序〉幾乎已經成為《詩經》學史上的常識，不過拙文〈朱子詩序辨說新探——以二〈南〉二十五篇為中心的考察〉已明白指出這其中充滿了對朱子的嚴重誤解，[5] 但這樣的誤解，朱子本身應負某種程度的責任，主要是因他在《語類》中確實有太多的措詞不太和善的反〈序〉的言論。同時，由於宋朝在朱子

---

2 引文見安井小太郎等：《經學史》（臺北：萬卷樓圖書公司，1996年），頁148。值得思考的是，即便是鄭玄、朱子這樣的不世出的大儒，在今日也有人對其學術成就表示了某種程度的反對意見，如周予同就說：「鄭玄是從古文學發展而來的通學派，以古文學為主，雜以今文學，企圖統一經義，但他卻把經義混淆了。留存下來的許多經書，如《詩》、《三禮》、《論語》注本，往往是今文學、古文學、鄭玄注等三種說法混在一起的。經義就是史料。經義混淆了，夏、商、周三代史就很難弄清楚。問題就出在鄭玄身上。」詳朱維錚編：《周予同經學史論著選集》（增訂本）（上海：人民出版社，1996年），頁886-887。而在一片恭維朱子聲中，也有學者對後人以所謂「集大成」之語讚譽朱子，表達了不同的見地，詳拙文〈關於朱子詩經學的評價問題〉，《國文學誌》第3期（彰化：國立彰化師範大學國文系，1999年6月），頁24-26，已收入本書中。

3 錢穆指出，朱子於《周易》與《詩經》二書，尤為用心，見《朱子新學案》（臺北：聯經出版公司，1994年），第4冊，頁1。周予同則說：「朱熹之於經學，其用力最勤者，首推《四書》，其次即為《詩經》」，見：《周予同經學史論著選集》（增訂本），頁156。

4 《周予同經學史論著選集》（增訂本），頁157。

5 拙文於2001年4月在國立彰化師範大學國文系論文研討會上發表，已收入本書。

之前，反〈序〉也可說是一股時潮，所以即便是朱子反〈序〉，也構不成太大的震撼。反觀「淫詩說」的提出，就造成了極大的反應，呈現出極為弔詭的現象，這個弔詭的現象就是賴炎元先生所說的「朱熹最受後世經學家攻擊，同時也被後世學者稱讚的，就是他把〈國風〉中的二十四首詩看作淫詩」。[6] 以往，筆者是反對朱子的淫詩說的，[7] 邇來想法逐漸有所轉變，特別是在筆者連續撰寫了〈關於朱子詩經學的評價問題〉、〈董仲舒詩無達詁說析論〉與〈朱子詩序辨說新探——以二〈南〉二十五篇為中心的考察〉三篇拙文之後，[8] 深感對於朱子此一招致後人兩極化評價的淫詩說不能不另撰專文討論，在本文中，筆者想要究明的是朱子提出淫詩的憑藉與意圖究竟為何？須知朱子有「凡《詩》之所謂風者，多出於里巷歌謠之作，所謂男女相與詠歌，各言其情者也」[9] 的認識，他在實際標解詩旨時，儘可直截了當說這些男女相與詠歌的作品是情詩；既然以淫詩取代情詩，自必有他的用心在內。當他提出淫詩說的時候，有無考慮到這種乍看之下頗令人驚駭的說法會不會引起當時與後世的學者反彈？其後果然有不少學者群起而攻之，學者的反彈哪些是合理的，哪些其實只是誤解？朱子一代大儒，影響力無遠弗屆，淫詩說給後世又帶來了哪些影響？筆者殷盼朱子淫詩說的種種能因著本文的撰寫而讓吾人有更深一層的瞭解。

---

6 賴炎元：〈朱熹的詩經學〉，《中國學術年刊》，第 2 期，1978 年 1 月，頁 55。

7 黃忠慎：《南宋三家詩經學》（臺北：商務印書館，1988 年），頁 257-258。

8 〈關〉文發表於《國文學誌》，已見註 1，〈董〉文發表於《鵝湖月刊》第 293 期（1999 年 11 月），頁 1-15，〈朱〉文發表於 2001 年 4 月彰化師範大學國文系論文研討會，已見註 5。以上三文現皆收入本書。

9 引文為朱子《詩集傳・序》之語。《詩經集傳附斠補》（臺北：蘭臺書局，1979 年），卷前，〈詩經傳序〉，頁 1。

朱子「淫詩說」的思想淵源

傅斯年先生在〈宋朱熹的詩經集傳和詩序辨〉一文中，曾說到朱子的《詩集傳》有三項特長，其中一項就是「敢說明某某是淫奔詩」[10]。依傅先生的行文口氣，似乎以為淫詩說乃朱子的一大發明。其實，嚴格說來，淫詩說並不是朱子的創見，他的觀念是前有所承的，起碼朱子就認為孔子的「鄭聲淫」之說可謂其「淫詩說」的靈感來源。[11]《論語・衛靈公》記載顏淵問孔子治國之道，孔子的回答中有所謂「放鄭聲，遠佞人；鄭聲淫，佞人殆」。[12] 以後《禮記・樂記》承其說曰：「鄭衛之音，亂世之音也，比于慢矣。桑間濮上之音，亡國之音也。」[13] 後人雖對「鄭衛之音」是否即是《詩經》中的鄭、衛之詩，見解不盡相同，不過朱子本人是主張詩樂一致的，認為孔子所說的鄭衛之音即是鄭衛之詩，他曾說：

> 鄭聲淫，所以鄭聲多是淫佚之辭，〈狡童〉、〈將仲子〉之類是也。今喚做忽與祭仲，與詩辭全不相似。[14]

---

[10] 另兩項特長是「拿詩的本文講詩的本文，不拿反背詩本文的〈詩序〉講詩的本文」、「很能闕疑，不把不相干的事實牽合去」，詳傅斯年：〈宋朱熹的詩經集傳和詩序辨〉，《傅斯年全集》（臺北：聯經出版社，1980 年），第 4 冊，頁 428。

[11] 詳張祝平：〈明代豔情小說的發展與朱熹的淫詩說〉，《書目季刊》，卷 30，第 2 期，1996 年 9 月，頁 55。

[12] 〈衛靈公〉第 10 章：「顏淵問為邦。子曰：『行夏之時，乘殷之輅，服周之冕，樂則韶舞。放鄭聲，遠佞人；鄭聲淫，佞人殆。』」

[13] 孔穎達：《禮記正義》，《十三經注疏》（臺北：藝文印書館，1976 年），第 5 冊，頁 665。

[14] 《朱子語類》（臺北：華世出版社，1986 年），第 6 冊，卷 80，頁 2072。

又說：

鄭、衛詩多是淫奔之詩。鄭詩如〈將仲子〉以下，皆鄙俚之言，只是一時男女淫奔相誘之語。……鄭詩自〈緇衣〉之外，亦皆鄙俚，如「采蕭」、「采艾」、「青衿」之類是也。故夫子「放鄭聲」。[15]

孔子說「鄭聲淫」，多少也為朱子的理論提供了一項具體證明，使得淫詩說的成立顯得更為有據，同時，朱子抬出孔子「鄭聲淫」之說，不但打擊到了〈詩序〉，也提醒了讀者，將〈詩經〉中反映男女情感的詩作稱之為淫詩，其理論基礎既然可以上溯至孔門，則其強調淫詩具有反面教材作用也應合乎孔門之《詩》教，讀者若以為其說驚世駭俗，那倒是少見多怪了，更何況，早在朱子之前，漢儒班固、許慎、鄭玄等，都曾或多或少透露出鄭聲淫的訊息，班固在《漢書・地理志》上說：

幽王敗，桓公死，其子武公與平王東遷，卒定虢、會之地，右雒左泲，食溱、洧焉。土陿而險，山居谷汲，男女亟聚會，故其俗淫。鄭詩曰：「出其東門，有女如雲。」又曰：「溱與洧，方灌灌兮；士與女，方秉菅兮。」、「恂盱且樂。惟士與女，伊其相謔！」此其風也。[16]

朱子在《語類》中即據以謂「二〈南〉亦是採民言而被樂章爾。……

15 《朱子語類》，第 6 冊，卷 80，頁 2072。
16 《漢書》（臺北：洪氏出版社，1975 年），第 2 冊，卷 28 下，頁 1652。按：今本《詩經・鄭風・溱洧》作「溱與洧，方渙渙兮。士與女，方秉蕑兮」、「維士與女，伊其將謔」。「將」字，《朱傳》：「當作相，聲之誤也。」

若變〈風〉，又多淫亂之詩，故班固言『男女相與歌詠以言其情』，是也」，[17]顯然有所附和。夷考直釋「鄭聲」為「鄭詩」，有「五經無雙」之美名的東漢許慎於《五經異義》中已有此說，孔穎達《禮記正義．樂記》云：

> 案《異義》云：今論說鄭國之爲俗，有溱、洧之水，男女聚會，謳歌相感，故云：「鄭聲淫」。《左傳》說：煩手淫聲謂之鄭聲者，謂煩手躑躅之聲，使淫過矣。許君謹案：鄭詩二十一篇，說婦人者十九，故鄭聲淫也。今案：鄭詩說婦人者唯九篇，《異義》云十九者，誤也。無「十」字矣。[18]

馬端臨《文獻通考》卷一七八〈經籍五．詩序〉言及朱子《詩集傳》定為男女淫奔之辭的共二十四篇，其中〈鄭風〉即佔十五篇，（按：馬氏列舉的朱子淫詩與事實有若干差距，本文後邊會再說明）吾人由此可以推測許氏之言，對朱子應當不無影響。[19]又鄭玄解釋〈鄭風．東門之墠〉時說：

> 此女欲奔男之辭。……謂所欲奔男之家，望其來迎己而不來則爲遠。[20]

清儒陳啟源如此批評《鄭箋》：「興昏姻之際，得禮則易，不得禮則難，毛義本通也，鄭以為女欲奔男之詞，遂為《朱傳》之濫觴矣。」[21]

---

[17] 《朱子語類》，第6冊，卷80，頁2067。「情」字，原文誤作「傷」，今改。
[18] 孔穎達：《禮記正義》，頁665。
[19] 今人或謂朱子所定淫詩並無24篇之多，或謂應多達30篇，乃至32篇，本文後邊將略作說明。
[20] 《毛詩正義》，《十三經注疏》（臺北：藝文印書館，1976年），第2冊，頁178。

這些都是朱子淫詩說所承受遠的一面的影響。至於近的，自然就是宋儒了，其中又以歐陽修、鄭樵影響朱子最為深刻。歐陽修《詩本義》對於〈靜女〉有這樣的解說：

> 據〈序〉言「〈靜女〉，刺時也。衛君無道，夫人無德」，謂宣公與二姜淫亂，國人化之，淫風大行。君臣上下，舉國之人皆可刺，而難以指明以汶舉，故曰刺時者，謂時人皆可刺也。據此乃是述衛風俗男女淫奔之詩爾，以此求詩，則本義得矣。……淫風大行，男女務以色相誘悅，務誇自道而不知為惡，雖幽靜難誘之女亦然。舉靜女猶如此，則其他可知。[22]

〈靜女〉是《詩集傳》所列淫詩的第一篇，陳啟源對於歐陽公的說法深不以為然，並認為其解〈靜女〉為男女淫奔之詩影響到了朱子：「詩極稱女德，而〈敘〉反言夫人無德，〈敘〉所言者作詩之意，非詩之詞也。橫渠、東萊皆從〈敘〉說，《集傳》獨祖歐陽《本義》，指（靜女）為淫奔朝會之詩，夫淫女而以靜名之，可乎哉！」[23]考朱子對《詩本義》推崇備至確是不容否認的事實，他曾說：「歐陽會文章，故《詩》意得之亦多。」「歐陽公有《詩本義》二十餘篇，煞說得有好處。有〈詩本末篇〉。又有論云：『何者為《詩》之本？何者為《詩》之末？《詩》之本，不可不理會；《詩》之末，不理會得也無妨。』其論甚好。……」「……《詩本義》中辨毛鄭處，文辭舒

---

[21] 陳啟源：《毛詩稽古篇》，重編本《皇清經解》（臺北：漢京文化公司，出版社未註明出版年），第7冊，頁4416。陳氏謂毛義本通，按〈毛序〉謂：「〈東門之墠〉，刺亂也。男女有不待禮而相奔者也。」《毛傳》：「東門，城東門也。墠，除地町町者。茹藘，茅蒐也。男女之際近而易，則如東門之墠；遠而難，則茹藘在阪」、「得禮則近，不得禮則遠」。

[22] 《詩本義》，《四庫全書》（臺北：商務印書館，1983年），第70冊，頁198。

[23] 陳啟源：《毛詩稽古篇》，重編本《皇清經解》第7冊，頁4400。

緩，而其說直到底，不可移易。」「……歐公《詩本義》亦好。」[24] 其器重歐陽公之《詩經》學，由是可見。說朱子受到歐陽修的影響，視〈靜女〉為淫詩，這不能認為是陳啟源的牽強比附。除此之外，鄭樵解〈鄭風·將仲子〉為淫詩，更是對朱子淫詩說具備了強力的催生作用。《詩集傳》解說〈將仲子〉時提到「莆田鄭氏曰：此淫奔者之辭。」《詩序辨說》在〈將仲子·序〉下也有下述綴語：「事見《春秋傳》，然莆田鄭氏謂『此實淫奔之詩，無與於莊公、叔段之事。〈序〉蓋失之，而說者又從而巧為之說，以實其事，誤亦深矣。』今從其說」。[25] 由此觀之，朱熹淫詩說的理論，是淵源有自的，並非無根之談，他是將前人之說解張皇光大，並予以系統化。

除前人的影響之外，朱子藉由熟讀本文，即辭求意，對於不少詩篇自能賦予一番新的詮釋。他認為「大率古人作詩與今人作詩一般，其間亦自有感物道情，吟詠情性，幾時盡是譏刺他人？只緣序者立例，篇篇要作美刺說，將詩人意思盡穿鑿壞了」、「只將本文熟讀玩味，仍不可看諸家注解。看得久之，自然認得此詩是說箇甚事」、「讀詩正在於吟詠諷誦，觀其委曲折旋之意」、「讀《詩》之法，只是熟讀涵味，自然和氣從胸中流出，其妙處不可得而言」、「玩索涵泳，方有所得」，[26] 詩本性情，朱子個人讀《詩》，「涵泳讀取百來遍」，[27] 一再「玩索涵泳」的結果，再加上以今人之情度之古人，終於領悟到〈國風〉中的某些詩篇都是當時男女的言情戲謔之辭，並非〈詩序〉所言的諷刺之作，接著他又將這些男女相與詠歌的情詩，納入其嚴密的理學思想體系中，一概以「淫詩」代稱之，以為這些是《詩經》中反面作品的代表，而作者也都是淫邪之人。（詳見下文之

---

24 《朱子語類》，第6冊，卷80，頁2089、2090。
25 《詩序辨說》（北京：中華書局，1985年），頁16。
26 《朱子語類》，第6冊，卷80，頁2076、2085、2086、2088。
27 引文見《朱子語類》，第6冊，卷80，頁2087。

解說）相較於前人，朱子不惟大大地增加了淫詩的數量，亦且將這些詩篇視為可以幫助讀《詩》之人「思無邪」的作品，也就因為朱子對於淫詩提出前所未有的整體性的說明，淫詩說終於成為朱子說《詩》的特色之一。

朱子「淫詩說」的主要內容

㈠「淫詩」的定義、作者與作意

《詩經》學上有正變之名詞，以〈國風〉而言，鄭玄的說法較具代表性，那就是二〈南〉為正〈風〉，〈邶風〉以下至〈豳風〉為變〈風〉，[28] 朱子大致上是承襲此一說法，他在《詩集傳》卷一〈國風一〉下說：「舊說二〈南〉為正〈風〉，所以用之閨門、鄉黨、邦國而化天下也。十三國為變〈風〉，則亦領在樂官，以時存肄，備觀省而垂鑒戒耳。」不過他在《詩集傳・序》上又如此說道：

> 凡《詩》之所謂風者，多出於里巷歌謠之作，所謂男女相與詠歌，各言其情者也。惟〈周南〉、〈召南〉親被文王之化以成德，而人皆有以得其性情之正，故其發於言者，樂而不過於淫，哀而不及於傷，是以二篇獨爲《詩》之正經。自〈邶〉而下，則其國之治亂不同，人之賢否亦異，其所感而發者，有邪正是非之不齊，而所謂先王之風者，於此焉變矣。

---

28 詳胡元儀輯：《毛詩譜》，重編本《皇清經解續編》（臺北：漢京文化公司，出版社未註明出版年），第 8 冊，卷 1426，頁 5191。本文後邊會再進一步討論關於朱子以為二〈南〉無淫詩的問題。

首先吾人必須明白，朱子指出〈國風〉中多為男女相與詠歌，各言其情之作，倒不是說〈國風〉之詩多數是這一類的作品，而是說在〈國風〉一百六十篇中，情詩較諸祝賀、哀悼、農業、讚美、諷刺、結婚、感傷……之歌為多；[29] 其次，吾人可以發現這些言情之作絕不只二三十篇，但朱子所稱的淫詩就只有這個數目而已，這其中的最大關鍵是，二〈南〉得「性情之正」，這是三百篇中的「正經」，在他而言，當然不可能有淫詩出現。此外，朱子雖承認〈邶風〉以下為變〈風〉，但這十三單元之作亦有正有邪、有是有非，不是可以一概而論的。換言之，〈國風〉中二〈南〉以外的男女之詩，「邪的非的」無疑的當然是淫詩，另有一部分作品是「正的是的」，這些就不能稱之為淫詩了。也就是說，舉凡淫詩必為邪亂的男女之詩，但男女言情之詩不必然為淫詩，淫邪與否的判定標準，端賴這些詩篇源自何國何人而定。亦即，國是「治」的，人是「賢」的，其詩即可得「性情之正」，這些詩篇即便涉及男女之情，朱子也絕不願逕指為淫詩。不過，朱子又說：

> 男女者，三綱之本，萬事之先也。正〈風〉之所以爲正者，舉其正者以勸之也；變〈風〉之所以爲變者，舉其不正者以戒之也。[30]

這話倒是容易讓人以為變〈風〉中的男女之詩皆為淫詩，果真如此，那就誤解了朱子的本意了，但這種誤解，朱子本人自然也要負擔部分責任。要之，「男女之詩」與「淫奔之詩」在內容及形式上確實有其

---

29 王靜芝謂《詩經》中的民間歌謠，其內容有十一類：戀歌、結婚之歌、感傷之歌、和樂之歌、祝賀之歌、悼歌、讚美之歌、農歌、諷刺之歌、勞人思婦之歌、其他。詳《詩經通釋》（臺北：輔仁大學文學院，1991 年），頁 8。

30 《詩經集傳附斠補》，頁 85。

相似性，不過，「男女期會」是一種事實陳述，「男女淫奔」卻是道德批判，在意念上是迥然不同的。因此，吾人要研究朱子所謂的「淫詩」，當然就應以《詩序辨說》或《詩集傳》指稱某詩為淫詩者為討論的範圍，才是比較正確的認知，對朱子也比較公平。

關於淫詩的作者與作意，《朱子語類》記載：

> 李茂欽問：「先生曾與東萊辨論淫奔之詩，東萊謂詩人所作，先生謂淫奔者之言；至今未曉其說。」曰：「若是詩人所作譏刺淫奔，則婺州人如有淫奔，東萊何不作一詩刺之？」……「若人家有隱僻事，便作詩訐其短譏刺，此乃今之輕薄子好作謔詞嘲鄉里之類，為一鄉所疾害者。詩人溫醇，必不如此。如《詩》中所言有善有惡，聖人兩存之，善可勸，惡可戒。」[31]

朱子之見，以詩人溫醇的本性是不可能作淫詩以嘲諷淫奔者的，所以淫詩應是淫奔者所自作，淫奔者既然自作淫詩，那自然不可能存有自我譏諷的意味在其中，《詩》為儒家重要經典，所言當然是以善者佔絕大多數，而淫詩之得以進入三百篇中，自是反面教材無疑了。且讓我們再以〈鄘風．桑中〉、〈鄭風．子衿〉與〈齊風．東方之日〉為例，作為簡單的輔助之說明。〈詩序〉：「〈桑中〉，刺奔也。衛之公室淫亂，男女相奔，至於世族在位，相竊妻妾，期於幽遠，政散民流，而不可止。」「〈子衿〉，刺學校廢也。亂世則學校不脩焉。」朱子云：

> 〈桑中〉之詩，放蕩留連，止是淫者相戲之辭，豈有刺人之

---

31 《朱子語類》，第6冊，卷80，頁2092。

惡而反自陷於流蕩之中？〈子衿〉詞意輕儇，亦豈刺學校之辭！[32]

〈桑中〉、〈子衿〉分別是放蕩留連、詞意輕儇的言情之作，若說詩人有意藉此表達出譏刺的意義，不僅違反了基本的邏輯，其譏刺效果之不佳也可想而知。至於〈東方之日〉，〈詩序〉云：「刺衰也。君臣失道，男女淫奔，不能以禮化也。」朱子云：

此男女淫奔者所自作，非有刺也。其曰君臣失道者，尤無所謂。[33]

〈古序〉謂〈東方之日〉為刺衰之作，這是序者一貫的說《詩》模式，朱子則認為淫詩純粹是男女淫奔所作的淫辭，既然如此，詩義上就絕不可能有譏刺的意涵，〈古序〉硬要配合政教以刺衰說之，這就違反了「男女各言其情」的風詩本質了。不過，我們也注意到，〈東方之日〉的〈後序〉雖承繼〈古序〉之言，點出所謂刺衰的「衰」之背景，但文字中也直指「男女淫奔」，且〈桑中〉也使用了「男女相奔」的字眼，可見序者與朱子對於詩中男女之情事，皆用負面的眼光來面對，這點倒是殊無二致，也由此可知，序者與朱子處理情詩的角度雖不盡相同，但同樣都是保守型的說《詩》者，這是可以十分確定的。

㈡「淫詩」產生的因素

先假設淫詩是詩歌分類學中的一個名詞，那麼我們在探究淫詩產

32 《朱子語類》，第6冊，卷80，頁2075。
33 《詩序辨說》，頁20。

生的因素時，當然也必須先略微說明詩歌之所以誕生。多數學者論及此一問題，大概習慣先引《尚書・堯典》「詩言志，歌永言，聲依永，律和聲。八音克諧，無相奪倫，神人以和」，[34] 以及〈詩大序〉「詩者，志之所之也。在心為志，發言為詩。情動於中而形於言，言之不足故嗟歎之，嗟歎之不足故永歌之，永歌之不足，不知手之舞之、足之蹈之也」[35] 這兩段話，前者單純談言志，但歸結到神人以和之說，不免帶了幾許神祕詩學的意味，[36] 後者把「志」和「情」結合起來談，而正如孔穎達所說，「在己為情，情動為志，情、志一也」，[37] 把這情志搭配人之手舞足蹈，令人想起《禮記・樂記》所言「詩言其志也，歌詠其聲也，舞動其容也。三者本於心，然後樂器從之」的話，[38] 詩、樂、舞三位一體之說，正是古代中國詩歌的一大特徵。[39] 朱子在《詩集傳・序》中則如此論述《詩經》的根源與本質：

> 人生而靜，天之性也；感於物而動，性之欲也。夫既有欲矣，則不能無思；既有思矣，則不能無言；既有言矣，則言

---

34 《尚書正義》，《十三經注疏》（臺北：藝文印書館，1976 年），第 1 冊，頁 46。因《十三經注疏》用的是偽古文《尚書》58 篇，故在此版本中，「詩言志」之語在〈舜典〉裡。

35 《毛詩正義》，頁 13。

36 毛峰：「『神』與『人』是中國人古代智慧和哲學思考的兩極：前者代表不依人力左右的無限存在，常常又被稱為『天』、『命』、『道』、『常』等；後者則是有限的生命個體。中國哲學與美學的最大特點即在於『神』與『人』在本質上是和諧的、統一的，並且彼此經常處於相互感應、溝通、互化、互為所用的關係之中，所謂『天人感應』便成為中國人的基本哲學世界觀，這一點貫穿在美學與詩學上，則是以『和』為美，並且把詩及其他一切藝術的最終目的和本體效果歸之為『神人以和』。」《神祕詩學》（臺北：揚智文化公司，1997 年），頁 41-42。

37 《春秋左傳正義》，《十三經注疏》（臺北：藝文印書館，1976 年），第 6 冊，頁 891。

38 《禮記正義》，頁 682。

39 此外，大陸學者葉舒憲認為，詩言志的「言志」實為「言寺」的假借，接著他又對於「寺」進行文字與語源上的破解工作，其說亦不妨參閱。詳《詩經的文化闡釋》（武漢：湖北人民出版社，1994 年），頁 134-243。

之所不能盡，而發於咨嗟詠嘆之餘者，必有自然之音響節族而不能已焉，此詩之所以作也。曰：然則其所以教者何也？曰：詩者，人心之感物而形於言之餘也。心之所感有邪正，故言之所形有是非。[40]

關於心、性、情等概念，朱子有極為充分的理學理論系統作為支撐，下列的說法是大家最為熟知的：

喜怒哀樂，情也，其未發則性也。無所偏倚，故謂之中；發皆中節，情之正也。[41]

又：

惻隱、羞惡、辭讓、是非，情也。仁、義、禮、智，性也。心統性情者也。端，緒也。因其情之發，而性之本然可得而見，猶有物在中而緒見於外也。[42]

朱子認為心統攝性情，性為心之體，情為心之用，兩者是相輔相成的。性的特質是靜態的，此所以牟宗三先生稱朱子的「性」是「只存有而不活動」；[43] 情的特質是動態的，故能感物而動，人心所產生而升起的許多情感，不論是道德性的，或是情緒性的，都屬於情，這是詩歌的根源。朱子指出，由情而生情思，進而形諸語言、音聲、歌謠，這是一貫且自然的發展過程。詩歌的本質，就是人心能感於物而

40 《詩經集傳附斠補》，卷前，〈詩經傳序〉，頁1。
41 《中庸章句》，《四書集注》【甲種本】（臺北：世界書局，1989年），頁2。
42 《孟子集注》，《四書集注》【甲種本】（臺北：世界書局，1989年），頁47。
43 牟宗三：《中國哲學十九講》（臺北：學生書局，1983年），頁34。

動，進而有思有言，這思與言會配合自然之音響節奏而進一步發展為詩。作詩之人之情思若能發而皆中節，自亦無所謂不善的問題，然而人的氣稟卻是相去甚遠的，朱子說：

> 就人之所稟而言，又有昏明清濁之異。故上知生知之資，是氣清明純粹，而無一毫昏濁，所以生知安行，不待學而能，如堯舜是也。其次則亞於生知，必學而後知，必行而後至。又其次者，資稟既偏，又有所蔽，須是痛加工夫，「人一己百，人十己千」，然後方能及亞於生知者。[44]

又說：

> 人之氣稟有清濁偏正之殊，故天命之正，亦有淺深厚薄之異，要亦不可不謂之性。[45]

又說：

> 性即理也。當然之理，無有不善者。故孟子之言性，指性之本而言。然必有所依而立，故氣質之稟不能無淺深厚薄之別。孔子曰「性相近也」，兼氣質而言。[46]

人的氣稟既有昏明清濁、深淺厚薄之不同，因此人情感物而動，自然會與外物之相應者互相誘發，而使得表現在音聲歌詠上有著邪正是非的差異。詩是邪是正，主要關鍵在於人的氣稟與外物的呼應，由此看

44 《朱子語類》，第 1 冊，卷 4，頁 66。
45 《朱子語類》，第 1 冊，卷 4，頁 67。
46 《朱子語類》，第 1 冊，卷 4，頁 67-68。

來，朱子十分強調環境對於某些作者、作品具有相當程度的影響。[47]

至於淫詩產生的因素，朱子認為這是地理環境與人民氣稟所共同導致的結果。他在《詩集傳》〈衛風〉末篇〈木瓜〉之後說：

> 衛國十篇，三十四章，二百三句。張子曰，衛國地濱大河，其地土薄，故其人氣輕浮；其地平下，故其人質柔弱；其地肥饒，不費耕耨，故其人心怠惰。其人情性如此，則其聲音亦淫靡。故聞其樂，使人懈慢而有邪僻之心也。鄭詩放此。[48]

鄭衛的地理環境誘發了當地人民輕浮、靡弱、怠惰的氣質，這種負面的氣質充分反映在音樂及詩歌上，所創作的自然就是靡靡之音、淫亂之詩了。[49]只是，除了鄭衛之詩外，其餘地區的那些淫詩或所謂柔靡之作，是否也牽涉到地域與人民氣稟的因素，朱子並未明言，我們只好解釋成氣稟昏濁淺薄之男女並非鄭、衛獨有了。

㈢「淫詩」與「思無邪」

在孔子論《詩》的言論中，「《詩》三百，一言以蔽之，曰：思無邪」之語為人所皆知，包咸謂「思無邪」即歸於正之意，孔穎達解釋說：「此章言為政之道在於去邪歸正，故舉詩要當一句以言之。……《詩》雖有三百篇之多，可舉一句當盡其理也。曰「思無邪」者，此詩之一言，〈魯頌・駉〉文也。《詩》之為體，論功頌德，止僻防邪，大抵皆歸於正，故此一句可以當之也。」[50]假若包、孔沒有

---

[47] 趙明媛：《姚際恆詩經通論研究》（中壢：國立中央大學中國文學研究所博士論文，2000 年 12 月），頁 231-232。

[48] 《詩經集傳附斠補》，頁 41。

[49] 趙明媛：《姚際恆詩經通論研究》，頁 231-232。

[50] 《論語注疏》，《十三經注疏》（臺北：藝文印書館，1976 年），第 8 冊，頁 16。

誤解孔子之意，那麼，朱子提出的「淫詩說」的確與與孔子的「思無邪」之間存在著相當大的矛盾，說得直率些，要承認孔子「思無邪」之說無誤，就只好否認三百篇中有朱子所謂的作者自述的淫詩。然而，關於這一點，朱子有自己的一套說詞，他說：

> 孔子之稱思無邪也，以為《詩》三百勸善懲惡，雖其要歸，無不出於正，然未有若此言之約且盡者耳。非以作詩之人所思皆無邪也。今必曰：彼以無邪之思，鋪陳淫亂之事，而閔惜懲創之意，自見於言外，則曷若曰：彼雖以有邪之思作之，而我以無邪之思讀之，則彼之自狀其醜者，乃所以為吾警惕懲創之資邪？而況曲為訓說，而求其無邪於彼，不若反而得之於我之易也。巧為辨數，而歸其無邪於彼，不若反而責之於我之切也。[51]

朱子指出，「思無邪」並非就三百篇詩義的內容而論，而是希望讀《詩》的人用無邪之思去閱讀詩作，他在《論語集注》中解釋「思無邪」這句話說：

> 凡詩之言，善者可以感發人之善心，惡者可以懲創人之逸志，其用歸於使人得其情性之正而已。然其言微婉，且或各因一事而發，求其直指全體，則未有若此之明且盡者，故夫子言《詩》三百篇，而惟此一言足以盡其義，蓋其示人之意，亦深切矣。[52]

---

51 郭齊、尹波點校：《朱熹集》（成都：四川教育出版社，1996 年），第 6 冊，頁 3650-3651。

52 《論語集注》，《四書集注》【甲種本】（臺北：世界書局，1989 年），頁 7-8。

《詩經》中的各篇作品所言有善有惡，自然不可能無聖人所謂「邪」之描述，然而《詩經》的價值即在於使讀者能見賢思齊，見不賢而內自省，最終得情性之正，「思無邪」指的是集合整部《詩經》而對讀者所能激發的道德感發作用。[53] 朱子相信孔子對《詩經》作過一番整理的工作，詩三百篇邪淫之辭並存，這就是孔子以客觀的編輯態度整理的結果，從教育的立場出發，欲使讀者批判過失，好善惡惡，由此得到正心明德的結果。[54]

在朱子的觀念裡，淫詩是屬於《詩經》中惡、邪的代表，也是讀者當引以為戒的部分。「思無邪」涉及的是關乎讀者的問題，並非就作者或作品層面來談，如果一定要以「思無邪」來解釋作品意義，無疑是將詩教的功能削減一半。如此，《詩經》將僅存勸善的作用，而喪失了懲惡的意義。[55] 朱子把「思無邪」由對詩作的評價轉化為讀者讀詩的目的和結果，[56] 這樣一來，朱子認定《詩經》中有淫詩的說法，就不僅不與孔子的話有所衝突，並且還成為能夠瞭解孔子微言的知音了。[57]

㈣朱子所定「淫詩」篇目之分析

關於朱子淫詩的篇目，由於隨人的判定標準不同，說法也頗有出入。宋儒王柏以為有三十二篇，[58] 元儒馬端臨以為有二十四篇，近人

---

53 趙明媛：《姚際恆詩經通論研究》，頁 235。

54 彭維杰：〈朱子學詩之本說發微〉，《國文學誌》（彰化：國立彰化師範大學國文系，1998 年），第 2 期，頁 13。

55 趙明媛：《姚際恆詩經通論研究》，頁 236。

56 張祝平：〈朱熹詩經說與明清誨淫文學之辨〉，《第二屆詩經國際學術研討會論文集》（北京：北京語文出版社，1996 年），頁 439。

57 不過，要確定朱子的解釋是否能得孔子本義，亦非易事，蓋後人對孔子「思無邪」之見解原本不盡相同，參程樹德：《論語集釋》（北京：中華書局，1990 年），頁 65-68 的討論。

58 王柏：《詩疑》，《通志堂經解》（臺北：漢京文化公司，出版社未註明出版年），第 17 冊，頁 10054-10055。

何定生以為有二十七篇，[59] 趙制陽以為有二十八篇，[60] 程元敏則先以為有三十篇，後又以為有二十九篇。[61] 王柏所言三十二篇失之浮濫，本文第六節〈朱子淫詩說造成的影響〉會另作專門的討論，茲以馬端臨所定的二十四篇在數目上較為接近實情，可作為探討《朱傳》淫詩數量的基礎，因此以下就以此說為檢討的對象，釐清朱子淫詩的篇目。

馬端臨對朱子的淫詩說在進行了簡易的分析之後，如此說道：

> 今以文公《集傳》考之，其指以爲男女淫泆奔誘，而自作詩以敘其事者，凡二十有四。如：〈桑中〉、〈東門之墠〉、〈溱洧〉、〈東方之日〉、〈東門之池〉、〈東門之楊〉、〈月出〉，則〈序〉以爲刺淫而文公以爲淫者所自作也。如〈靜女〉、〈木瓜〉、〈采葛〉、〈丘中有麻〉、〈將仲子〉、〈遵大路〉、〈有女同車〉、〈山有扶蘇〉、〈蘀兮〉、〈狡童〉、〈褰裳〉、〈丰〉、〈風雨〉、〈子衿〉、〈揚之水〉（按：《詩經》有三篇〈揚之水〉，分別在〈王風〉、〈鄭風〉與〈唐風〉中，此謂〈鄭風・揚之水〉）、〈出其東門〉、〈野有蔓草〉，則〈序〉本別指他事，而文公亦以爲淫者所自作也。[62]

馬端臨指出，《詩經》中被朱子視為淫詩的有二十四篇。然而，檢視

59 何定生：《詩經今論》（臺北：商務印書館，1973 年），頁 225。

60 趙制陽：「在《集傳》中，被朱子定為淫男的詩四篇，淫女的詩十二篇，淫男兼淫女的十二篇。」《詩經名著評介》（臺北：學生書局，1983 年），頁 141。

61 程氏兩說分見《王柏之詩經學》（臺北：嘉新水泥公司，1968 年），頁 68；〈朱子所定國風中言情緒詩研述〉，《孔孟學報》第 26 期，1973 年，頁 153-164。

62 馬端臨：《文獻通考》（臺北：新興書局，1963 年），第 2 冊，卷 187，經籍五，頁 1540。本文所用朱子《詩序辨說》之本，書末亦附有馬端臨之〈詩序論〉，上述引文見頁 51。

朱子《詩集傳》與《詩序辨說》對這二十四篇詩所作的主題說明與對〈序〉文的糾正，吾人發現，把〈鄭風〉的〈出其東門〉、〈野有蔓草〉、與〈陳風〉的〈月出〉也納進來，實是馬氏的疏忽。朱子在《詩集傳》中如此說解〈出其東門〉：

> 人見淫奔之女而作此詩。以爲此女雖美且眾，而非我思之所存，不如己之室家，雖貧且陋，而聊可自樂也。是時淫風大行，而其間乃有如此之人，亦可謂能自好而不爲習俗所移矣。羞惡之心，人皆有之，豈不信哉！[63]

於《詩序辨說》則在〈序〉說「〈出其東門〉，閔亂也。公子五爭，兵革不息，男女相棄，民人思保其室家焉」之下云：

> 五爭事見《春秋傳》，然非此之謂也。此乃惡淫奔者之詞，〈序〉誤。[64]

朱子以為，〈出其東門〉表彰的是不受淫風影響的潔身自好之男子，如雲如荼的「淫奔之女」並非詩義所要闡發的主要內容，這些只是對照的背景，反襯出詩中不棄貧陋室家之男子的可貴，不但不是淫詩，反而是一篇惡淫奔者之詞。朱子說：

> 某今看得〈鄭〉詩自〈叔于田〉等詩之外，如〈狡童〉、〈子衿〉等篇，皆淫亂之詩，而說《詩》者誤以爲刺昭公、刺學校廢耳。〈衛〉詩尚可，猶是男子戲婦人。〈鄭〉詩則不然，多是婦人戲男子，所以聖人尤惡鄭聲也。〈出其東

---

63 《詩經集傳附斠補》，頁55。
64 《詩序辨說》，頁19。

門〉卻是箇識道理底人做。」[65]

又說：

讀《詩》正在於吟詠諷誦，觀其委曲折旋之意，如吾自作此詩，自然足以感發善心。今公讀《詩》，只是將己意去包籠他，如做時文相似。中間委曲周旋之意，盡不曾理會得，濟得甚事？若如此看，只一日便可看盡，何用逐日只捱得數章，而又不曾透徹耶？且如人入城郭，須是逐街坊里巷，屋廬臺榭，車馬人物，一一看過，方是。今公等只是外面望見城是如此，便說我都知得了。如〈鄭〉詩雖淫亂，然〈出其東門〉一詩，卻如此好。[66]

朱子認為〈出其東門〉是〈鄭風〉中難得的傑作，作者也是明理之人，絕非淫詩一類，由此看來，要從馬端臨所言來統計朱子所謂淫詩之數目，先得扣掉〈出其東門〉，這樣就是二十三篇了。

至於〈鄭風〉的〈野有蔓草〉，《朱傳》說：「男女相遇於野田草露之間，故賦其所在以起興。言野有蔓草，則零露漙矣。有美一人，則清揚婉矣。邂逅相遇，則得以適我願矣。」[67]《詩序辨說》則只針對〈後序〉「君之澤不下流」一語提出簡評：「東萊呂氏曰：君之澤不下流，迺講師見零露之語，從而附益之。」[68] 光憑這樣的說法，就要逕指朱子判定〈野有蔓草〉為淫詩，恐未必公允。〈陳風・月出〉的情形也是一樣，《朱傳》：「此男女相悅而相念之辭。」[69]

65 《朱子語類》，第6冊，卷80，頁2068。
66 《朱子語類》，第6冊，卷80，頁2086。
67 《詩經集傳附斠補》，頁56。
68 《詩序辨說》，頁19。
69 《詩經集傳附斠補》，頁83。

《詩序辨說》只是如此評論〈詩序〉「刺好色也。在位不好德而說美色焉」：「此不得為刺詩。」[70]試問，僅憑此就說〈月出篇〉在朱子心目中是標準的淫詩，合理麼？

如此，馬端臨所提到的朱子淫詩二十四篇，先扣除〈出其東門〉，再扣掉〈野有蔓草〉與〈月出〉，那就是二十一篇了。

前面我們說到據何定生先生的觀察，淫詩計有二十七篇，他將馬氏所列的二十四篇中，刪除了〈采葛〉、〈揚之水〉與〈出其東門〉、〈東方之日〉四篇，新增〈氓〉、〈有狐〉、〈大車〉、〈東門之枌〉、〈防有鵲巢〉、〈株林〉與〈澤陂〉七篇，所否決的篇目中，〈出其東門〉確非淫詩，上文已然作過說明，〈王風・采葛〉則《朱傳》說：「采葛所以為絺綌，蓋淫奔者託以行也。」[71]《詩序辨說》：「此淫奔之詩，其篇與〈大車〉相關，其事與采唐、采葑、采麥相似，其詞與〈鄭・子衿〉正同，〈序〉說誤矣。」[72]〈鄭風・揚之水〉則《朱傳》說：「淫者相謂。言揚之水則不流束楚矣，終鮮兄弟，則維予與女矣。豈可以它人離間之言而疑之哉！彼人之言特誑女耳。」[73]《詩序辨說》：「此男女要結之詞，〈序〉說誤矣。」[74]〈齊風・東方之日〉則《朱傳》云：「（首章）言此女躡我之跡而相就也。（二章）言躡我而行去也。」[75]《詩序辨說》：「此男女淫奔者所自作，非有刺也。」[76]由此可見，何氏所刪四篇中，除了〈出其東門〉之外，餘三篇朱子皆自謂淫詩，絕不該排除在外。接著我們來檢視何氏所增的七篇，首先是〈衛風・氓〉，《朱傳》：「此淫婦為

70 《詩序辨說》，頁26。
71 《詩經集傳附斠補》，頁46。
72 《詩序辨說》，頁15。
73 《詩經集傳附斠補》，頁55。
74 《詩序辨說》，頁19。
75 《詩經集傳附斠補》，頁59。
76 《詩序辨說》，頁20。

人所棄，而自敘其事以道其悔恨之意也。」[77]《詩序辨說》對於〈詩序〉以「刺時」、「刺淫泆」解詩，強調「此非刺詩」。[78] 依此，〈氓〉中的婦人確為朱子所謂的淫婦，但詩旨主要是這位棄婦自道其悔恨之意，要列入朱子所說的淫詩中，不是絕不可以，只是有點勉強。畢竟，〈氓〉缺乏柔靡輕浮的淫詩特質，與真正的淫詩不能等量齊觀。其次是〈衛風・有狐〉，《朱傳》：「狐者，妖媚之獸。……國亂民散，喪其妃耦，有寡婦見鰥夫而欲嫁之，故託言有狐獨行，而憂其無裳也。」[79]《詩序辨說》則指出〈後序〉「男女失時」之句未安，以及說明了〈後序〉所謂「殺禮而多昏」的相關意義，[80] 合兩者而觀之，〈有狐〉似乎「淫」的程度遠不如鄭衛那些男女相與戲謔之作，但《集傳》既然強調狐者妖媚之獸，而寡婦又主動地想嫁與鰥夫，則列為淫詩，亦未嘗不可。其三是〈王風・大車〉，《朱傳》在解釋首章「大車檻檻，毳衣如菼」後，不忘加上這麼一句「淫奔者相命之辭也」。又說：「周衰，大夫猶有能以刑政治其私邑者，故淫奔者畏而歌之如此。然其去二〈南〉之化則遠矣。此可以觀世變也。」解釋詩三章說：「民之欲相奔者，畏其大夫，自以終身不得如其志也。」[81]《詩序辨說》於〈序〉所謂「刺周大夫也。禮義陵遲，男女淫奔，故陳古以刺今大夫不能聽男女之訟焉」之下，綴語曰：「非刺大夫之詩，乃畏大夫之詩。」[82] 由此可見，將〈大車〉列為朱子定義下的較為廣義的淫詩，大抵上還是可以的。其四是〈陳風・東門之枌〉，《朱傳》：「此男女聚會歌舞，而賦其事以相樂也。」[83] 說朱

---

77 《詩經集傳附斠補》，頁 37。
78 《詩序辨說》，頁 13。
79 《詩經集傳附斠補》，頁 40-41。
80 《詩序辨說》，頁 14。
81 《詩經集傳附斠補》，頁 46。
82 《詩序辨說》，頁 15。
83 《詩經集傳附斠補》，頁 81。

子痛恨男女聚會歌舞相樂，因而以〈東門之枌〉為淫亂之詩，這著實是冤屈了朱子。《詩序辨說》則僅在〈序〉說下綴語曰：「同上。」〈東門之枌〉的上篇是〈宛丘〉，〈詩序〉說：「刺幽公也。淫荒昏亂，遊蕩無度焉。」《辨說》：「陳國小，無事實，幽公但以諡惡，故得遊蕩無度之詩，未敢信也。」[84] 由此可知，〈東門之枌〉完全不合乎朱子心目中的淫詩條件，把這詩算進朱子所指稱的淫詩中，端的是不妥。其五是〈陳風‧防有鵲巢〉，《朱傳》解詩中的「予美」為「指所與私者也」，謂「此男女有私而憂或閒之之詞。」[85]《詩序辨說》在〈詩序〉「憂讒賊也。宣公多信讒，君子憂懼焉」下說：「此非刺其君之詩。」[86] 就憑「男女有私」之句，就遽然視〈防有鵲巢〉為淫詩，這是全然沒有慮及淫詩文詞露骨、讀之令某些古代保守人士臉紅的特質的作法，平白無故使朱子淫詩又多了一篇，我們計算朱子淫詩數目時，當然要把這篇排除在外。其六是〈陳風‧株林〉，《朱傳》：「靈公淫於夏徵舒之母，朝夕而往夏氏之邑，故其民相與語曰，君胡為乎株林乎？從夏南耳。然則非適株林也，特以從夏南故耳。蓋淫乎夏姬，不可言也，故以其子言之。詩人之忠厚如此。」[87] 如同我們在前面所說的，朱子認為淫詩是淫奔者自作，絕非詩人作以諷刺某事之詩，這樣，〈株林〉又怎麼會是朱子所謂的淫詩呢？更何況《詩序辨說》還認為〈詩序〉解〈株林〉為「刺靈公也。淫乎夏姬，驅馳而往，朝夕不休息焉」，「〈陳風〉獨此篇為有據」。詩人作詩以刺靈公，正表明了朱子根本不認為〈株林〉是一篇淫詩！最後是〈陳風〉的〈澤陂〉，《朱傳》以為「此詩大旨與〈月出〉相類」，[88]〈月出篇〉上文已然討論過，《朱傳》解為「男女相悅而相念之辭」，並非

---

84 《詩序辨說》，頁 25。
85 《詩經集傳附斠補》，頁 83。
86 《詩序辨說》，頁 26。
87 《詩經集傳附斠補》，頁 84。
88 《詩經集傳附斠補》，頁 84。

淫詩，假若連〈月出〉、〈澤陂〉都當成是朱子所謂的淫詩，那就是表明了朱子迂腐至連尋常男女的相悅相念都絕對不允許，要知朱子固然是標準的道學家，但還不至於刻板到這樣不近人情的地步的。

將元儒馬端臨與近人何定生對於淫詩的觀察，以朱子自述淫詩為淫人自作的標準來檢視，並且以朱子自己的解詩之言，合而析論，我們可以發現，以馬說為基準，扣除誤入的〈出其東門〉、〈野有蔓草〉與〈月出〉，朱子淫詩共是二十一篇。何氏刪除了不該刪的〈采葛〉、〈揚之水〉與〈東方之日〉，我們可以不必理會。倒是他所新添的七篇淫詩中，固然有五篇是誤解了朱子所謂淫詩的定義，但〈有狐〉、〈大車〉與朱子的淫詩說雖有一些差距，卻也若合符節，不妨就視為廣義的淫詩，如此，《詩經》中的淫詩就有二十三篇了。

前文指出，趙制陽先生以為朱子淫詩有二十八篇，程元敏先生以為有二十九篇，趙先生未指明二十八篇之篇目名稱，筆者無從評論，程先生先後列出的三十篇與二十九篇並未超出上述討論的範圍，足見他所謂的淫詩是用最為廣義的眼光，但筆者堅持前面的管見，以〈有狐〉、〈大車〉為淫詩，都已是儘量廣義化了，焉能再有所增添？

此外，今人王春謀先生認為朱熹所定之淫詩有三十篇之多，這當中有〈叔于田〉一篇超出了前面所討論到的範圍，[89]這是相當令人錯愕的歸入，〈鄭風〉的〈叔于田〉任何人讀之也不可能解為淫詩，不過我們討論的是朱子所指稱的淫詩，為了公平起見，還是要由朱子本人的解讀來檢驗。《朱傳》：「段不義而得眾，國人愛之，故作此詩。言叔出而田，則所居之巷若無居人矣，非實無居人也，雖有而不如叔之美且仁，是以若無人耳。或疑此亦民間男女相說之詞也。」[90]《詩序辨說》：「國人之心貳於叔，而歌其田狩適野之事，初非以刺

---

89 王春謀：《朱熹詩集傳淫詩說之研究》，（臺北：國立政治大學中國文學研究所碩士論文，1979年），頁45。

90 《詩經集傳附斠補》，頁48。

莊公，亦非說其出於田而後歸之也。……此詩恐其民間男女相說之詞耳。」[91] 朱子對於〈叔于田〉，一方面以史說詩，一方面又疑心此為民間男女相悅之詞，前者毋庸多談，後者且不論無據，即使真是民間男女相悅之作，也完全不合乎前面吾人所提到的朱子所謂淫詩必備的一些條件。

綜合上述，《詩集傳》所定之淫詩，假若我們不要自行對詩中涉及的人物情事作出過度的道德判斷，《詩經》中合乎朱子所謂淫詩者，充其量也不過二十三篇，茲依《集傳》按〈國風〉篇次，排列如下：

〈邶風〉：〈靜女〉

〈鄘風〉：〈桑中〉

〈衛風〉：〈有狐〉、〈木瓜〉

〈王風〉：〈采葛〉、〈大車〉、〈丘中有麻〉

〈鄭風〉：〈將仲子〉、〈遵大路〉、〈有女同車〉、〈山有扶蘇〉、〈蘀兮〉、〈狡童〉、〈褰裳〉、〈丰〉、〈東門之墠〉、〈風雨〉、〈子衿〉、〈揚之水〉、〈溱洧〉

〈齊風〉：〈東方之日〉

〈陳風〉：〈東門之池〉、〈東門之楊〉

在此，我們不妨再追問一句，從朱子本身對於詩篇的解題，即已可以瞭解淫詩的數目，何以前人歸納出的淫詩數目卻往往多於二十三篇？[92] 理由很簡單，朱子自言，「以詩考之，衛詩三十有九，而淫奔之詩才四之一；鄭詩二十有一，而淫奔之詩已不翅七之五」，[93] 筆者

91 《詩序辨說》，頁 16。

92 筆者行文使用「往往」二字正表示也有例外者，如趙明媛在其大作《姚際恆詩經通論研究》中就以為朱子淫詩僅有二十二篇，其與本文所認定者差別在於趙氏未把〈衛風・有狐〉納進，筆者將此詩與〈王風・大車〉皆視為較為廣義的淫詩，理由已如正文所述，茲不贅。

93 《詩經集傳附劄補》，頁 56。

相信這鄭衛淫詩的百分比，朱子並未仔細盤點，而是僅憑印象的粗略估計，就因這樣的百分比，使得學者往往自行揣摩朱子明言淫詩之外的詩作，希望藉以由此落實前述的所謂四之一、七之五，若然，則淫詩數目的被膨脹，倒也不是平白無故，更不能責怪研究者好事了。

此外，由《詩集傳》所定的二十三篇淫詩觀之，〈鄭風〉獨占鼇頭，有十三篇之多，佔了全部淫詩的百分之五十六點五二，更佔了〈鄭風〉二十一篇中的百分之六十一點九！如果再加上雖構不成標準淫詩但涉及男女之情意者如〈出其東門〉、〈野有蔓草〉等篇，數據之高就更為驚人，後人常以鄭衛之詩相提並論，若就男女情詩的數量而論，衛詩著實是瞠乎其後了。同時吾人也發現，朱子雖以上述之作為淫詩，但在解釋時也義取多家，古人說詩原本已有淫詩之論，這點毋庸贅述，甚至連部分〈詩序〉的見解也被他取之融入說解中，當代詩說之足取者也「莫不擇善而從，絕無門戶之見」[94]，加上己意頻出，可見《詩集傳》能廣獲好評也是其來有自的。

朱子「淫詩說」理論的特色

㈠勇於推翻常人視為神聖的權威舊說

宋代的《詩經》研究之所以能取得重大的突破，極為重要的原因之一是，某些宋儒的思維方式大幅更新，他們敢於對《詩經》漢學系統提出質疑與挑戰，在這方面，朱子是極具代表性的人物之一。作為一流的理學家，又是以居敬、窮理、踐實為道德的修養方法的一個聖

94 馬宗霍：《中國經學史》（臺北：商務印書館，1979年），頁116。

者，[95] 要整理、注解那麼多的古典，照說可以發揚闡述舊學的態度面對群籍，但他卻每每能推陳出新，敢於對古代的學理提出質疑與批判，進而善於提出新證據、新見解，解答眾人之疑，超越了前人與時人的水準，將許多古籍的研究推向了一個嶄新的階段，《詩經》只是其中之一而已。

朱子面對《詩經》中的某些愛情詩，一反漢儒以美刺說詩的窠臼，大膽地將這類詩作視為男女互相誘引、戲謔、贈答的淫奔之詞，這在當時是需要過人的勇氣，而為了維護自己將古代偶見的淫詩說擴大成以理學說詩的一部分，他不得不對古學提出全新的闡發，包括孔子有關《詩經》的某些見解。《論語・為政》記錄孔子之言：「《詩》三百，一言以蔽之，曰：『思無邪』。」孔子借用〈魯頌・駉〉中的一句作為《詩》三百的總括說明，朱子對此說提出了自己的見地，他以為：「只是『思無邪』一句好，不是一部《詩》皆『思無邪』。」[96] 指出「思無邪」一句固然好，但是不能說一部《詩》三百篇都是無邪之作，其持論的依據在於三百篇中仍有部分淫奔之詩，凡淫奔之詩皆為淫奔之人所作，故不能稱為「思無邪」。其言曰：

> 問「思無邪」之義。曰：「此只是三百篇可蔽以《詩》中此言。所謂『無邪』者，讀《詩》之大體，善者可以勸，而惡者可以戒。若以爲皆賢人所作，賢人決不肯爲此。若只一鄉一里中有箇恁地人，專一作此怨刺，恐亦不靜。至於皆欲被之絃歌，用之宗廟，如〈鄭〉〈衛〉之詩，豈不褻瀆！[97]

---

[95] 日人渡邊秀方推崇朱子為聖者，並謂求之於泰西，唯有亞里斯多德、康德可以相提並論，詳《中國哲學史概論》（臺北：商務印書館，1979年），〈近世哲學〉第2編，頁62-66。

[96] 《朱子語類》，第6冊，卷80，頁2065。

[97] 《朱子語類》，第6冊，卷80，頁2090。

又曰：

> 〈桑中〉、〈溱洧〉之篇，則雅人莊士有難言之者矣。……。曰：彼雖以有邪之思作之，而我以無邪之思讀之，則彼之自狀其醜者，乃所以為吾警惕懲創之資邪？[98]

朱子以為詩中那些男女打情罵俏、文詞毫無蘊藉之致的作品絕非出於賢人之手，又以〈桑中〉、〈溱洧〉為例，不同意「作詩之人皆思無邪」的既定說法，他認為《詩》三百篇中存在著淫詩，這是不容否認的事實；他也不贊成用所謂的「以無邪之思鋪陳淫亂之事」的說法來維護孔子「思無邪」的《詩》教觀點，在他看來，「彼以有邪之思鋪陳淫亂之事」才是實情，既然如此，讀者以無邪之思閱讀淫奔之詩，才能糾正作者心態之偏差而使歸於情性之正。

由此觀之，朱子在具體的關鍵問題上，即便是人人口中能誦的聖賢之言，如果有可以討論的空間，他就不會一味屈從，而是提出不同的觀點，或作出其本人的解讀，這種勇於懷疑並超越先儒舊說的精神是相當有魄力的。[99]

---

98 郭齊、尹波點校：《朱熹集》，第 6 冊，頁 3650。按朱子此處之說，前面已詳引，此處因行文上的再度需要，故特為簡引之。

99 按：朱子身為一代大儒，其身分當然遠非歷史上極少數「非湯武、薄周孔」的特立獨行的另類儒生可及於萬一。批評孔子一句「思無邪」，並提出嶄新的解讀，對於朱子這樣的動見觀瞻的大學問家，已可謂展現了令人驚詫的魄力，更何況朱子對於儒經的懷疑俯拾可得，信手舉例，如：「《春秋》，某煞有不可曉處，不知是聖人真箇說底話否？」（《朱子語類》，第 6 冊，卷 83，頁 2175）「或曰：『經文不可輕改。』曰：『改經文，固啟學者不敬之心，然舊有一人，專攻鄭康成解《禮記》不合改其文。如「蛾子時術之」，亦不改，只作蠶蛾子，云，如蠶種之生，循環不息，是何義也！且如〈大學〉云：「舉而不能先，命也。」若不改，成甚義理！』」（《朱子語類》，第 6 冊，卷 87，頁 2227）「今看孟子考禮亦疏，理會古制亦不甚得……。」（《朱子語類》，第 6 冊，卷 90，頁 2299）限於篇幅，這裡所舉之例，僅是朱子疑經議古的千百分之一，其勇於推翻前賢舊說的魄力實是讓人折服。

㈡肯定詩本性情，重視《詩經》的文學性

在群經中，《詩經》最大的特點是它兼具經學與文學雙重性質與價值，以往的儒生幾乎都沒有正視《詩經》的文學成就，當然這也是其來有自的，蓋孔子認為《詩經》具有多方面的實用價值，[100] 影響所及，經生研讀三百篇，重點就不會擺在詩作的藝術展現。朱子則把《詩經》與其他純粹的經學典籍稍作區分，主張研讀《詩經》還需要具備一副文學的眼光。朱子說：

> 聖人有法度之言，如《春秋》、《書》、《禮》是也，一字皆有理。如《詩》亦要逐字將理去讀，便都礙了。[101]

又說：

> 聖人之言，在〈春秋〉、〈易〉、〈書〉無一字虛。至於《詩》，則發乎情，不同。[102]

在朱子的觀念裡，義理當然是絕頂重要的，但對於三百篇這種詩歌體裁的經典而言，讀者應注重於其義理之外的文學色彩及情調，而文學的寓意往往依據形象思維來把握，不必像追求典型的義理之作那般逐

---

[100] 葉慶炳：「孔子曰：『小子何莫學乎《詩》？《詩》可以興、可以觀，可以群，可以怨。邇之事父，遠之事君，多識於鳥獸草木之名。』（《論語・陽貨》）又曰：『誦《詩》三百，授之以政，不達；使於四方，不能專對；雖多，亦奚以為？』（《論語・子路》）興觀群怨屬性情修養，事父事君為倫理實踐，多識於鳥獸草木之名，是有助於博文強識，授之以政，使於四方，則又應用於政治外交。《詩經》既有多方面實用價值，難怪孔子以之授徒。」《中國文學史》（臺北：學生書局，1987年），上冊，頁17。

[101] 《朱子語類》，第6冊，卷80，頁2082。

[102] 《朱子語類》，第6冊，卷81，頁2100。

字逐句去探索。由此觀之，朱熹在思維方式上與墨守成規的漢學家是迥然不同的，在研究態度上與清代某些《詩經》學家傾其全力於詩文的訓詁上，也是截然有異的。[103]

漢學家往往把《詩經》當作宣揚教化思想的工具，排斥或刻意忽視《詩經》的文學性，朱子對於這樣的研經取向不太認同，他一再強調「平心看詩人之意」，主張以文學的角度去說《詩》。而朱子力圖從文學角度說《詩》的重要表現，即在於其對「情性」的重視，因為情感體驗原為詩歌創作與鑑賞活動的本質之一，[104] 基於這個認識，朱子在解讀《詩經》的時候，比較重視人物的性情，肯定詩歌的抒情功能，他說道：

> 大率古人作詩，與今人作詩一般，其間亦自有感物道情，吟詠情性，幾時盡是譏刺他人？只緣序者立例，篇篇要作美刺說，將詩人意思穿鑿壞了。[105]

倘若一律按美刺說《詩》，那就少不了要去穿鑿附會、曲解詩意，如此一來，有時會把作品弄得面目全非。朱子別具慧眼，看出古今詩人作詩都是「感物道情，吟詠情性」，指出了淫詩的現象，肯定這些詩是直寫男女之情事，雖不免鄙俚，但作者倒是皆發乎於真情為詩，內容也不外是男女之間的俗事，並非如漢儒所託言的君臣之政事，例如〈衛風·木瓜〉，〈詩序〉云：「〈木瓜〉，美齊桓公也。衛國有狄

---

[103] 李家樹批評《詩集傳》的訓詁過分簡略，並以清儒陳啟源、馬瑞辰、陳奐對某些詩句的解說，來襯托出「《詩集傳》在這方面的缺點就更明顯了」，詳《詩經的歷史公案》（臺北：大安出版社，1990 年），頁 114-118。這種忽略學者治學精神與取向不同的比較法，其實是毫無意義的。本文在結論中會再提醒讀者，其實朱子的訓詁功力也未必就差了。

[104] 褚斌杰、常森：〈朱子詩學特徵論略〉，《第三屆詩經國際學術研討會論文集》（香港：天馬圖書有限公司，1998 年），頁 171。

[105]《朱子語類》，第 6 冊，卷 80，頁 2076。

人之敗，出處於漕，齊桓公救而封之，遺之車馬器服焉。衛人思之，欲厚報之，而作是詩也。」朱子認為：「疑亦男女相贈答之辭，如〈靜女〉之類。」〈王風・丘中有麻〉，〈詩序〉云：「丘中有麻」，思賢也。莊王不明，賢人放逐，國人憂之，而作是詩。《朱傳》說：「婦人望其所與私者而不來，故疑丘中有麻之處，復有與之私而留之者。」朱子把風詩中的一些男女言情之作視為淫詩，在道德批判上持否定的態度，因而受到某些學者的駁斥，我們也不否認，某些所謂淫詩，其實只是男女情愛的大方顯現，「淫奔」、「淫女」等字眼也不禁要讓我們眉頭深皺，但我們同時也不應該忽視的是，這一個不盡合理的批判，也說明了朱子撕去了漢儒貼在這些詩上的美刺說教標籤，承認了詩歌在抒寫男女性情方面的作用，他以文學角度對這些愛情詩作出貼近詩意的闡釋，恢復作品本來的面目，這是朱子的獨到之處，[106] 朱子的這一個標示，其意義不僅在衝破了傳統聖賢立言之說，也為研究上古文學史作出了不小的貢獻。[107]

㈢系統完整地闡述「淫詩」為教的理學意義

朱子提出《詩經》中有淫詩之說，在經學史上可說是震古鑠今之舉。既然《詩經》不僅僅是單純的詩歌總集，倘若僅以文學的角度去解讀，這是略嫌不足的朱子當然不會這麼做。眾所周知，朱子學說的最高範疇是理，理不僅是宇宙間最高的、終極性的存在，而且是人類社會最高的道德準則；對於朱子的淫詩說，除了讀者觀詩的立場所形成的理學論述以外，朱子更運用理學的角度闡釋淫詩產生的必然性，藉以扭轉對孔子所謂的「思無邪」的看法，由此觀之，從淫詩的產生、淫詩的讀法、以至於讀淫詩的目的，每一環節都是扣緊理學的義

106 殷光熹：〈宋代疑古惑經思潮與詩經研究新思維〉，《第二屆詩經學術研究會論文集》（北京：語文出版社，1995年），頁433。
107 張宏生：〈朱子詩集傳的特色及其貢獻〉，《中國經學史論文選集》（臺北：文史哲出版社，1993年），頁255。

理而形成完整的理論體系，[108] 解讀朱子的淫詩說，必然要由理學的角度切入，才能完整地掌握其中的真實內涵。

從淫詩的創作論來看，朱子認為淫詩的產生是因為作者在性之欲的驅動下，情之陷溺而流於淫邪，其本心又未能主宰情性使其歸於道德之正，在這種情況之下發而為詩，因此有了淫詩之作；從淫詩的存在價值來看，朱子指出保存淫詩的必要性與合理性，而他所謂「存淫詩」的根本目的是為了根除淫詩，並非鼓勵後人去大量地創作淫詩。朱子從思想上根本否定淫詩，但是肯定其有「可以觀」的認識作用及教化目的，透過「觀」這個讀詩作用然後達到「思無邪」的目的，這裡的「思無邪」顯然不等同於孔子的原意，而是由理學修養教化的方向要求讀者達到「思無邪」的境界。朱子希望讀淫詩的人能夠心無邪念，並使心體虛明澄澈，而且要經常維持道心的提撕，以為自身之主。[109] 這與他理學思想中強調「格物致知」、「格物窮理」的觀念是一致的，讀《詩》是格物的一種方式和過程，最後必須達到「致知窮理」，也就是「思無邪」。「存」的目的是為了「觀」，這是有其認識作用與教化目的的，是與其教化理論一致的。[110] 由此看來，朱子是在理學的思想體系下，提出淫詩的理論。正如大陸學者張祝平先生所說的「朱熹從提出『淫詩』入手，圍繞對它存在這一現象的解釋展開了他的詩論體系，從聖人不刪淫詩這一態度引出『《詩》可以觀』，觀而知所懲勸，揭示《詩》教的手段途徑和作用，最後明確《詩》教要達到使讀者思無邪這一根本目的，形成了以《詩》為教的完整體系，所以說不是朱熹發現了『淫詩』，而是他首先系統完整的闡述了「淫詩」為教的理學意義。」[111] 正因如此，我們在檢討朱子

---

108 彭維杰：〈淫詩養心解：朱熹淫詩說理學釋義及其價值〉，（國立彰化師範大學國文系學術研討會論文，2001 年 4 月），頁 2。

109 彭維杰：〈淫詩養心解：朱熹淫詩說理學釋義及其價值〉，頁 18-19。

110 張祝平：〈明代豔情小說的發展與朱熹的淫詩說〉，頁 57。

111 張祝平：〈明代豔情小說的發展與朱熹的淫詩說〉，頁 56。

的淫詩說時，還得明白朱子的理學觀，以及他的倫理思想，包括以天命加氣稟的雙重人性論為基礎的道德起源說、維護封建等級秩序的「三綱五常」道德原則及其規範、節欲主義的理欲觀……等等，[112]這樣才能見出朱子提出淫詩說的真意。

後人對於朱子「淫詩說」的質疑

㈠「鄭聲淫」與「放鄭聲」的問題

有關鄭聲的諸多爭論，坦白而言，是個治絲愈棼的問題，大陸學者趙沛霖先生曾經說道：

> 鄭聲問題是詩樂關係中的一個特殊問題，也是一個被封建詩教搞得比較紊亂的問題，什麼是鄭聲、鄭聲的性質和特點以及鄭聲與鄭詩的關係，歷代學者頗有爭論，至今認識也未完全統一。[113]

事實上，朱子的淫詩說之所以成為眾矢之的，最主要的原因不在於他對於「思無邪」一語的解讀與眾不同，而是因為朱子由孔子的「鄭聲淫」而推論出「鄭詩淫」，這與孔子的《詩》教的確是有一些距離，也著實違反了一般人所理解的儒家的基本教義。後世的學者主要基於三方面來替孔子辯護：

---

112 詳鄒永賢：《朱熹思想論叢》（福建：廈門大學出版社，1993 年），頁 145-176。
113 趙沛霖：《詩經研究反思》（天津：天津教育出版社，1989 年），頁 245。

1.自「淫」字之義辨之

朱子淫詩說的理據之一是孔子有「鄭聲淫」之語，但這「淫」之一字，後人的解釋卻出現了相當大的彈性，如清儒陳啟源就說：

> 朱子《辯說》謂孔子「鄭聲淫」一語，可斷盡〈鄭風〉二十一篇，此誤矣。夫子言鄭聲淫耳，曷嘗言鄭詩淫乎？聲者，樂音也，非詩詞也。淫者，過也，非專指男女之欲也。古之言淫多矣，於星言淫，於雨言淫，於刑言淫，皆言過於常度耳。樂之五音十二律，長短高下皆有節焉，鄭聲靡曼幼眇，無中正和平之致，使聞之者導欲增悲，沉溺而忘返，故曰淫也。[114]

陳氏把「淫」字解釋為超過常度，「鄭聲淫」就是鄭國的樂音超過常度，沒有中正和平的情致。今人賴炎元、蔡根祥也屬於此說的擁護者。[115]

2.自聲與詩異辨之

早在朱子提出淫詩說時，另一儒林泰斗呂祖謙就和朱子進行筆墨之爭，朱子認定《詩》中有淫詩，理由之一就是孔子說過「鄭聲淫」，呂氏不認為《詩》中有所謂的淫詩，就是因為他認為「詩」和「聲」是不同的，[116]前引陳啟源之說，也是認為聲是樂音，不是詩詞，近年來研究者頗多的清代的姚際恆在《詩經通論・詩經論旨》中又提到：

114《毛詩稽古編》，重編本《皇清經解》，第7冊，頁4416。

115 分見賴炎元：〈朱熹的詩經學〉，《中國學術年刊》，第2期，1978年1月，頁61。蔡根祥：〈朱熹詩集傳鄭風淫詩說平議〉，《孔孟月刊》，卷25，第1期，1986年9月，頁21-23。

116 詳李家樹：《詩經的歷史公案》，頁83-112。

夫子曰「鄭聲淫」，聲者，音調之謂；詩者，篇章之謂；迥不相合。世多發明之，意夫人知之矣。且春秋諸大夫燕享，賦詩贈答，多《集傳》所目爲淫詩者，受者善之，不聞不樂，豈其甘居于淫佚也！[117]

依據他的說法，朱子的錯誤在於把「鄭聲淫」與「鄭詩淫」之間畫上等號，很多人以為這是姚氏批駁朱子淫詩說的一大創見，實際呂祖謙與陳啟源都有過這樣的意見，不過姚氏之書較具影響力，故其提出此說之後，今日學者普遍認為此一說法確實對朱子造成不小的打擊，如文鈴蘭研究姚際恆《詩經通論》，就說：

朱熹誤讀「鄭聲淫」一語，認錯聲淫即詩淫，姚氏反駁淫是從音樂歌調上講的，並不是指內容，鄭聲與鄭風之間不能加上等號。[118]

當然要想確定朱子以為「聲淫即詩淫」是否純係錯認，不能僅憑姚氏一己之說，還得有更多令人信服的依據才行。

3.自「放鄭聲」之「放」字辨之

在《詩經》研究史上經常與姚際恆被人連在一塊討論的清儒方玉潤，獨具隻眼地從「放鄭聲」之「放」字大作文章：

〈鄭風〉古目爲淫，今觀之，大抵皆君臣、朋友、師弟、夫

117《詩經通論》，《姚際恆著作集》（臺北：中央研究院中國文哲研究所，1994年），第1冊，頁5。

118 文鈴蘭：《姚際恆詩經通論之研究》（臺北：國立政治大學中國文學研究所博士論文，1994年），頁194。

婦互相思慕之詞，其類淫詩者，僅〈將仲子〉及〈溱洧〉二篇而已。……然則聖言非歟？竊意〈鄭風〉實淫，但經刪定，淫者汰而美者存，故鄭多美詩，非復昔日之鄭矣。其〈溱洧〉一篇，尚存不刪者，以其爲鄭實錄，存之篇末，用爲戒耳。此所謂「放鄭聲」也。宋儒不察，但讀「鄭聲淫」一語，遂不理會「放」字，凡屬鄭詩，悉斥爲淫。[119]

對於以上三個圍繞著鄭聲與鄭詩的論述，筆者不能不略作說明。首先要指出方氏一廂情願地以為今本《詩經》是經過前人刪汰的本子，是以他雖同意〈鄭風〉多淫詩，但那是刪《詩》之前的事，既然〈鄭風〉中的淫詩，絕大多數已被「放」掉，朱子還在斥責鄭詩為淫，那就是讀書未能精察了。吾人雅不願浪費篇幅，又要舉證歷歷，以明孔子其實未曾刪《詩》，只能說，朱子的淫詩說當然還有討論的空間，但說宋儒不察，忽略了「放鄭聲」的「放」這個字，也未免太小覷了朱子，委實不值識者一笑了。

其次，何必從訓詁學上來看，八歲小兒也知道聲是聲，詩是詩，聲不等同於詩，只是，就這兩個字分別觀之固然如此，要據此而說孔子所謂「鄭聲淫」絕對不是指「鄭詩淫」，那就又未免言之過早，筆者管見，古代詩與樂具有密不可分的關係，此眾所熟知，既然如此，聲淫而詩絕不淫，只恐不合常理，實則早在朱子以前，漢、唐諸儒除了服虔之外，幾乎一致認為鄭聲和鄭詩沒有兩樣，[120] 難怪朱子敢說「周衰，惟鄭國最為淫俗，故諸詩多是此事」了。[121] 不過，面對呂

---

[119] 方玉潤：《詩經原始》（臺北：藝文印書館，1981 年），上冊，頁 501-502。

[120] 程元敏：《王柏之詩經學》（臺北：嘉新水泥公司，1968 年），頁 160-163。另，趙沛霖《詩經研究反思》，頁 246 說，直到現在仍有人主張「無論講鄭風、鄭聲、鄭音、鄭志、鄭詩，都是一回事」，原註：楊凌羽〈簡論鄭風〉（《華南師院學報》，1982，2）即主此說。

[121] 引文見《朱子語類》，第 6 冊，卷 81，頁 2109。

祖謙「放鄭聲矣，則其詩必不存」的質疑，朱子的回答是「放是放其聲，不用之郊廟賓客耳，其詩則固存也」，這個解釋卻是不好，因為他早已說過不應於〈鄭風〉之外別求鄭聲的話，[122] 此則又以〈鄭風〉包含鄭詩與鄭聲，難免矛盾之嫌，反觀朱子的三傳弟子王柏就乾脆多了，他一口咬定淫詩為漢儒所竄，故而建議刪《詩》，[123] 認為淫即是淫，何須在「詩」與「聲」上纏夾不清？原本王柏的建議也有為朱子淫詩說解套的美意，只可惜朱子的淫詩說自有深邃且寓教化於內的理學意義存在，王柏膚淺，不明於此，終至刪《詩》之議，徒惹後人笑柄。[124]

稍微令人難以為朱子開脫的是陳啟源釋淫為「過度」，以及「鄭聲靡曼幼眇，無中正和平之致，使聞之者導欲增悲，沉溺而忘返，故曰淫也」的解讀，但僅據此而判定朱子淫詩說失去依據，那又未必盡然，蓋淫字既有多義，又何嘗必不可直接解釋為淫靡輕柔？《禮記・樂記》說：「魏文侯問於子夏曰：『吾端冕而聽古樂，則唯恐臥；聽鄭衛之音，則不知倦。敢問：古樂之如彼何也？新樂之如此何也？』子夏對曰：『今夫古樂，進旅退旅，和正以廣。弦匏笙簧，會守拊鼓，始奏以文，復亂以武，治亂以相，訊疾以雅。君子於是語，於是道古，脩身及家，平均天下。此古樂之發也。今夫新樂，進俯退俯，姦聲以濫，溺而不止；及優侏儒，獶雜子女，不知父子。樂終不可以語，不可以道古。此新樂之發也。今君之所問者樂也，所好者音也！夫樂者，與音相近而不同。』」[125] 魏文侯與子夏討論到古樂與新樂的問題，子夏以「進俯退俯，姦聲以濫」等語說明了新樂的特質，根據鄭玄的注解，「俯，猶曲也。言不齊一也。濫，濫竊也。溺而不

122 《朱文公文集》，《四部叢刊初編》（臺北：商務印書館，1975年），第58冊，卷34，頁546。
123 王柏：《詩疑》，《通志堂經解》，第17冊，頁10054-10055。
124 關於王柏建議刪除淫詩，本文後邊在討論朱子淫詩說的影響時，將再論及。
125 《禮記正義》，頁686、691。

止，聲淫亂無以治之。」《孔疏》：「新樂者，謂今世所作淫樂也。近俯退俯者，謂俯僂曲折，不能進退齊一，俱區屈進退而已，行伍雜亂也。姦聲以濫者，謂濫竊不正，言姦邪之聲濫竊不正，不能和正以廣也。」[126]試問，「詩言志，歌永言，聲依永，律和聲」（〈堯典〉語，已見前引），當鄭聲有淫靡之特質時，（當然不是說當時鄭國一定僅有這一類型的音樂）鄭詩中的男女言情之作，搭配上輕柔委婉、靡曼幼眇的鄭聲，再依照朱子賢者必不作此類詩歌的判斷，那不是淫詩了麼？

在此，筆者要強調一點，絕非現下筆者探究朱子的淫詩說，就不許學者不支持朱子的論調，相反的，筆者仍要重申淫詩說依舊有批判的空間，只是殷望後人不要抓住古書中的一字一句，就以為可以將學術宗師辛苦建立的一套完整體系摧毀殆盡。就以聲與詩是否有別的這個問題而言，今人李家樹先生判定朱呂二人的往來論辯，呂氏在這場筆墨官司中獲得勝利，[127] 其實朱呂二人都是大家，兩人的見地各擅勝場，也不能全無罅隙，又有誰可以勝任裁判的角色？林慶彰先生曾說：「孔子並未明言鄭聲即鄭詩，所以孔子所說『鄭聲淫』是否即等於『鄭詩淫』，因沒有其他佐證的材料，以致留給後人太多想像的空間。」[128] 筆者傾向於認為既然「鄭聲淫」，而〈鄭風〉中的男女言情之詩又特多，所以朱子以聲淫而詩淫，也自有其理論依據，但考慮到孔子之言確如林先生所說尚有想像的餘地，故也不便（當然也沒資格）在此作出勝敗是非的判決。

126《禮記正義》，頁 691。

127 李家樹：《詩經的歷史公案》，頁 83-112。

128 林慶彰：〈姚際恆對朱子詩集傳的批評〉，《中國文哲研究所集刊》（臺北：中央研究院中國文哲研究所，1996 年 3 月），第 8 期，頁 3-4。

㈡「淫詩」是否皆為淫人自作的問題

朱子淫詩理論中有謂淫詩乃淫人自作，後人對此一說法不以為然者不在少數，頗受朱子好評的歐陽修，其《詩本義》在解〈野有死麕〉時就說：

> 《詩》三百篇，大率作者之體不過三四爾：有作詩者自述其言以爲美刺，如〈關雎〉、〈相鼠〉之類是也；有作者錄當時人之言，以見其事，如〈谷風〉錄其夫婦之言，〈北風其涼〉錄去衛之人之語之類是也；有作者先自述其事，次錄其人之言以終之者，如〈溱洧〉之類是也；有作者述事與錄當時人語，雜以成篇，如〈出車〉之類是也。[129]

歐陽公所云三百篇「作者之體不過三四爾」之說當然未盡，但也由此可以瞭解，《詩》未必是詩人自敘其事下的產物，因此朱子謂淫詩皆淫者自道之說，也頗引發後人懷疑。後世儒者在抨擊此說時，矛頭大致由三方而來，其一為「淫者何至自狀其醜」？元儒馬端臨云：

> 夫羞惡之心，人皆有之，而況淫泆之行，所謂不可對人言者。市井小人，至不才也；今有與之語者，能道其宣淫之狀，指其行淫之地，則未有不面頸發赤，且詐且諱者，未聞其揚言於人曰：「我能姦，我善淫也。」且夫人之爲惡也，禁之使不得爲，不若愧之而使之自知其不可爲，此鋪張揄揚之中，所以爲閔惜懲創之至也。[130]

129《詩本義》，頁 192。〈北風其涼〉者，篇名當為〈北風〉。

130 馬氏原文見《文獻通考》，第 2 冊，卷 178，經籍五，頁 1540。本文所用朱子《詩序辨說》之本，書末亦附有馬端臨之〈詩序論〉，以上引文見頁 53。

馬氏認為男女淫奔這等踰禮敗俗之事，為之者諱匿隱祕唯恐不及，又怎會直書其人其地其事呢？不過，朱子在辨說〈序〉以「刺奔」解〈桑中〉時，曾提及「豈有將欲刺人之惡，乃反自為彼人之言，以陷其身於所刺之中而不自知也哉！其必不然也明矣。又況此等之人，安於為惡，其於此等之詩，計其平日，固以自口出而無慚矣，又何待吾之鋪陳，而後始知其所為之如此，亦豈畏吾之閔惜，而遂幡然遽有懲創之心也」，[131] 依朱子之見，僅用羞惡之心繩繫其人，是不會起多大的作用的，史書所載道其苟合之事以誇榮同儕者並不少見，[132] 上流社會之人尚且如此，何況是朱子所指的閭巷小人呢？以是，馬氏之言尚無法對朱子淫詩說造成明顯的威脅。

其二是以為依其經文不似全為淫者之言，蓋朱子所論諸篇，由詩文判斷，大抵為作者自敘之辭，確是不假，但亦有未盡然者，如〈東門之池〉、〈東門之楊〉，其辭就頗似詩人代言；至於〈溱洧〉下有「女曰」、「士曰」，更加可以肯定必是詩人述事之辭，而朱子一律定為淫奔者自敘之作，難怪方玉潤有這麼一段話：「《辯說》以為鄭俗淫亂，乃其風聲氣息流傳已久，不為兵革不息、男女相棄而後然也。庶幾近之矣。然《集傳》又以為淫奔者自敘之詞，則非。姚氏云：『篇中「士」、「女」字甚多，非士與女所自作，明矣。』」[133] 由此可見朱子以為淫詩皆為淫人自作，就詩文本觀之，情況顯非如此。

其三是詩歌本有托事見志之體，清儒崔述就曾這麼說：

孔子曰：「鄭聲淫」，是鄭多淫詩也。孔子曰：「誦《詩》

131《詩序辨說》，頁 11。

132《詩經》讀者最熟悉的例子莫過於《左傳・宣公九年、十年》與《史記・陳世家》所記載的陳靈公與陳大夫孔寧、儀行父都和夏姬私通而不以為諱的真實故事。

133 方玉潤：《詩經原始》，上冊，頁 499。

三百」，是《詩》止有三百，孔子未嘗刪也。……世儒聞爲孔子所刪，而遂謂無淫詩者，何以異是！由是言之，朱子目爲淫奔之詩，未可謂之過也。然其詩未必皆淫者所自作，蓋其中實有男女相悅而以詩贈遺者；亦有故爲男女相悅之辭，如楚人之〈高唐〉、〈神女〉，唐人之〈無題〉、〈香奩〉者。又或君臣朋友之間，有所感觸，而託之於男女之際，如後世之「冉冉生孤竹」、「上山采蘼蕪」之類，……賦之者既可以斷章取義，作之者獨不可以假事而寓情乎？不然何以女贈男甚多？男贈女者殊少，豈鄭之能詩者皆淫女乎？[134]

古代中國詩人，男性遠多於女性本是事實，二十多篇的淫詩，情況卻是相反，絕大多數為女性之作，這也是朱子淫詩為淫人自作說啟人疑竇之處。按自古騷人墨客每每善於想像，設身處地，或揣摩以代言，或借口而述志，這在詩歌、散文、小說等文體而言，皆是常例，僅以男詩人作閨人語為例，求之中國古代，就已是不勝枚舉，如金昌緒〈春怨〉：「打起黃鶯兒，莫教枝上啼。啼時驚妾夢，不得到遼西。」這首家喻戶曉的唐詩，用的是女性第一人稱，卻是出自男性詩人之手，千古傳誦。又如杜荀鶴的名作〈春宮怨〉：「早被嬋娟誤，欲妝臨鏡慵。承恩不在貌，教妾若為容？風暖鳥聲碎，日高花影重。年年越溪女，相憶采芙蓉。」我們可以說，〈春宮怨〉是詩人代宮女寄怨寫恨，也可以根據詩的意境，解讀為這是詩人的自況。再以中國最著名的詩人李白來說，他就有相當數量的作品是在描摹思婦的心理，舉首無人不知的詩為例：「燕草如碧絲，秦桑低綠枝。當君懷歸日，是妾斷腸時。春風不相識，何事入羅幃？」他如張籍〈節婦吟〉、朱慶餘〈近試上張籍水部〉，都是用女性口吻為詩而又膾炙人口的佳例。如依朱子淫詩皆淫人自道之說，則淫詩的作者多數為性淫

134 崔述：《讀風偶識》（臺北：學海出版社，1992 年），頁 20-21。

蕩而善為詩的女子，這實在有違常理。由此看來，朱子以淫詩悉數為淫人自作，不容諱言，確實是其淫詩說中的一個大弱點。

㈢正〈風〉涉淫者不作淫解的問題

《論語・陽貨》記載，子謂伯魚曰：「女為〈周南〉、〈召南〉矣乎？人而不為〈周南〉、〈召南〉，其猶正牆面而立也與！」《朱注》：「為由學也。〈周南〉、〈召南〉，《詩》首篇名，所言皆修身齊家之事。……」[135]孔門極為重視二〈南〉，古代中國經生更視二〈南〉二十五篇為《詩經》中的正〈風〉，〈詩大序〉說：

> 至于王道衰，禮義廢，政教失，國異政，家殊俗，而變〈風〉、變〈雅〉作矣。……〈關雎〉、〈麟趾〉之化，王者之風，故繫之周公。南言化自北而南也。〈鵲巢〉、〈騶虞〉之德，諸侯之風也，先王之所以教，故繫之召公。〈周南〉、〈召南〉，正始之道，王化之基。[136]

鄭玄《詩譜・序》也提到：

> 文武之德，光熙前緒，以集大命於厥身，遂爲天下父母，使民有政有居。其時《詩》〈風〉有〈周南〉、〈召南〉，〈雅〉有〈鹿鳴〉、〈文王〉之屬。及成王，周公致太平，制禮作樂，而有頌聲興焉，盛之至也。本之由此〈風〉、〈雅〉而來，故皆錄之，謂之《詩》之正經。[137]

135《四書集注》【甲種本】，頁 122。
136《毛詩正義》，頁 19。
137《毛詩正義》，頁 5。

由此可知，二〈南〉得天獨厚地被先儒另眼相看。在朱子的心目中，二〈南〉二十五篇的地位在《詩》中也是無與倫比的。朱子以二〈南〉作為其學《詩》之本，他在述及學《詩》之大旨時說：

> 本之二〈南〉以求其端，參之列國以盡其變，正之於〈雅〉以大其規，和之於〈頌〉以要其止。此學《詩》之大旨也。[138]

朱熹以二〈南〉為本，那是因為他認為《詩》三百篇中，「惟〈周南〉、〈召南〉親被文王之化以成德，而人皆有以得其性情之正，故其發於言者，樂而不過於淫，哀而不過於傷，是以二篇獨為〈風〉詩之正經」。[139] 在以二〈南〉二十五篇為《詩》學之本的基礎之上，朱子建構起其義理《詩》學的思想體系，而他之所以重視二〈南〉，將其作為《詩》學的根本，是因為他以為二〈南〉雖是周公採之於民間風俗之詩，但卻體現了文王之世的風化，其理義貫穿詩篇之中，足以為後世所效法。[140] 他在《詩集傳》卷一解釋〈周南〉時，有這麼一段話：

> 武王崩，子成王誦立，周公相之，制作禮樂，乃采文王之世風化所及民俗之詩，被之筦弦，以爲房中之樂，而又推之以及於鄉黨邦國，所以著明先王風俗之盛，而使天下後世之修身齊家治國平天下者，皆得以取法焉。蓋其得之國中者，雜以南國之詩，而謂之〈周南〉。言自天子之國而被於諸侯，不但國中而已也。其得之南國者，則直謂之〈召南〉，言自方伯之國被於南方，而不敢以繫于天子也。[141]

138《詩集傳附蠲補・詩集傳序》，卷前，頁 2。
139《詩集傳附蠲補・詩集傳序》，卷前，頁 1-2。
140 蔡方鹿：《經學研究論叢・朱熹詩經學析論》（臺北：學生書局，1999 年 9 月），第 7 輯，頁 168。

不僅〈周南〉之詩可以使天下後世之修身齊家治國平天下者皆得以取法，〈召南〉多數詩篇也可以見當時國君大夫被文王之化，而能修身以正其家，或見由方伯能布文王之化，而國君能修之家以及其國。[142]既然二〈南〉是《詩》中的「正經」，是以此二十五篇詩雖然也有與變〈風〉淫詩情調相類者，朱子就都不作淫詩解。以〈召南・野有死麕〉為例，詩云：「野有死麕，白茅包之。有女懷春，吉士誘之。（一章）林有樸樕，野有死鹿，白茅純束。有女如玉。（二章）舒而脫脫兮，無感我帨兮，無使尨也吠。（三章）」就憑末章「無感我帨兮，無使尨也吠」之句，這詩若在所謂的變〈風〉中，肯定會被朱子定為淫詩。蓋〈鄭風・將仲子〉有「無踰我里，無折我樹杞」之句，其辭與〈野有死麕〉末章所言近似，而文詞則更見保守，但後者遭朱子直斷為淫奔者之辭，而於前詩末章則云：「其凜然不可犯之意，蓋可見矣！」[143] 質性相近的詩篇，置於正〈風〉就是讚美詩，在變〈風〉中就成了淫詩，如此也就難怪清代的俞樾會表達了抗議的意思：

> 朱文公於〈將仲子兮〉（按：俞氏數次言及「〈將仲子兮〉之詩」，此「兮」字宜刪）即不用〈序〉說，亦何至以淫奔之詩哉？使其詩幸而列於〈周南〉，朱子必曰：「其凜然不可犯之意可見矣。」[144]

141《詩經集傳附斠補》，頁 1。

142《詩經集傳附斠補》，頁 14。

143《詩經集傳附斠補》，頁 13。

144 俞樾：〈經義雜說〉，《春在堂全書・賓萌集》（臺大館藏清同治年間刊光緒五年重定本），頁 31。又今人魏子雲有〈野有死麕淫詩也〉之文（臺北：《國文天地》，卷 9，第 5 期，1993 年 10 月，頁 44-47），文幸福有〈野有死麕淫詩乎〉的回應文章（臺北：《國文天地》，卷 9，第 8 期，1994 年 1 月，頁 66-70），兩人的相反意見其實是肇因於面對《詩經》態度的不盡相同，這是辯不出所以然來的。

又如〈召南・行露〉首章，清儒陳啟源云：

> 〈行露〉以喻犯禮，本興體，《集傳》判爲賦，是言畏露之霑濕，故不敢淫奔也。女子不願淫奔，誰能彊之，須以露爲詞耶？又曰：自述己意，作此詩以絕其人，一似始之與之私，繼則悔而絕之者，此可謂貞女乎？[145]

也許陳氏所舉的例子並不是很理想，蓋〈行露〉首章學者有不同的解讀，[146] 不過《詩集傳》說：「女子有能以禮自守，而不為強暴所污者，自述己志，作此詩以絕其人。」[147] 仍然可以看出朱子凡遇正詩，都刻意解得嚴肅正大，以致〈汝墳〉、〈摽有梅〉、〈江有汜〉等涉及男女之事的詩篇，在主題說明時也都稍較背離了詩的文學性，其刻意高標二〈南〉詩作之經學價值的用意是顯而易見的。

朱子「淫詩說」造成的影響

朱子的學說在宋末就已經受到統治者的尊崇，由於統治者的提倡，朱門弟子的大力推廣，元代朱學又獲獨尊，[148] 其《詩集傳》被立為科試的標準。明代繼軌元人，編印了《四書大全》、《五經大全》推廣朱學，科舉則《詩經》一門仍以《詩集傳》為尊，[149] 因此，

145《毛詩稽古編》，重編本《皇清經解》，第 7 冊，頁 4384。
146 王靜芝：《詩經通釋》，頁 64。
147《詩經集傳附斠補》，頁 10。
148 夏傳才：「元儒說《詩》，都以《詩集傳》為本。有幾種關於《詩經》的著述，都是對《朱傳》的疏解。其中值得一提的，只有劉瑾的《詩傳通釋》。」《詩經研究史概要》（臺北：萬卷樓圖書公司，1993 年），頁 188。

朱子的淫詩說也大行天下，造成了極大的影響，茲分述如下：

㈠使《詩經》的本體受議

朱子在思想上或者說道德價值判斷上自然是根本否定淫詩的，但是肯定這些淫詩仍有「可以觀」的作用，通過這個「觀」的讀詩過程，然後使讀者達到「思無邪」的這個孔門《詩》教的一大標的。朱子對於〈鄘風‧鶉之奔奔〉有這麼一段說解：

> 衛詩至此，而人道盡，天理滅矣。中國無以異於夷狄，人類無以異於禽獸，而國隨以亡矣。胡氏曰：楊時有言，《詩》載此篇，以見衛爲狄所滅之因也，故在〈定之方中〉之前。因以是說考於歷代，凡淫亂者，未有不殺身敗國而亡其家者，然後知古詩垂戒之大，而近世有獻議，乞於經筵不以〈國風〉進講者，殊失聖經之旨矣。[150]

朱子認為淫亂之害大至可以敗國亡家，是知古詩垂戒之大，因而感嘆近世獻議者乞於經筵竟然不以〈國風〉進講，由此可見朱子豈僅是從未有過刪除淫詩的念頭，在他心中，聖經中有淫詩自有聖人之深意在。不過到了朱熹的三傳弟子王柏，推廣朱子淫詩說可謂不遺餘力，他在《詩疑》上說：

> 文公說《詩》，以爲善者興起人之善心，惡者懲創人之逸志，以此法觀後事之詩，實無遺策。……自朱子黜〈小

---

149 參皮錫瑞《經學歷史》（臺北：河洛圖書出版社，1974 年）、安井小太郎等著、連清吉、林慶彰合譯《經學史》（臺北：萬卷樓圖書公司，1996 年）、章權才《宋明經學史》（廣東：廣東人民出版社，1999 年）等書中關於此一問題之論述。

150《詩經集傳附劄補》，頁 31。

序〉，始求之於詩，而直指之曰：「此爲淫奔之詩。」予嘗反覆玩味，信其爲斷斷不可易之論。[151]

他自己又增加了一些關於淫詩的論見，並把所謂正經的〈召南‧野有死麕〉一詩，也看作淫詩，再進一步將淫詩擴增為三十一篇，除了〈野有死麕〉之外，另有〈靜女〉、〈桑中〉、〈氓〉、〈有狐〉、〈丘中有麻〉、〈將仲子〉、〈遵大路〉、〈有女同車〉、〈山有扶蘇〉、〈蘀兮〉、〈狡童〉、〈褰裳〉、〈東門之墠〉、〈丰〉、〈風雨〉、〈子衿〉、〈野有蔓草〉、〈溱洧〉、〈大車〉、〈晨風〉、〈東方之日〉、〈綢繆〉、〈葛生〉、〈東門之池〉、〈東門之枌〉、〈東門之楊〉、〈防有鵲巢〉、〈月出〉、〈株林〉以及〈澤陂〉。[152]非唯如此，王柏還要把自己所訂的這些淫詩一起放絕，他說：

聖人「放鄭聲」一語終不可磨滅；且又復言其放之之意曰：「鄭聲淫。」又曰：「惡鄭聲之亂雅樂也。」愚是以敢謂淫奔之詩，聖人之所必削，決不存於雅樂也審矣！妄意以刺淫亂，如〈新臺〉、〈牆有茨〉之類，凡十篇，猶可以存之，懲創人之逸志；若男女相悅之詞，如〈桑中〉、〈溱洧〉之類，悉削之以遵聖人之至戒，無可疑者。所去者亦不過三十有二篇（按：根據王柏自己所議刪之篇目觀之，三十二當爲三十一之誤），使不得滓穢〈雅〉、〈頌〉，殽亂二〈南〉，初不害其爲全經也。……愚敢記其目，以俟有力者請於朝而再放黜之，一洗千古之蕪穢云。[153]

151 王柏：《詩疑》，《通志堂經解》，第 17 冊，頁 10054-10055。
152 王柏：《詩疑》，《通志堂經解》，第 17 冊，頁 10054-10055。
153 王柏：《詩疑》，《通志堂經解》，第 17 冊，頁 10054。

王柏這種壯士斷腕的想法，無非是出於自以為是的衛道的心態；因為，既然孔子以「鄭聲淫」而要「放鄭聲」，那麼同意了朱子所說的「鄭詩淫」，理應也該「放鄭詩」，同時，淫詩也不是僅見於〈鄭風〉中，所以鄭詩之外的淫詩也都該一併放絕。這是王柏既要貫徹《詩》教，又得尊奉朱子淫詩說的不得已作法。由此觀之，雖然朱子本身全然沒有刪《詩》的想法，王柏的倡議刪《詩》，絕對是源自於朱子的淫詩說。值得注意的是，朱子懷疑或明白指出為淫詩的只有二十一篇，我們在前面放寬標準，加上了〈有狐〉與〈大車〉，那也不過才二十三篇，比較這二十三篇與王柏所議刪的三十一篇，我們可以發現，差別不是王柏眼中的淫詩多了七篇這麼單純，而是朱子懷疑或明指為淫詩的，王柏未必同意，例如〈衛風・木瓜〉、〈王風・采葛〉與〈鄭風・揚之水〉就是這樣的例子，另有十一篇是朱子並未指為淫詩，而王柏卻解讀為淫詩的，這只要比較本文前列朱子淫詩之篇與王氏所議刪之篇即可知曉，此處毋庸列舉。

繼王柏之後，也有一些後人對《詩經》的本體產生了質疑，這其中，明代的王陽明名氣最大。陽明先生雖未明言淫詩可刪，但是認為孔子所定三百篇都是所謂的雅樂，皆可以宣暢和平，涵泳德行，移風易俗，而淫詩確足以「長淫導奸」，是以必是秦火之後，世儒附會以湊足三百篇之數的；[154]說王陽明這種思考是受到朱子淫詩說之啟迪，應不為過。

韓愈曾說：「書經聖人手，議論安敢到」，大抵王柏之前，學者對於詩文的解釋原本可以不盡相同，春秋時代的讀者讀《詩》甚且允許各自斷章取義，[155]但《詩》之為「經」，倒是大家的共識，劉勰曾說：「經也者，恆久之至道，不刊之鴻教也。……《詩》主言志，

[154]《王文成公全書》（臺北：國家圖書館藏清刻本），卷1，頁17。

[155]詳拙文〈董仲舒詩無達詁說析論〉，《鵝湖月刊》，第293期，1999年11月，頁1-15。

詁訓同書，摛風裁興，藻辭譎喻，溫柔在誦，故最附深衷矣。」[156]的確如此，《詩》是標準的經書，未聞有人對詩文的本體產生質疑，然而自從王柏發揚朱熹之淫詩說，並倡議代聖人刪除《詩》中惡行蕪穢之作之後，後世議論經文者層見疊出，此則難免損害到《詩經》的完整性，因此也受到學者的群起而攻之，清儒姚際恆對此就展開嚴厲的抨擊：

> 《集傳》……使三百篇為訓淫之書，吾夫子為導淫之人，此舉世之所切齒而歎恨者。予謂若止目為淫詩，亦已耳，其流之弊，必將并《詩》而廢之。王柏之言曰『今世三百五篇豈盡定于夫子之手！所刪之詩，容或存于閭巷游蕩之口，漢儒取以補亡耳。』于是以為失次，多所移易；復黜〈召南・野有死麕〉及鄭衛〈風〉《集傳》所目為淫奔者。……嗟乎！以遵《集傳》之故而至于廢經，《集傳》本以釋經而使人至于廢經，其始念亦不及此，為禍之烈何致若是！[157]

面對廢經的危機，姚氏強烈地表達了他的憂慮與不滿，其急欲維護《詩經》的完整性與詩義的道德性之心溢然紙上，他把王柏鹵莽之過，歸咎於朱熹，這種追索至源頭的作法也是情有可原的。然而朱子提出淫詩說，只不過是從另一個角度詮釋詩篇，姚氏自己也明白，朱子撰寫《詩集傳》的本意是為了釋經，全然沒有料到他的後世子弟兵會因光大他的淫詩說，而使詩體本身受議；但使詩體本身受議的倡議刪《詩》者，又自以為是為了圓朱子之說才衍生出這樣的思考，由此觀之，《詩經》的本體受議，雖為朱子始料未及，但其標舉的淫詩說容易滋生誤解，也的確與此脫不了關係。

156《文心雕龍・宗經第三》（臺北：里仁書局，1984 年），頁 31。
157《詩經通論・自序》，頁 15-16。

㈡奠定後人直解之基礎

有經學的《詩經》，也有文學的《詩經》，朱子一則承繼儒家以《詩》說教的傳統，再則重視《詩經》的文學藝術功能及詩人的情感抒發，[158] 這高度體現了作為理學家的他具有文學素養的一面，而與歷來那些單純以美刺說《詩》，言理而不言情的經學家迥異。朱子認為《詩》與其他文體的典籍相比，其特性在它獨具的諷誦的功能。所謂諷誦，是運用委婉、活絡的手法來表達，並加以誦讀玩味，而諷誦所抒發的，正是人的自然流露的感情，即吟詠情性。對於人們與生俱來的感情，只要是出之於正，朱子並不採取抹煞的態度，而是主張適當的表達和滿足。由於詩人是透過文學語言的描寫及文學手法的表達，來抒發情感，所以朱子要求學者「看《詩》，義理外更好看他文章」、「讀《詩》之法，只是熟讀涵味，自然和氣從胸中流出，其妙處不可得而言」，[159] 義理內涵當然是絕頂重要的，但是對於三百篇這樣的文學體裁的經典來講，不可以不注重其義理之外的文學色彩和情調，朱子這般以文學角度探求《詩經》義理的方式，深深影響了後世的學者，以疑古精神著稱的顧頡剛先生曾說：

> 朱熹並沒有推倒孔子刪《詩》之說，卻先揭破了淫詩的真相。……〈野有死麕〉與〈桑中〉等詩爲言情之作，這是極明顯的事實，然而漢儒不敢說，宋儒說了還要遮掩；王柏不遮掩了便要備受各方的垢斥。經歷了二千餘年，到今日歷史

---

[158] 彭維杰：「就《集傳》所呈現的淫詩詮釋內容來看，淫詩所表現的主要是人情之自然，包括兩情相悅、約會饋贈、戲謔調情、讚美、思念抒情、悔恨相棄等，與一般男女情感交流的過程並無特別差異，所以朱子認為這種情形當是人情之自然。」《朱子詩教思想研究》（臺北：中國文化大學中國文學研究所博士論文，1998 年 12 月），頁 213-214。

[159]《朱子語類》，第 6 冊，卷 80，頁 2083、2086。

觀念發達了，聖道的壓迫衰微了，我們方始可以 7 起頭來，把《詩經》『平視』！[160]

以朱子一代大儒的身分，勇於石破天驚地提出淫詩說，而《詩集傳》在元明兩代又是人手一冊，直至今天，嗜讀《集傳》者仍然不絕如縷，相信朱子淫詩說帶給學者的反思與影響，應是不言可喻的。如今的學者，習慣據詩直尋所謂詩之本義，面對〈風〉詩，尤重視其文學性，雖不能謂為朱子淫詩說之餘緒，但也未嘗沒有受到朱子說《詩》自出機杼的勇氣所鼓舞。著名的學者，例如顧頡剛、俞平伯、錢玄同、傅斯年、屈萬里、余冠英、程俊英、裴普賢、陳子展……諸賢，[161] 他們在解釋《詩經》時，多能用心涵味詩意，並提示了古文字學、古音學、社會學、民俗學、詮釋學、文化人類學、文藝美學……等多元的研究方向給讀者，把這樣的《詩》學研究進展視為朱子勇於建構淫詩理論的另一貢獻，應該也不是過度的牽扯。

㈢導致《詩》學產生漢宋之爭

清儒姚際恆把後世《詩經》學的漢宋之爭，導源於朱熹的淫詩說，其言曰：

宋人不信〈序〉，以〈序〉實多不滿人意，於是朱仲晦得以自行己說者，著爲《集傳》，自此人多宗之。是人之尊《集傳》者，以〈序〉驅之也。《集傳》思與〈序〉異，目鄭、

[160] 顧頡剛：《古史辨》（臺北：藍燈文化公司，1987 年），第 3 冊，下編，頁 409。按：顧氏此文名為〈重刻詩疑序〉，推崇的是王柏，但沒有朱子的淫詩說，就沒有王柏刪《詩》之議，故本文借用顧氏之語，亦是理順。

[161] 其中大陸學者陳子展的解《詩》之作，書名就叫《詩經直解》（臺北：書林出版公司，1992 年）。

衛爲淫詩，不知已犯大不韙。于是近人之不滿《集傳》者，且十倍于〈序〉，仍反而遵〈序〉焉。則人之遵〈序〉者，又以《集傳》驅之也。[162]

如前所言，朱子並不是《詩經》研究史上第一個提出淫詩說的人，他只是大舉增加了淫詩的數量，而且將其視為一個重要的議題揭示出來。朱子淫詩說一出，即遭時人攻訐，其友呂祖謙帶頭反對，呂祖謙說《詩》是宋人中的守舊派，承繼漢儒之說，認為三百篇皆聖賢所作，〈古序〉所言君臣、國政、時局，無論美刺，皆出於正，所以三百篇並無所謂反面的教材。[163] 遵〈序〉的呂祖謙是宋代極為出色的漢學家，[164] 而他的好友朱熹卻提出讓漢學派陣營驚駭不已的淫詩說，從這個層面上看，朱子儼然就是宋代反〈序〉派的首魁，[165] 此後認同朱子《詩》學理論與研《詩》成果的學者往往被目為宋學派，認同《毛詩》〈序〉、〈傳〉、〈箋〉的學者每每被稱為漢學派，「《詩經》學」漢宋兩派，從此竟然頗有分道揚鑣之勢。

元明時期，朱子《詩集傳》是科考的標準用書，自然是明代《詩經》學的主流，不過在這個主流之下，其實還有一股微弱的淺流，正

162《詩經通論・詩經論旨》，卷前，頁4。

163 關於朱、呂說《詩》態度之異同，可參林惠勝：《朱呂詩序說研究》（臺北：臺灣大學中國文學研究所碩士論文，1983年5月）、洪春音：《朱熹與呂祖謙詩說異同考》（臺中：東海大學中國文學研究所碩士論文，1995年5月）。

164 但呂氏認為〈詩序〉「首句當時所作，或國史得詩之時，載其事以示後人，其下則說詩者之辭也。說詩者非一人，其時先後亦不同。」《呂氏家塾讀詩記》，《四庫全書》（臺北：商務印書館，1983年）第73冊，頁352。因為呂氏有此一認知，故亦偶對〈後序〉表達了不滿之意，例如他說：「……間有反覆繁重，時失經旨，如〈葛覃〉、〈卷耳〉之類。」雖然，他依舊認為蘇轍解《詩》「止存其首一言，而盡去其餘，則失之易矣」。《呂氏家塾讀詩記》，頁342。

165 按：其實朱子根本談不上反〈序〉，朱子反〈序〉的錯誤印象來自他提出讓舊派學者錯愕的淫詩說，以及《朱子語類》中鄙薄〈詩序〉的言論太多，實際檢視《詩集傳》與《詩序辨說》的內容，不難發現他還是相當尊重〈詩序〉的。

在暗中孳長，那就是以《毛傳》為代表的漢學，[166] 這股淺流從明初潛藏，一直到中葉才又出現，到末葉則完全浮現，終於成為清初《詩經》學的另一股主流。康熙初年，納蘭成德刊行《通志堂經解》，凡一千八百九十餘卷，是宋學經說之大成。但康熙欽定的《詩經傳說匯編》二十四卷，以朱子《詩集傳》為綱，又一一附錄漢、唐的傳、箋、序、疏可取的訓解，這是以宋學為基礎的宋學漢學通學的《詩經》著作。唯清初官方雖然推崇宋學，研究《詩經》有成的閻若璩、毛奇齡、陳啟源諸名家，則紛紛著書駁斥朱熹的《詩》說，挑戰《詩集傳》的權威性。[167] 雍正年間，又有《欽定詩經傳說彙纂》之作，卷前〈序〉文稱美朱子《詩經》學，謂「《集傳》一書，參考眾說，探求古始，獨得精意，而先王之《詩》教藉之以明。……是書首列《集傳》，而采漢、唐以來諸儒講解訓釋之與《傳》合者存之，其義異而理長者，別為附錄，折中同異，間出己見。」[168] 由此〈序〉文以及書末全錄朱子《詩序辨說》，可知書乃以朱學為主。及至乾隆時代，《四庫全書》編成，說《詩》者紛紛高揭漢學旗幟，擁〈序〉難朱者日益增多，到了此時，《詩》學漢宋兩方壁壘分明，漢學家紛紛主張破朱子淫詩之說，返毛鄭之舊；宋學家則以光大朱子《詩》說為己任，大揚宋幟以挫漢學，雙方各有立場，各持己見，分庭抗禮，這種針鋒相對的態勢，無非是針對朱子淫詩之論進而闡揚一己之說，由此觀之，朱子淫詩說先是引發爭議，進而導致《詩》學漢宋之爭，當是不爭的事實。[169]

---

[166] 詳楊晉龍：《明代詩經學研究》（臺北：國立臺灣大學中文研究所博士論文，1997年），頁176。

[167] 夏傳才：《詩經研究史概要》，頁211-212。

[168]《欽定詩經傳說彙纂》（臺北：維新書局，1978年），頁1-2。

[169] 相關資料除可參閱各家所著經學史專書之外，另可參陳祖武：《清初學術思辨錄》（河北：中國社會科學出版社，1992年）、《清代經學史通論》（雲南：雲南大學出版社，1993 年）、王俊義、黃愛平：《清代學術文化史論》（臺北：文津出版社，1999年）等書。

㈣成為言情小說的利用工具

朱子的淫詩說與明清言情小說的結合是中國文學發展史上一個特殊的現象。中國文學的發展過程中，一向貫穿著尊經重道的歷史傳統，文學發展到明清通俗文學階段，雖已脫離了經學母體，但有時仍須經學扶持。在經學中對文學影響最大的是《詩經》，此因《詩》教理論影響及中國文人的創作觀與欣賞觀，而《詩》中涉及男女之情者又不在少數，是以言情之作要想引起正規文人的注意，並由此提高其文學地位，與《詩經》搭上關係是一個聰明的作法。[170]

朱子之學在宋末就已經得到統治者的尊崇，元代朱學在統治者的提倡及朱門弟子不遺餘力的推廣之下又獲得獨尊的局面，其所著《詩集傳》被奉為科試的標準本，明、清兩代繼軌前人，大抵仍以《詩集傳》為尊，人人盡知朱子之《詩經》學，淫詩說自然也因此而大行於天下，當明清的某些言情小說在發展過程中遭受到誨淫的斥責時，「淫詩說」自然成為言情文學的保護傘，與明清淫誨文學之辨產生了必然的聯繫。

明代前期文壇以「教化說」為主，言情作品的作者，謹尊朱子之說，希望為自己的作品爭取到合法的地位。例如瞿佑作《翦燈新話》，他在〈序〉文中提到「恐近于誨淫，不欲傳出，后自解云五經皆『萬世大經大法者也』」，[171]「〈國風〉取淫奔之詩，亦是聖人所為」，他將〈國風〉引以為榜樣，暗指其作也有勸善懲惡的用心，企圖為自己的作品爭取正統的地位；趙弼仿《翦燈新話》作《效顰集》，也運用朱子之言「《詩》存鄭、衛之〈風〉，以示後來淫奔之警，大經之中，未嘗無焉。」[172] 來為自己寫男女情事提供強而有力

---

[170] 張祝平：〈朱熹詩經說與明清誨淫文學之辨〉，《第二屆詩經國際學術研討會論文集》（北京：語文出版社，1996 年），頁 446-447。
[171] 瞿佑：《翦燈新話》（臺北：世界書局，1974 年），頁 1。
[172] 趙弼：《效顰集》（臺北：河洛出版社，1977 年），頁 118。

的聖賢據經說理的依據。

明代中後期受王學末流極力言情而漫無禁制的影響，加上當時社會的淫靡奢侈與文學商品化的推波助瀾，[173]「主情說」終於日佔上風，言情小說的作者不僅借朱說爭取名份，進而加以改造，例如張鳳翼將《西廂》與《詩》比較，指出《西廂》固淫，但好比《詩經》中的變〈風〉，可使「善者感發善心，惡者懲創逸志」，[174] 這顯然是承襲朱子淫詩理論而來。

有清一代，部分批點說部之書者，仍然延續前明任意發揮、自由心證之習氣，譬如張竹坡批《金瓶梅》，將其與《詩經》比附，以為「今夫《金瓶梅》一書，亦是將〈褰裳〉、〈風雨〉、〈蘀兮〉、〈子衿〉諸詩細為摹仿耳」，[175] 強調《金瓶梅》正如「《詩》有善有惡，善者感發人之善心，惡者懲創人之逸志」一樣，具有懲勸之點化作用，而不是世人所目為的誨淫之書，這雖然也可以說是沿用朱說而來，但是由於作者本身的加油添醋，因此，距離朱子的本意也就愈來愈遠了。假如這樣無限引伸的說法都可以通，那麼創作任何淫蕩色情的作品，都可以拿朱子的淫詩說作護身符，也就可以理直氣壯地正式進入正宗文學之林了，這絕非理學導師朱子之所樂見。

朱子從理學的角度與目的出發而提出的淫詩說，在其身後卻被一些言情小說家或評論家如此利用，相信這是他所始料未及的。雖然這些言情文學的作者與評點者，針對朱子之說作了許多轉化甚至是扭曲，但不可否認的，他們確實是受到了朱子淫詩說的影響。由此也可以說明，朱子的《詩》學理論引發的效應不僅侷限在《詩》學之領

---

173 林保淳：〈淫詩與淫書〉，《第三屆詩經國際學術研討會論文集》（香港：天馬圖書公司，1998 年），頁 856。

174 王季思校注、張人和集評：《集評校注西廂記》（上海：古籍出版社，1987 年），頁 214。

175《第一奇書・第一奇書非淫書論》（臺北：里仁書局，1981 年），第 1 冊，頁 1。

域，對中國文學史、理論史乃至批評史的發展，也都產生了一定的作用和影響。

結　語

漢儒董仲舒在《春秋繁露・精華》中說：「《詩》無達詁。」[176]《詩經》各篇各章的詮釋，本來就是多元而主觀的，沒有所謂可以定於一尊的解釋。甚至，有時連各句、各字的訓詁也很難取得一致。清儒魏源說得好：「《詩》有作詩者之心，而又有采詩者、編詩者之心焉；有說詩者之義，而又有賦詩者、引詩者之義焉。」[177] 作詩者的本義早已無從確知，采詩者、編詩者、賦詩者……對各詩的理解，我們也難以追索，倒是序《詩》者對三百篇的解題完整的保留至今天。〈詩序〉的作者至今難以確定，不過即便真是出自孔門高足子夏之手，與朱子也同樣都是處於讀者的地位，誰早誰晚並沒那麼重要，否則漢朝以後所撰的《詩經》訓解之作早就可以棄若敝屣了。〈詩序〉與《朱傳》各自有其創作背景與用心，這一點是任何人都必須肯定的。表面上，朱子是宋朝反〈序〉派的大將，實際他卻是儘可能地尊重〈詩序〉，淫詩說則是例外。筆者近年來讀《詩》，總是多方思考序者的用意，也能體諒其以《詩》說教的不易（特別是〈國風〉），從而感受到序者用心之良苦。然而，若僅以言及男女之事的情詩而論，序者從政教、美刺的角度去闡發那些表面上「或訴相思，或寫幽會，或敘傾心」的詩篇，朱子卻一反傳統的模式，將其中的某些作品視為淫詩，兩者之間依舊沒有必然的誰

176《春秋繁露》，《四庫全書》，第 181 冊，頁 717。

177 魏源：《詩古微》，重編本《皇清經解續編》（臺北：漢京文化公司，出版社未註明出版年），第 6 冊，頁 3848。

對誰錯的問題，但是平心而論，將多數情詩視為淫詩的朱子，其說解的情調應該還是比較貼詩的文學面目的。

朱子的淫詩說，主要是根據孔子所說的「鄭聲淫」，接著又同意了漢代以來學者如班固、鄭玄、歐陽修、鄭樵等人指出《詩》中有淫篇的意見，並將淫詩之說理論化、明確化、系統化，且進一步將淫詩擴舉至二十餘篇。這淫詩的數目，說者不一，但既然討論的是朱子的淫詩說，而不是別人的淫詩說，理當以朱子所自行明確指出的為準，若然則是二十一篇，但考慮到錙銖計較朱子本身的用詞，未免失之偏執，是以本文將〈有狐〉、〈大車〉也一併納入，這樣就是二十三篇了，後人論及朱子淫詩說的數目，往往高於此數，恐皆有浮報之嫌。

當朱子提出淫詩說之時，就已經受到呂祖謙、陳傅良[178]的指責，之後至今，批判朱子淫詩說的學者指不勝屈，[179] 考淫詩說之所以成為眾矢之的，原因即在於此說與孔子的《詩》教相去甚遠，既要認定高文典冊的《詩經》具有勸誡教化的作用，卻又容許《詩經》中存在著二十餘篇的淫奔之詩，乍聽之下是有些弔詭。本文題目以「貽誤後學乎？」起首，註一已言明這是今人文幸福先生《孔子詩學研究》中的一節小標題，這四字已將朱子淫詩說作出了過度的批判，須知儘管朱子淫詩說備受某些學者的質疑與責斥，卻依然無礙朱子淫詩說仍在說教這個事實。[180] 朱子是典型的道學家，他的淫詩說自然有其施教上的考量，他將「《詩》是儒家用以教化人心的經典，但其中確實有淫詩」的這個現象賦予合理的解釋，並使這些解釋本身形成一個觀念鮮明、聯繫周密的《詩》教體系，進而使之成為其《詩》論中的核心

---

178 葉紹翁引陳傅良說：「《詩集傳》以彤管為淫奔之具，城闕為偷期之所，竊有所未安。」《四朝聞見錄》（北京：中華書局，1989 年），頁 15。

179 如元馬端臨，清毛奇齡、陳啟源、姚際恆，以至於今人裴普賢、朱守亮、趙制陽、張宏生、文幸福、蔡根祥……等人，皆在其書或文中對朱子的淫詩說多所駁斥。

180 李家樹：「朱熹的淫詩說也在說教，學術立場事實上和漢儒並無二致。他仍以為《詩經》是經，乃孔子用來垂訓後世的。」《詩經的歷史公案》，頁 110。

部分，這可以說是他在《詩經》研究上的過人之處。就算過人之處四字有人嫌其未免溢美，那麼吾人將此四字改為「獨到之處」，諒來絕對無以挑剔。

當然，朱子要學者以無邪之思閱讀有邪之思的作品，並認定淫詩之中的醜惡情事可以讓學者有驚懼懲創的作用，吾人不敢表示此說稍嫌天真，但不能不懷疑當《詩經》的神聖性逐漸褪去的時候，讀者是否仍然會以戒慎恐懼的態度來思考隱藏在淫詩之後的深一層的嚴肅意義。作為本文標題而與「貽誤後學乎？」對立的是「可以養心乎？」之語，註一已言明這是借用今人彭維杰先生〈淫詩養心解〉一文的用詞，既然朱子以《詩經》為理學的輔助教材，筆者絕不能否認淫詩的養心作用，問題是，讀者是否都有基礎的理學素養，或者都已作好要接受理學教育的心理準備？如果答案是否定的，筆者只好說作為強力擁朱派的學者的彭先生，陳義未免過高了一些。[181]

此外，我們也必須指出，朱子勇於推翻權威的聖賢之說，其所寓含的研究學問的懷疑精神，固然給學術界帶來了極佳的示範，但其淫詩說亦絕非全無漏洞可尋，此則前文已有所說明，特別是他把所有淫詩都視作淫奔之人所自作，確實無法通過詩文上的檢驗。

再者，朱子淫詩說的提出，使得《詩經》學研究更呈現多樣化與深入化，若是此說出自一個泛泛之輩，影響不至太過深遠，甚至激不起一絲絲的漣漪，只是朱子一代大儒，地位之崇高難以倫比，故其淫詩說帶給後世的影響自也非同小可，這些影響正反兩面都有，正面者固不必提，負面者既非朱子本意，也非朱子所能料及，是以吾人也不用有所歸咎。於此，筆者想再進一言的是，宋朝是讀經解經的偉大時代，深具懷疑精神、勇於提出新說的學者比比皆是，朱子只是其中之一，以其身分之特殊，乃成後世反對宋學家的主要箭靶，不僅淫詩說

181 彭先生的博士論文《朱子詩教思想研究》，闡論朱子之《詩》教思想極為精詳，但對於朱子的《詩》論並未有負面上的意見提供。

而已，連帶所及，對於朱子乃至一般宋儒對於群經的訓詁都抱著輕視的態度，這是相當令人遺憾的事。[182]

文末，筆者要表明的是，不是說朱子的淫詩理論不允許後人批評，也不是說朱子之前完全無人注意到《詩經》的文學性，而是朱子以一代學術宗師的身分，對《詩經》的文學性特色付出了極大的關注，他的求知、懷疑與創新的精神，深深地啟發了後世的學者，對於轉變治《詩》的態度、擴大研《詩》的視野，著實具有不容抹煞的貢獻。

182 不獨清代漢學家瞧不起宋儒的訓詁成績，今人也不時有這樣的看法，僅以《詩集傳》為例，趙制陽即認為朱子解釋文詞，常憑臆斷，並舉高本漢的批評朱子以張大其說，詳《詩經名著評介》（臺北：學生書局，1983 年），頁 143-144。李家樹則批評《詩集傳》的訓詁過分簡略，連詩意也不好懂。《詩經的歷史公案》，頁 114-118。這裡且引徐復觀的說法作為另一種意見的代表：「清代漢學家，責宋儒不通文字訓詁，所以宋儒對經的解釋是不可靠，因而宋儒所說得理也不可靠。宋儒不在文字訓詁本身立腳，而是要在古典的義理上立腳；宋儒認為由文字訓詁以通向義理，中間還有一段需要用力的歷程；而不認為訓詁明，同時即義理明；這是與漢代卓越的儒家相接近，而與清代漢學家是相遠的。但讀古典必先通文字訓詁，這是所有讀古典者的共同要求，宋儒豈有例外之理。……朱元晦讀書之著重文義，只要看宋張洪、齊禨同編的《朱子讀書法》，及陳澧《東塾讀書記》卷 21，即可明瞭。……伊川若不通文字訓詁，戴震何以要讀他的《易傳》。朱子……在注釋中用字的精審，常為淺陋者的瞭解所不及，因而妄生議論。」《兩漢思想史・清代漢學衡論》（臺北：學生書局，1979 年），卷 3，〈附錄〉，頁 614-615。

第三篇

關於朱子《詩經》學的評價問題

集新儒學之大成的朱子

「為學大抵窮理以致其知，反躬以踐其實，而以居敬為主。嘗謂聖賢道統之傳散在方冊，聖經之旨不明，而道統之傳始晦。於是竭其精力，以研窮聖賢之經訓」的宋儒朱子，[1] 以其人格之高潔磊落、學問之博大精深，在中國思想史與學術史上，早有「一代大儒」之定

---

[1] 引文見《宋史》（臺北：鼎文書局《正史全文標校讀本》，1980 年），卷 429，列傳第 188，道學三，朱熹本傳，頁 3429。

評，《宋史》本傳記載：

> 黃榦曰：「道之正統待人而後傳，自周以來，任傳道之責者不過數人，而能使斯道章章較著者，一二人而止耳。由孔子而後，曾子、子思繼其微，至孟子而始著。由孟子而後，周、程、張子繼其絕，至熹而始著。」識者以為知言。[2]

黃榦為朱熹高足，[3] 但其推尊朱子洵非虛言，乃是代表了當代多數士人之意見，此所以《宋史》引述黃氏之語，並謂「識者以為知言」。

在近代儒者心目中，朱子更是集新儒學或近代思想，乃至孔子以下學術思想之大成的人物，如陳鐘凡評論朱子之學術就說：

> 其說多本諸前人，要能加以組織，自成系統，實集近代思想之大成者也。……吾觀其大體，則以橫渠、伊川為宗，而旁通於濂溪、明道，更上酌斟乎孟荀之辨，旁參稽乎釋老之言，折衷至當，確定新儒家之學說者也。[4]

此謂朱子「集近代思想之大成」，而錢賓四的推崇朱子更遠甚於此，試看下列兩段文字，其一：

---

2 同前註，頁 3429-3430。

3 朱子門下弟子極夥，陳榮捷《朱子門人》（臺北：學生書局，1982 年）一書計敘 629 人。其中，黃榦與蔡元定、蔡沈、陳淳為朱子門人之代表。說見范壽康：《朱子及其哲學》（臺北：臺灣開明書店，1964 年），頁 251。今人研究朱子生平的重要文獻〈朱子行狀〉，即是出自黃榦之手。

4 陳鐘凡：《兩宋思想述評》（臺北：華世出版社，1977 年），頁 230。

> 他（朱子）不僅是南渡一大儒，宋以下的學術思想史，他有莫可與京的地位。後人稱之爲致廣大，盡精微，綜羅百代，他實當之無愧。[5]

其二：

> 在中國歷史上，前古有孔子，近古有朱子，此兩人，皆在中國學術思想史及中國文化史發出莫大聲光，留下莫大影響。曠觀全史，恐無第三人堪與倫比。孔子集前古學思想之大成，開創儒學，成爲中國文化傳統中一主要骨幹。北宋理學興起，乃儒學之重光。朱子崛起南宋，不僅能集北宋以來理學之大成，並亦可謂其乃集孔子以下學術思想之大成。此兩人，先後矗立，皆能匯納群流，歸之一趨。自有朱子，而後孔子以下之儒學，乃重覆新生機，發揮新精神，直迄於今。[6]

此謂朱子在宋以下之學術思想史上的地位之高，無人可與之匹敵，且其不惟「集北宋以來理學之大成」，亦「集孔子以下學術思想之大成」。論及後人對朱子學術推尊之詞，實以賓四先生前引數語為最。[7]

朱學專家陳榮捷先生指出，朱子所集者為「新儒學之大成」，他說：

---

5 錢穆：《宋明理學概述》（臺北：學生書局，1977 年），頁 144。

6 錢穆：《朱子新學案》（臺北：聯經出版事業公司，1994 年），第 1 冊，頁 1-2。

7 韋政通說：「朱子在中國思想史上，等於是一座巨型的思想蓄水庫，以前的都一一流入其中，經過他的整理消化，融攝與批判，賦以新的生命，呈現出有條理有統緒的新面貌。」「他不但是儒學復興史上最具關鍵性的人物，也是中國文化史上的巨人之一，從文化的傳承與創新這個意義來看，他也是唯一能與孔子相比擬的人物。」詳韋氏：《中國思想史》（臺北：大林出版社，1980 年），下冊，頁 1154。這樣推崇備至的評語，可以與錢說並參。

> 朱子之集大成，約有三端，即新儒家哲學之發展與完成，新儒學傳受道統之建立，以及《論》《孟》《學》《庸》之集合爲四子書。凡此俱關涉儒家哲學、儒家傳統以及儒家資料與方法。而此一集大成，姑無論僅爲一種綜合，一種重建，或爲一種創造，俱屬仁智互見。朱子固未運用任何儒學新資料或創造任何新名詞，但朱子所予新儒學之新特質與新面貌，此實無可否定。其支配于中國、韓國，以及日本思想者，達數百年之久。自未能視爲一歷史上偶然事件也。……朱子已建立新儒學之整個建構于堅固基礎上。在此一意義上，朱子實「集」新儒學整個系統之大成。[8]

當年孟子曾說：「伯夷，聖之清者也；伊尹，聖之任者也；柳下惠，聖之和者也；孔子，聖之時者也。孔子之謂集大成。集大成也者，金聲而玉振之也。」（〈萬章下〉第一章）朱子為之作注云：「此言孔子集三聖之事，而為一大聖之事。猶作樂者集眾音之小成，而為一大成也。成者，樂之一終，《書》所謂『簫韶九成』是也。」孟子以「集大成」之詞贊述孔子，朱子為作注解，後儒以「集大成」之詞表彰朱子，無論是說他集新儒學之大成，或是集近代思想之大成，或是集孔子以下學術思想之大成，這都是對於朱子的出自內心的最大的恭維。[9]

---

8 詳陳榮捷：《朱學論集》（臺北：學生書局，1988年），頁1-35。

9 不過，勞思光對於學者們的讚譽朱子不以為然，他說：「朱熹之學，以其綜合系統為特色；此即後世推崇者所謂『集大成』之意。但若取嚴格理論標準及客觀歷史標準衡度之，則朱氏此一綜合工作究竟有何種正面成就，則大為可疑，蓋就理論說，朱氏之說不代表儒學真實之進展；就歷史說，則朱氏只是揉合古今資料，造出一『道統』，亦非真能承孔孟之學。」《新編中國哲學史》，（臺北：三民書局，1989年）第3冊上，頁35；備之以參。

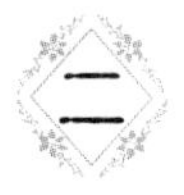

朱子《詩經》學獲致正反兩極的評價

朱子在中國思想史、學術史上所獲致的美名當然是實至名歸、毋庸置疑的，事實上迄今亦無人能對朱子的治學成績做全盤之否定，但這是就「合而言之」來說的，若要「分而言之」，後人自亦可以針對朱子的一些著作提出質疑，《四書集注》就是吾人耳熟能詳的例子。[10]

若以《詩經》的研究成果而言，朱子所獲得的評價一向是譽多於毀，然而今人亦有直指「《詩集傳》達不到作為研讀《詩經》入門書籍的資格」的，（李家樹先生語，說詳後）究竟朱子的《詩經》學造詣是「卓然千載之上」，（宋儒王應麟語，說詳後）或是浪得虛名，根本不值識者一笑？此一問題若不徹底釐清，吾人又該如何判定朱子在《詩經》研究史乃至整個經學史上的地位與意義？

為了行文方便，以下將朱子研治《詩經》所獲得的回響，依時代先後，分別逐一述評，其全然讚美與譽多於貶的置於第三節，旨在批判的置於第四節，比較特殊的是現代臺灣學者趙制陽，他認為

[10] 如攻駁《論語集注》最著的清儒毛奇齡《論語稽求篇》就認為朱書為「宋儒之書，非夫子之書也」，說詳張清泉：《清代論語學》（臺中：逢甲大學中國文學研究所碩士論文，1992 年），頁 71-80。另，朱自清云：「……到了朱子，給《論》《孟》作注，雖說融會各家，其實也用他自己的哲學作架子。他注《學》《庸》，更顯然如此。他的哲學切於世用，所以一般人接受了，將他解釋的孔子當作真的孔子。……」（《經典常談》，臺北：樂天出版社，1973，頁 50-51）宋祚胤云：「《四書章句集注》是朱熹前後經過四十餘年，花費了大量心血的代表性著作。……本書突出的特點是注重從思想整體上來把握孔孟思想。（當然，朱注的文字訓詁也是很有價值的）但是，這同時就不免產生把己意強加給原書的情況，《大學》中朱熹根據二程的意思將各章次序重新調整，並杜撰『格物傳』一章補進去，就是明顯的例子。」歐陽玄主編：《四書集注・前言》（湖南：海南出版社，1992 年），說亦可參。

《詩集傳》優缺點各有五個，所以本文三、四節都會檢視他的評價意見。至於前人介紹朱子《詩經》學著述未涉及明顯的價值判斷者，概不列入。

朱子《詩經》學所獲正面評價諸說的檢討

㈠最早采集三家《詩》遺說，彙成《詩考》一書的宋儒王應麟，以為朱子《詩集傳》乃「閎意眇指，卓然千載之上」的皇皇巨著：

> 漢言《詩》者四家，師異指殊。賈逵撰〈齊魯韓與毛氏異同〉，梁崔靈恩采三家本爲《集注》。今唯《毛傳鄭箋》孤行，《韓》僅存《外傳》，而《魯》《齊》詩亡久矣。諸儒說詩，壹以毛鄭爲宗，未有參考三家者。獨朱文公《集傳》，閎意眇指，卓然千載之上。言〈關雎〉則取匡衡；〈柏舟〉婦人之詩，則取劉向；笙詩有聲無辭，則取《儀禮》；「上天甚神」則取《戰國策》，「何以恤我」則取《左氏傳》，〈抑〉戒自儆，〈昊天有成命〉道成王之德，則取《國語》，「陟降庭止」則取《漢書・注》，〈賓之初筵〉飲酒悔過，則取〈韓詩序〉，「不可休思」、「是用不就」、「彼岨者岐」，皆從《韓詩》，「禹敷下土方」又證諸《楚辭》，一洗末師專己守殘之陋。學者諷詠涵濡而自得之躍如也。[11]

---

[11] 王應麟：《詩考・自序》，《四庫全書》（臺北：商務印書館，1983 年），第 75 冊，頁 598。

王氏推崇朱子能雜取眾家之長，這樣的評語也適用在其他學者的著述上，譬如「博采諸家，存其名氏」、「翦截貫穿，如出一手」的呂祖謙《呂氏家塾讀詩記》，[12] 又如集諸家之說為書，「舊說已善者，不必求異；有所未安，乃參以己說」的嚴粲《詩緝》，[13] 質言之，凡是薈萃眾說的傳注體例之作，除少數之外，都有旁徵博引的特色，[14] 朱子既名其書為《詩集傳》，自然不能一以毛鄭為宗，否則就名不符實了。不過，吾人仍須指出，朱書自成一家之言者不可勝數，這絕非呂書與嚴書所能望其項背的。[15]

大陸學者張宏生撰〈朱熹詩集傳的特色與貢獻〉一文，對於王應麟的推崇，特別舉例加以證明，從而肯定了王評的確當：

> 如《詩・商頌・長發》「禹敷下土方」，《集傳》：「《楚辭・天問》：禹『降省下土方』，蓋用此語。」按《楚辭・天問》：「禹之力獻功，降省下土方。」朱熹《楚辭集注》卷三：「『下土方』，蓋用〈商頌〉語。」蔣驥《山帶閣注楚辭》亦從朱說。又如《詩・周南・漢廣》：「南有喬木，

---

[12] 引文見陳振孫：《直齋書錄解題》（臺北：廣文書局，1979 年），卷 2，〈呂氏家塾讀詩記十二卷〉，頁 100-101。

[13] 引文見嚴粲：《詩緝》（臺北：廣文書局影印明嘉靖間趙府味經堂刻本，1983 年），〈條例〉，頁 5。

[14] 晉代杜預的《春秋經傳集解》別有取義，非薈萃眾說之作，杜氏〈春秋序〉云：「分經之年，與傳之年相附，比其義類，各隨而解之，名曰《經傳集解》。」孔穎達《正義》：「杜言《集解》，謂聚集經傳，為之作解。何晏《論語集解》，乃聚集諸家義理，以解《論語》，言同而意異也。」《春秋左傳注疏》，《十三經注疏》（臺北：藝文印書館，1976 年），第 6 冊，卷 1，頁 16。

[15] 博採眾說是《呂氏家塾讀詩記》最大的特點，對詩旨的理解，呂氏極為尊從《詩序》，對訓詁的取捨，多依《毛傳》，在創新的企圖上，呂書當然遠不如《朱傳》。至於嚴粲的《詩緝》則是為了兒童初學《詩經》而寫，（詳〈詩緝序〉）通俗簡明是其特色，《四庫提要》以為嚴書與呂書都是宋代最佳之作，萬斯同《群書辨疑・詩序說》甚且稱譽《詩緝》為千古卓絕之書，對於嚴氏而言，這真可謂不虞之譽。

> 不可休息。」《集傳》：「息，《韓詩》作思。」「思，語辭也。」按王先謙《詩三家義集疏》卷一：「《韓》息作思。」又如《詩・小雅・賓之初筵》，《集傳》：「〈毛詩序〉曰：衛武公刺幽王也。〈韓詩序〉曰：衛武公飲酒悔過也。今按詩意，與〈大雅・抑〉戒相類，必武公自悔之作，當從韓義。」按王先謙《詩三家義集疏》卷十九：「《後漢・孔融傳》李注引《韓詩》句：衛武公飲酒悔過也。朱子《集傳》引作〈韓詩序〉。《易林》：大莊之家人，舉觴飲酒，未得至口，側弁醉酗。拔劍斫怒，武公作悔。《齊》義與《韓》說同。……《齊》、《韓》以爲悔過，當從之。」朱熹能夠衝破門戶之見，「一洗末師專己守殘之陋」，對後世《詩經》研究的深入開展，起了不可低估的影響。[16]

「宏意眇指，卓然千載之上」之語或許有人以為溢美，但是考慮到《毛詩傳箋》長期佔據《詩經》市場，唐朝時再透過《孔疏》而使《詩經》詮釋學定於一尊，《集傳》書出，方才改寫《詩經》研究局面，我們又怎能懷疑王評只是對於《朱傳》的偏好？

㈡元儒郝經力捧朱子《詩集傳》，謂是書「集傳注之大成」、「近出己意，遠規漢唐」：

> 漢興，諸儒掇拾灰燼，墾荒闢原，續六經之絕緒，於是傳注之學興焉。……《詩》之所見、所聞、所傳聞者，頗爲加多，有《齊》、《魯》、《毛》、《韓》四家而已，而源遠末分，師異學異，更相矛盾。……卒之三家之說不行，《毛

16 林慶彰編：《中國經學史論文選集》（臺北：文史哲出版社，1993 年），下冊，頁 249。

詩》之《詁訓傳》獨行於世，惜其闊略簡古，不竟其說，使後人得以紛更之也。故滋蔓於鄭氏之《箋》，雖則云勤，而義猶未備；總萃於孔氏之《疏》，雖則云備，而理猶未明。……晦庵先生方收伊洛之橫瀾，折聖學而歸衷，集傳注之大成，乃爲《詩》作傳，近出己意，遠規漢唐，復風雅之正，端刺美之本，糞訓詁之弊，定章句音韻之短長差舛，辨大小〈序〉之重復，而三百篇之微意，「思無邪」之一言，煥乎白日之正中也。[17]

郝氏於《集傳》一書極盡恭維之能事，唯此論見於《集傳》之〈序〉，大凡為他人之書作〈序〉者，皆以推介是書為其宗旨，可供參稽，但不必字字深信。就以嚴粲《詩緝》而言，有研究者指出，《詩緝》之體例詳密，亦較前人能建立詮釋詩義之整體性，對於毛、鄭之舊說，輒能存菁去蕪，辨駁其誤；又頗參考朱子《集傳》、呂氏《詩記》之說，為後出轉精之作，斯書價值實為不菲，接著又引林希逸評述嚴書之語，以為己說張目：「六經皆厄於《傳》、《疏》，《詩》為甚，我朝歐、蘇、王、劉諸儒，雖擺落毛、鄭舊說，爭出新意，而得失互見。東萊呂氏始集百家所長，極意條理，頗見詩人趣味，然疎缺渙散，要未為全書。……（《詩緝》）嘗窮諸家閫奧，而獨得風雅餘味，故能以詩言《詩》，此《牋》、《傳》所以瞠若乎其後也。」[18]所謂林希逸之「評」乃是為推介《詩緝》所作之〈序〉，此種評語不乏溢美之詞，豈能盡信？郝氏之評《朱傳》大致可作如是觀。不同的是，郝氏為元代儒生，是時朱子早已不在，其作〈序〉不

[17] 朱彝尊：《經義考》（臺北：臺灣中華書局《四部備要》本，1979 年），第 4 冊，卷 108，頁 2。

[18] 李莉褒：《嚴粲詩緝之研究》（臺中：國立中興大學中國文學研究所碩士論文，1998 年），頁 166。

是投作者所好，但元代《詩經》學本為朱學天下，[19] 故元儒之嘉許《集傳》又顯理所當然。

㈢明儒朱升以「無憾」二字歸結朱子之詮釋《詩經》：

朱子之於《詩》也，本歐陽氏之旨而去〈序〉文，明吳才老之說而飄音韻，以《周禮》之六義，三經而三緯之，賦、比、興各得其所，可謂無憾也已。[20]

朱氏所云歐陽氏是指宋代說經首出異說的歐陽修，歐陽修的《詩本義》共有十五卷，其中前十二卷討論的是詩一一四篇的篇旨，就中〈鼓鐘〉、〈鴛鴦〉、〈生民〉、〈思文〉、〈臣工〉五篇，歐陽公坦言本義未可知，另外一〇九篇之篇旨，或略取〈詩序〉之說，或修正〈詩序〉之說，或批判〈詩序〉之說。[21] 依朱升之意，《朱傳》之盡去〈序〉文係本歐陽氏之旨，但據朱子本人所言，其懷疑〈詩序〉當是得自鄭樵之啟發，[22] 不過朱子解詩吸收了《詩本義》的許多意見，卻也不容否認。[23]

---

19 詳林葉連：《中國歷代詩經學》（臺北：學生書局，1993 年），頁 321-325。

20 同注 17，頁 3。

21 黃忠慎：《宋代之詩經學》（臺北：國立政治大學中國文學研究所博士論文，1984 年），頁 107-115。

22 《朱子語類》（台北：華世出版社點校本），第 6 冊，卷 80，頁 2068：「舊曾有一老儒鄭漁仲，更不信〈小序〉，只依古本與疊在後面。某今亦只如此，令人虛心看正文，久之其義自見。」頁 2076：「〈詩序〉實不足信。向見鄭漁仲有《詩辨妄》，力詆〈詩序〉，其間言語太甚，以為皆是村野妄人所作。始亦疑之，後來仔細看一兩篇，因質之《史記》、《國語》，然後知〈詩序〉之果不足信。」頁 2078：「某自二十歲讀《詩》，便覺〈小序〉無意義。……某因作《詩傳》，遂成《詩序辨說》一冊，其他繆戾，辨之頗詳。」

23 今人裴普賢據《朱子語類》得知，朱子《詩集傳》全從《詩本義》的至少有二十餘篇，又將《集傳》與《本義》對照看，發現《集傳》之從《本義》者數十篇。詳裴普賢：《歐陽修詩本義研究》（臺北：東大圖書公司，1981 年），頁 11。

朱升又提到吳才老其人，按宋儒吳棫字才老，著有《韻補》一書，徹底實行「古人韻緩」之主張，[24] 以《廣韻》為據，凡某韻字古書有與他韻字押韻者，即在該韻目下注：「古通某，古轉聲通某，古通某而轉入某。」清錢大昕《韻補・跋》云：「才老博考古音，以補今音之闕，雖未能益得六書諧聲原本，而後儒因知援《詩》、《易》、《楚辭》，以求古音之正，其功已不細。」吳棫有博考古音之功當可確定，然而近人董同龢卻提醒我們，「《韻補》只說『通』或『轉入』，從來沒有談到叶韻，自來以為朱子《詩集傳》叶韻之說本於吳才老的《毛詩補音》，《補音》今已不傳，無從證明；縱然是，也與《韻補》無關」。[25] 據此，知朱子之前，吳才老已有「叶韻」之說，而其說當見於《毛詩補音》，唯因書已亡佚，詳情如何早已不可得知。

至若三經三緯云云，乃朱子用以解釋六義之言，《朱子語類》卷八十：

> 所謂「六義」者，〈風〉、〈雅〉、〈頌〉乃是樂章之腔調，如言仲呂調、大石調、越調之類；至比、興、賦又別。直指其名，直敘其事者，賦也；本要言其事，而虛用兩句釣起，因而接續去者，興也；引物爲況者，比也。立此六義，非特使人知其聲音之所當，又欲使歌者知作詩之法度也。

上引為余大雅記述朱子之論，《語類》同卷又有呂燾所記之言：

---

24 陸德明《經典釋文》引沈重「協句」之說，自註：「今謂古人韻緩，不煩改字。」古人韻緩者，古人用韻較今人為寬也。詳董同龢：《漢語音韻學》（臺灣：學生書局，1974年），頁239。

25 見前註所引董書，頁240。

> 或問《詩》六義，注「三經、三緯」之說。曰：「『三經』是賦、比、興，是做詩底骨子，無詩不有，才無，則不成詩。蓋不是賦，便是比；不是比，便是興。如〈風〉、〈雅〉、〈頌〉卻是裡面橫串底，都有賦、比、興，故謂之『三緯』。[26]

依朱子之意，賦、比、興三者具有實質含意關係的意義，也因此他在《集傳》中對於詩的作法不厭其煩地隨章標出，而〈風〉、〈雅〉、〈頌〉則僅有資料性的意義，亦即無論後人為之所作的定義如何不同，詩篇的歸屬何種體裁或類別，卻是早已固定的。

朱升認為朱子說詩「賦比興各得其所」，筆者前曾指出其說過於樂觀，理由是「查《集傳》之解詩，除標注賦、比、興外，又忽而『賦其事以起興』、『比而興』、『賦而興』、『興而比』，甚且『賦而興又比也』，名目之多，使人茫無適從」，[27] 此說頗受今人裴普賢、黃振民之影響，[28] 當然早在清代的惠周惕撰寫《詩說》時，已對朱子的標示詩之作法表達不滿之意，[29] 但如今筆者看法已迥然不同，蓋平心而論，三百篇的表現方式豈有可能單純到僅有三種？朱子

---

26 以上二段引文分別見《朱子語類》，第 6 冊，卷 80，頁 2067、2070。按：劉瑾《詩傳通釋》：「三經是〈風〉、〈雅〉、〈頌〉，是做詩底骨子；賦、比、興卻是裡面橫串底，都有賦、比、興，故謂三緯。」《四庫全書》（臺北：臺灣商務印書館影印本，1983 年），第 76 冊，卷首，頁 76-269。裴普賢〈詩經興義的歷史發展〉引《朱子語類》卷 80，亦謂三經是〈風〉、〈雅〉、〈頌〉，三緯是賦、比、興。（《詩經研讀指導》，臺北：東大圖書公司，1977 年，頁 208）說與本文所用臺北華世出版社點校本《朱子語類》不同，存以供參。

27 詳黃忠慎：《南宋三家詩經學》（臺北：臺灣商務印書館，1988 年），頁 250。

28 裴、黃二氏皆認為《朱傳》之標示詩之作法，使賦、比、興之別愈趨複雜而混亂，裴氏說見〈詩經幾個基本問題的簡述〉，註 26 所引裴書，頁 19。黃氏說見《詩經研究》（臺北：正中書局，1982 年），頁 175。

29 詳惠周惕：《詩說》（臺北：國家圖書館藏《借月山房彙鈔》本），卷上，第 5 條。

對於詩之各章作法的標明，吾人當然可以有不同的意見，但朱子的認真分析是可以幫助我們認識《詩》的篇法錯綜變化之妙的，吾人又豈能僅因嫌其複雜而大力非議？舉例以言，〈邶風〉、〈谷風〉二章：「行道遲遲，中心有違。不遠伊邇，薄送我畿。誰謂荼苦？其甘如薺。宴爾新昏，如兄如弟。」《朱傳》解釋後四句說：「又言荼雖甚苦，反甘如薺，以比己之見棄，其苦有甚於荼，而其夫方且宴樂其新婚，如兄如弟而不見恤。」如此，朱子標示此章作法為「賦而比也」豈非天經地義？吾人又怎能責怪「朱子越是細心分析賦比興，越使賦比興複雜起來」？[30] 管見，朱子在分析三百篇的作法時，已發現傳統的賦比興並無法涵概所有作品的創作手法，這就迫使他不得不增加一些諸如「比而興」、「賦而比」……之類的名目，其兼顧傳統分類與實際作業（按：朱子的標示詩之作法，九成以上依然是採標準的單一歸類——「賦也」、「比也」、「興也」）的苦心毋寧是值得吾人肯定的。

㈣清儒陳澧謂朱子解詩客觀，〈小序〉之精善者，未嘗不稱述之，訓詁則頗有勝於《鄭箋》者：

> 《四庫總目提要》云：「朱子從鄭樵之說，不過攻〈小序〉耳。至於詩中訓詁，用毛鄭居多。澧案《朱子語類》云：「文武以〈天保〉以上治內，〈采薇〉以下治外，始於憂勤，終於逸樂，此四句儘說得好。」（卷八十一）〈小序〉之精善，朱子未嘗不稱述之也。至於詩中訓詁，固多用毛鄭，而其詩中解釋，則有甚得毛義，勝於《鄭箋》者。如「我心匪鑒，不可以茹」，《箋》云：「鑒之察形，但知方圓白黑，不能度其真偽，我心匪如是鑒。」此與毛意不同。

---

30 引文為裴普賢語，見註 26 所引裴書，頁 19。

下章「我心匪石，不可轉也。我心匪席，不可卷也。」《毛傳》云：「石雖堅，尚可轉；席雖平，尚可卷。」然則「我心匪鑒，不可以茹」，毛意當亦以爲鑒尚可茹。《朱傳》云：「我心匪鑒，而不能度物。」得毛意矣。又如「爰居爰處，爰喪其馬」，《毛傳》云：「有不還者，有亡其馬者。」是毛意以二者皆實有之事。《鄭箋》云：「於何居乎？於何處乎？於何喪其馬乎？」此亦與毛意不同。《朱傳》云：「於是居，於是處，於是喪其馬。」得毛意矣。《毛傳》簡約，《鄭箋》多紆曲。《朱傳》解經，務求文從字順，此經有《毛傳》、《鄭箋》，必當有《朱傳》也。[31]

朱子之所以被目為攻〈序〉派或廢〈序〉派的巨擘，是因他有太多鄙夷〈詩序〉的言語，[32]又寫了《詩序辨說》一卷來痛斥〈詩序〉的諸多不是，[33]但從定本《詩集傳》的內容來考察，[34]朱子對於〈詩序〉所抱持的態度是宅心仁厚的，是頗為尊重的，陳氏所引《語類》之語，只不過是百分之一例而已，若直接從《集傳》來尋找朱子尊〈序〉之語，那真是隨處可得的，若說朱子解說〈關雎〉是為〈序〉說張本，[35]而〈關雎‧序〉為〈大序〉，本非朱子攻擊之對象，[36]但

---

31 陳澧：《東塾讀書記》（臺北：廣文書局，1970年），卷6，頁183-185。

32 除註22所引之外，又如：「〈詩序〉……，經意不明，都是被他壞了。」（《朱子語類》，卷80）「看來〈詩序〉只是個山東學究等人做，不是個老師宿儒之言，故所言都無一事是當。」（同上）「〈序〉與詩全不相合，詩詞理甚順，平易易看，不如〈序〉所云。」（同上）「〈小序〉附會書史，依托名謚，鑿空妄語，以誑後人。」（《詩序辨說》）「〈小序〉大無義理，隨文生義，無復論理。」（同上）……例子極多，不勝枚舉。

33 同註27，頁192-246。

34 《四庫提要》：「朱子……注《詩》亦兩易稿，凡呂祖謙《讀詩記》所稱『朱氏曰』者，亦其初稿，其說全宗〈小序〉。後乃改從鄭樵之說，是為今本。」（臺北：藝文印書館，1962年，第1冊，卷15，頁338-339。）

35 〈詩序〉：「〈關雎〉，后妃之德也。〈風〉之始也，所以風天下而正夫婦也。……

緊接在〈關雎〉之後的〈葛覃〉，朱子明言：「〈小序〉以為后妃之本，庶幾近之。」豈有痛恨〈詩序〉的學者如此急於擁護〈詩序〉的？據近人何定生的統計，《詩集傳》用〈序〉說或用〈序〉意的詩篇共有一百四十二篇，其中〈國風〉佔八十九篇，〈小雅〉二十三篇，〈大雅〉十七篇，三〈頌〉十四篇，[37] 這就表示朱子尊重古說而又不願受其桎梏，他在解詩時，基本上先考慮採用舊說，必不得已只好「以逆意志」、「據詩直尋本義」，[38]《詩集傳》之所以備受學者肯定，朱子治學的客觀超然態度無疑也是原因之一。

至於詩中訓詁，朱子當然是優先考慮毛、鄭之說，此外，朱子畢身精力用於經傳，其釋詩亦多用群經，如《尚書》、《儀禮》、《周禮》、《禮記》、《周易》、《論語》、《孟子》、《孝經》、《春秋》三《傳》、《爾雅》等經書，皆為朱子釋詩之主要憑據。此外，《老子》、《莊子》、《荀子》、《淮南子》、《孔叢子》、《文中子》等子書，《國語》、《史記》、《漢書》、《戰國策》、《後漢書》、《晉書》等史籍，亦皆為朱子釋詩之重要資料。諸書之注疏，

〈關雎〉樂得淑女以配君子，憂在進賢，不淫其色。哀窈窕，思賢才，而無傷善之心焉，是〈關雎〉之義也。」《朱傳》謂詩中「淑女」「蓋指文王之妃大姒為處子時而言也。」「君子，則指文王也。」解篇旨為「周之文王生有聖德，又得聖女姒氏以為之配。宮中之人，於其始至，見其有幽閒貞靜之德，故作是詩。」

36 關於〈詩序〉的區分為〈大序〉、〈小序〉、〈前序〉、〈古序〉、〈下序〉、〈續序〉……，名目之多，迄今終不能一致，宋儒李樗以〈關雎・序〉為〈大序〉，其餘各篇之〈序〉為〈小序〉，裴普賢說這樣「應用最為方便。日人竹添光鳴亦主此說」。（《詩經研讀指導》，頁 23）但朱子《詩序辨說》以為〈關雎・序〉自「詩者，志之所之也」至「是謂四始，詩之至也」為〈大序〉，「〈關雎〉，后妃之德也」至「風以動之，教以化之。」，以及「然則〈關雎〉、〈麟趾〉之化」至「是〈關雎〉之義也」為〈小序〉，〈關雎〉之外的各篇之〈序〉也都是〈小序〉，如此則《集傳》之解說〈關雎〉主題，依舊是在支持〈小序〉。

37 何定生：《詩經今論》（臺北：臺灣商務印書館，1973 年），頁 223。

38 「以意逆志」為孟子讀《詩》之法，詳《孟子・萬章上》第 4 章。「據詩直尋本義」是希望擺脫舊說的學者們共同認定的讀《詩》法則，從清朝的姚際恆、崔述、方玉潤，到今日的許多《詩經》學者，都頗採此法讀《詩》。

朱子亦極為重視，如三《禮》鄭玄《注》、《禮記·孔穎達疏》、《國語·韋昭注》、《漢書·顏師古注》、《左傳·杜預注》、《公羊傳·何休注》、《孟子·趙岐注》、孫奭《疏》、《尚書·偽孔安國傳》、《後漢書·李賢注》、《爾雅·郭璞注》、李巡《注》、孫炎《注》，以及陸璣《毛詩草木鳥獸蟲魚疏》等，朱子皆引之或本之以釋詩。其他如《司馬法》、《尚書大傳》、《楚辭》、漢賦、《風俗通義》、《孔子家語》、汲冢《紀年》、《通典》、韓愈文、《夢溪筆談》、古器物銘、《說文》、《本草》、《字林》、《埤雅》、三家《詩》說、《詩·孔疏》等，凡可取者，朱子皆不忘引之以釋詩。而宋儒說詩有可觀者，朱子亦時時引入《集傳》中，如歐陽修、蘇轍、劉彝、張載、曾鞏、劉敞、王安石、二程子、范祖禹、呂大臨、劉安世、楊時、董逌、鄭樵、胡寅、陳鵬飛、李樗、張栻、呂祖謙諸人之說，《詩集傳》皆有引之。[39] 既能雜取眾長之長，又能自成一家之言，[40] 如此，其書能風靡一時，又豈是僅因讀者迷信權威？其書能歷久不衰，又豈是僅因朝廷的定為令典，使學者不得不讀？[41] 其書至今仍為人所津津樂道（詳後），豈僅因人云亦云，致使是書枉擔虛名？

朱子恢章聖典，羽翼《毛傳》之功，得陳氏此論可以益彰，唯《毛傳》、《鄭箋》於《詩》之訓詁各擅勝場，陳氏以毛勝鄭，未必公允，近人傅斯年謂鄭勝毛，[42] 亦非持平之論。何況《集傳》亦多採

---

39 詳陳美利：《朱子詩集傳釋例》（臺北：國立政治大學中國文學研究所碩士論文，1972年），頁1-128，171-176。

40 皮錫瑞：「……是朱子作《集傳》，不過自成一家之言，非欲後人盡廢古說而從之也。」《經學歷史》（臺北：河洛圖書出版社，1974年），頁244。

41 皮錫瑞《經學歷史》頁284：「元仁宗延佑定科舉法，《易》用朱子《本義》，《書》用蔡沈《集傳》，《詩》用朱子《集傳》，《書》用胡安國《傳》，惟《禮記》猶用《鄭注》。」

42 傅斯年：「鄭康成的《箋》，實在比《故訓傳》好些，凡是《箋》《傳》不同的地方，總是《箋》是《傳》非。」《傅斯年全集》（臺北：聯經出版事業公司，1980

鄭說，如〈關雎〉雎鳩摯鳥，朱子採《鄭箋》情意深至之說；〈葛覃〉「害澣害否」句，朱子用《鄭箋》而捨《毛傳》；類此例子不少，[43] 陳說實未必盡然。

㈤曾經指引讀者如何研究《詩經》，而為屈萬里《詩經釋義・敘論》所引用的近人傅斯年，[44] 對於某些學者的瞧不起朱子的《詩經》學頗不以為然：

> 關於《詩經》的著作，還沒有超過他的。先就訓詁而論，訓詁固然不是這部《集傳》的特長，但是世人以爲訓詁最當的《毛傳》，也不見有什麼好處。……宋朝人關於《詩經》的著作，零碎的多，訓詁一層，除朱子的《集傳》外，其他是全無所得的。……朱子這本《集傳》，在訓詁上雖然不免粗疏，卻少有「根本誤謬」的毛病。他既把〈小序〉推翻了，因而故訓一方面也就著實點兒，不穿鑿了。況且朱子在宋儒中，原是學問極博的一個人，他那訓詁，原不是抄襲來的，儘多很確當的地方。……那些繁重的訓詁，大可以不聞不問，還是以速議爲是。朱子這部書，雖然不精博，卻還簡當啊！至於詩義一層，朱子這兩部書真可自豪了。朱子是推翻〈詩序〉的，他推翻〈詩序〉的法子，只以《詩經》的本文證他的不通，這真可謂卓識了。……朱子這部《集傳》也還有幾分道氣，但是他的特長是：⑴拿詩的本文講詩的本文，不拿反背詩本文的〈詩序〉講詩的本文。⑵很能闕疑，不把不相干的事實牽合去。⑶敢說明某某是淫奔詩。就這幾項而

年），第 4 冊，頁 425-426。

43 本文所舉兩例，為陳美利《朱子詩集傳釋例》所未言及，而陳書〈訓詁從鄭箋而異於毛傳例〉所舉〈邶風・燕燕〉、〈秦風・黃鳥〉、〈小雅・四牡〉、〈采薇〉……等例，（頁 171-172）雖可能也只是信手舉來，但已可由此而確認陳澧所言並非事實。

44 屈萬里：《詩經釋義》（臺北：中國文化大學出版部，1980 年），頁 22。

論，真是難能可貴了。[45]

傅氏對於朱子的《詩集傳》推崇備至，所謂「關於《詩經》的著作，還沒有超過他的」云云，僅代表其個人偏好，吾人不必表示意見。訓詁一層，傅氏之評論則不可理喻，以《毛傳》「也不見得有什麼好處」，來為『集傳』「護短」，實是教人不知從何說起。其實《毛傳》、《朱傳》各擅勝場，黃永武先生曾謂研究《詩經》必讀《毛傳》，理由有十：⑴《毛傳》與孔門思想最契合，⑵《毛傳》的解釋，最切合古代的禮制，⑶《毛傳》的訓詁不斷地獲得實物的證驗，⑷《毛傳》絕無怪誕之說，最平實可信，⑸《毛傳》與《左傳》時時相合，史證具在，⑹《左傳》、〈小序〉是最古的訓詁書，最接近賦詩的年代，⑺《毛傳》與〈小序〉應合無間，絕非無本之學，⑻《毛傳》與荀子之學並出子夏，每可互證，⑼《毛傳》與《爾雅》相異處，往往《毛傳》正確，⑽《毛傳》資料最完整，能自成體系。[46]黃氏之抬舉《毛傳》，容或仍有討論的空間，但由此亦可知《毛傳》絕非傅氏「也不見得有什麼好處」一語所能輕易否認其價值的。至於朱子既名其書為《集傳》，就不能不博引眾家之說，此則前已數言，毋庸贅述，傅氏謂朱書「簡當」，吾人可以首肯，謂朱書「不精博」，「訓詁雖然不免粗疏，卻少有『根本誤謬的毛病』」，更以宋儒之《詩經》學著述，除了《朱傳》之外，訓詁都「是全無所得的」，來反顯朱書的可貴；凡此，依舊是教人不知從何說起，假若有人硬要說傅氏意在提醒或強調朱書的缺失，吾人應該也是無可奈何的。

傅氏之說還有兩個重點，其一，朱子是推翻〈詩序〉的，這是

---

[45] 詳註 42 所引書，第 4 冊，頁 425-428。

[46] 黃永武：〈怎樣研讀詩經〉，孔孟學會主編：《詩經研究論集》（臺北：黎明文化事業公司，1981 年），頁 19-33。

「卓識」；其二，朱子的淫詩說是難能可貴的。按前者有語病，朱子說時是不願受到〈詩序〉的束縛，故其詩說每多與〈序〉說異，然於〈序〉說之可採者，朱子亦不故意立異，甚且，只要〈序〉說有片言可取，朱子即不輕言放過，如〈卷耳〉、〈破斧〉、〈伐柯〉、〈九罭〉、〈四牡〉、〈皇皇者華〉、〈采薇〉、〈六月〉、〈吉日〉、〈那〉…等篇，朱子皆謂〈首序〉得之，〈後序〉不可信。而〈桃夭〉、〈兔罝〉、〈漢廣〉、〈殷其靁〉、〈凱風〉、〈雄雉〉、〈匏有苦葉〉、〈桑中〉、〈旄丘〉、〈氓〉、〈叔于田〉……等篇，朱子則以為〈首序〉失之，而〈後序〉反多可採。至於〈序〉說見於書傳，然於詩文未有確考，而未詳是否者，朱子則姑從〈詩序〉，如〈綠衣〉、〈燕燕〉、〈日月〉、〈終風〉、〈式微〉……等篇皆是。若書傳、經文俱無可考，則闕疑之，不敢強作解人，如〈芄蘭〉、〈椒聊〉、〈蒹葭〉、〈節南山〉……等篇，朱子皆表示不知所謂，不敢強解。[47] 由是可知，朱子面對〈詩序〉之態度為「是則是之，非則非之」，決非故意立異以求高。傅氏之言，一若凡〈詩序〉所說，朱子一概排斥之，此則與朱子說詩之態度迥不相侔。

至於廣受討論的「淫詩說」，嚴格來講，也不是朱子的創見，[48] 只是像朱子般直指為淫詩者多達二十餘篇的，[49] 確是前所未有。傅氏

---

47 詳朱子《詩序辨說》（北京：中華書局，1985 年）對於以上各篇〈詩序〉的綴語。

48 〈關雎〉、〈靜女〉、〈氓〉、〈東門之墠〉……等篇，早已有人認為是淫詩，不必自宋朝始。詳劉兆祐：〈歷代詩經學概說〉，林慶彰編著：《詩經研究論集》（臺北：臺灣學生書局，1983 年），頁 469-489。相關資料另參程元敏：《王柏之詩經學》（臺北：嘉新水泥公司，1968 年），頁 25-45。

49 馬端臨《文獻通考》卷 178〈經籍五．詩序〉列舉朱子所謂之淫詩二十四篇。程元敏認為朱子指為淫篇者三十，見前註所引程書，頁 68，後又認為二十九篇，說見程氏：〈朱子所定國風中言情諸詩研述〉，《孔孟學報》第 26 期，1973 年，頁 153-164。王春謀考出變〈風〉中另有朱子所定淫詩七篇──〈氓〉、〈有狐〉、〈大車〉、〈叔於田〉、〈東門之枌〉、〈防有鵲巢〉與〈澤陂〉，如此則朱子所謂淫詩也達三十篇之多。《朱熹詩集傳淫詩說之研究》（臺北：國立政治大學中國文學研究所碩士

讚美朱子淫詩說的觀點，但如同賴炎元所言，「朱熹最受後世經學家攻擊，同時也被後世學者稱讚的」，就是他的淫詩說了。[50]

在評論朱子淫詩說之前，吾人須先明白所謂「《詩》無達詁」乃是確切不移的事實，[51] 誠如清儒魏源所說，「《詩》有作詩者之心，而又有采詩、編詩者之心焉；有說詩者之義，而又有賦詩、引詩者之義焉」，[52] 另一清儒龔橙更進一步總結了《詩經》產生千百年來編定、引用、闡釋和流播的情況，他懇切提醒《詩經》的研究者要注意「八誼（義）」：「有作詩之誼，有讀詩之誼，有太師采詩、瞽矇諷誦之誼，有周公用為樂章之誼，有孔子定詩建始之誼，有賦詩、引詩節取章句之誼，有賦詩寄託之誼，有引詩以就己說之誼」，[53] 的確，〈詩序〉的作者們是讀詩者、說詩者，朱子也是讀詩者、說詩者，支持或批判〈詩序〉與朱子的學者們也是讀詩者、說詩者，同樣都是讀者（**接受者**）的身分，誰又有資格說他們才能直探詩人本義？〈詩序〉的寫作時代迄今仍難確定，[54] 但因其距《詩

1979年），頁45。以上諸說皆與事實有所出入，詳拙文〈貽誤後學乎？可以養心乎？朱子淫詩說理論的再探〉，收於本書中。

50 賴炎元：〈朱熹的詩經學〉，《中國學術年刊》，1978年1月，第2期，頁55。

51 「《詩》無達詁」這一命題最早見於董仲舒《春秋繁露‧精華》，從春秋時期外交宴會貴族官員「賦詩言志」、「斷章取義」的一些記載，以及漢有四家《詩》的事實觀之，董氏所言是對當時及之前人們對《詩經》闡釋分歧實況的概括。

52 魏源：《詩古微》，重編本《皇清經解續編》（臺北：漢京文化公司，出版社未註明出版年），第6冊，卷1，頁3848。

53 龔橙：《詩本誼》（《半厂叢書》本），〈序〉。

54 胡樸安歸納古人討論〈詩序〉的作者諸說，歸納為八說，㈠子夏作，㈡衛宏作，㈢子夏、毛公合作，㈣子夏、毛公、衛宏合作，㈤詩人自作，㈥孔子作，㈦國史作，㈧毛公之門人作。《詩經學》（臺北：臺灣商務印書館，1973年），頁17-19。裴普賢：「……子夏至少作有總論式之〈大序〉，不過秦火之後，此〈大序〉恐係漢初憑記憶拼湊而成者，非全為子夏原文了。各篇〈小序〉，則淵源於子夏，至荀卿時，均已裁初句。……《毛詩‧小序》首句也字以下，乃申說首句者，又為傳《毛詩》者所增益，而衛宏予以寫定者也。」《詩經研讀指導》，頁25。李家樹：「〈詩序〉作者，當是西漢經生無疑，他們說孔子、子夏作，無非是借聖人之名以顯立流傳罷了。」《詩經的歷史公案》（臺北：大安出版社，1990年），頁24。

經》時代較早，或許有部分內容是采詩、編詩之意亦未可知，[55] 乃今日有人還要自以為是地強調「今日談《詩經》者，多就文學上立說，早已棄〈詩序〉如敝履，若再討論〈詩序〉，豈非違反時代潮流？」，[56] 重實令人浩歎。

既然《詩》無達詁，那麼對於那些表面上「或訴相思，或寫幽會，或敘傾心」的詩謠，[57]〈詩序〉從政教、美刺的觀點來詮釋，例如〈遵大路〉，〈序〉謂「思君子也。莊公失道，君子去之，國人思望焉」，〈山有扶蘇〉〈序〉謂「刺忽也。所美非美然」，而朱子視之為淫詩，豈非同樣都是讀者對文本意義的闡發？而且，坦白來說，既然今日學者喜歡據詩直尋本義，身為道學家的朱子，將多數情詩視作淫詩，應該還是較之〈詩序〉更能接近詩的本質的，筆者曾經批評朱子之淫詩說為其說《詩》之缺失，[58] 這是未考慮朱子的時代背景及其特殊身分，以及未尊重朱子身為高明經學家與理學家面對向無達詁的詩篇可以有充分揮灑的空間，而有的淺薄的批評，當然，只要將缺失兩字改為「特點」或「特色」，問題就迎刃而解了。

㈥曾任國立臺灣大學中文系教授，著有《詩經今論》一書的何定生，以為朱子能言漢人所不能言，於詩之世次，尤具客觀精神：

> 朱子於《詩經》的解釋，除廢〈序〉和去美刺二事直接受鄭樵的影響外，其對〈風〉、〈雅〉、〈頌〉也以「歌」「樂」來分類，如以〈國風〉爲「民俗歌謠」而「列於學官」，以正〈小雅〉爲「燕饗之樂」，正〈大雅〉爲「朝會

---

55 李家樹：「〈小序〉所言，有部分自然是采詩、編詩之意……。」《詩經的歷史公案》，頁 109。

56 林惠勝：《朱呂詩序說比較研究》，（臺北：國立臺灣大學中國文學研究所碩士論文，1983 年），頁 232。

57 文用華仲麐語：《中國文學史論》（臺北：臺灣開明書店，1979 年），頁 48。

58 同註 27，頁 258。

> 之樂，受釐陳戒之辭」，變〈雅〉則「事未必同，而各以其聲附之」（《集傳》）。作《集傳》後二十年，他說得更清楚。他說：「〈風〉則閭巷、風土、男女、情思之詞；〈雅〉則燕享、朝會、公卿、大夫之作；〈頌〉則鬼神、宗廟、祭祀、歌舞之樂（王柏《詩疑》引），這也是漢人所不能言的地方。……朱子對於詩的世次，最具客觀精神，他一點都不遷就。他這個態度，也剛好和毛鄭成一個強烈的對比；這也是他所以優於毛鄭的地方。又朱子解詩，懂就懂，不懂就不懂（正是孔子「知之爲知之，不知爲不知」的精神），他從不勉強解釋，所以《集傳》中常有「未詳」或「不敢強解」一類的話。[59]

何氏的評論大致還算平允，其原文甚長，另有兩個重點是何氏對朱子稍有微辭的，其一，朱子雖主廢〈序〉，而終不能盡脫〈序〉說窠臼；其二，淫詩問題的探討；此二議題，本文已有所討論，茲不贅。

關於朱子之釋〈風〉〈雅〉〈頌〉是否言漢人所不能言，我們不妨先看看〈詩序〉的解說：

> 風，風也，教也，風以動之，教以化之。上以風化下，下以風刺上，主文而譎諫，言之者無罪，聞之者足以戒，故曰風。……是以一國之事，繫一人之本，謂之風。言天下之事，形四方之風，謂之雅。雅者，正也，言王政之所由廢興也。政有小大，故有小雅焉，有大雅焉。頌者，美盛德之形容，以其成功告於神明者也。

〈詩序〉從詩歌的體制解釋了〈風〉、〈雅〉、〈頌〉，如同各篇

59 同註 37，頁 222-235。

〈小序〉一樣，作為先秦儒家詩論總結的〈詩大序〉，[60]也讓很多學者不滿意，於是後人為〈風〉、〈雅〉、〈頌〉所作的新解就不可勝數了。

朱子《詩集傳・序》：「凡詩之所謂風者，多出於里巷歌謠之作，所謂男女相與詠歌，各言其情者也。」卷一：「國者，諸侯所封之域，而風者，民俗歌謠之詩也。謂之風者，以其被上之化以有言，而其言又足以感人，如物因風之動以有聲，而其聲又足以動物也。是以諸侯采之以貢於天子，天子受之而列於學宮，於以考其俗尚之美惡，而知其政治之得失焉。」朱子既以民俗歌謠釋風，又以風教言名風之由，兼顧到了舊說與新義，確為高見，而他在「出於里巷歌謠之作」之前著一「多」字，更使其說不易動搖，蓋或有部分〈風〉詩非來自民間也。[61]

《集傳・序》又云：「若夫〈雅〉〈頌〉之篇，則皆成周之世，朝廷郊廟樂歌之辭。其語和而莊，其義寬而密，其作者往往聖人之徒，固所以為萬世法程而不可易者也。」這一段話與上述之言合併以觀，可以相信朱子是接受了鄭樵的觀點，[62]而作了更完密的發揮。不過，其語其義云云，並不適用於〈小雅〉，[63]謂作者為聖人之徒恐怕

---

60 郭紹虞〈毛詩序注〉：「〈詩大序〉吸收了在它以前傳《詩》經生的意見，比較全面地闡說了有關詩歌的性質、內容、體裁、表現手法和作用等問題，可以看作是先秦儒家詩論的總結。」林慶彰編：《詩經研究論集》（臺北：學生書局，1983 年），頁 496。

61 參朱東潤：《讀詩四論・國風出於民間論質疑》（臺北：東昇出版公司，1980 年），頁 1-63。屈萬里：〈論國風非民間歌謠的本來面目〉，《書傭論學集》（臺北：臺灣開明書店，1980 年），頁 194-215。

62 鄭樵《通志・總序》：「風土之音曰風，朝廷之者曰雅，宗廟之音曰頌。」《通志》（臺北：新興書局影印本，1963 年），第 1 冊，頁 2。此一觀點不惟朱子同意，後世許多學者也都接受，亦即《詩經》是依照樂調來分類的。

63 屈萬里：「大小〈雅〉裡，固然多半是士大夫的作品，但〈小雅〉中也不少類似風謠的勞人思婦之辭——如〈黃鳥〉、〈我行其野〉、〈谷風〉、〈何草不黃〉等是。」註 44 所引書，頁 6。

也未必屬實，但詩之作者本無法考求，[64] 朱子又很有技巧地在聖人之前加上「往往」二字，如此吾人也不必費心加以辨駁了。

《集傳》卷九又云：「雅者，正也，正樂之歌也。其篇有大小之殊，而先儒說又各有正變之別。以今考之，正〈小雅〉，燕饗之樂也。正〈大雅〉，會朝之樂，受釐陳戒之辭也。故或歡欣和說，以盡群下之情；或恭敬齊莊，以發先王之德。詞氣不同，音節亦異，多周公制作時所定也。及其變也，則事未必同，而各以其聲附之。其次序時世，則有不可考者矣。」由「雅者，正也」說起，等於基本上同意了〈詩序〉的解釋，不言「王政之所由廢興」，而改從音樂的角度立論，套用何定生的話，這是言漢人所不能言者。[65] 保留「正變」之說，不費詞說解，也是尊重〈詩序〉的表現。[66] 坦承詩之次序時世有不可考

---

64 詳王靜芝：《詩經通釋》（臺北：輔仁大學出版部，1991 年），頁 9-12。

65 雖然漢儒未能從詩的音樂性來立論，但春秋時代吳公子季札觀樂，評〈小雅〉之歌云：「美哉！思而不貳，怨而不言。」評〈大雅〉之歌云：「廣哉，熙熙乎！曲而有直體，其文王之德乎！」（詳《左傳・襄公二十九年》），顯然季札是從音樂上來表達他對於大小雅的不同感覺，宋儒的解釋風、雅、頌偏向考慮詩與樂的關係，應是正確的方向，蓋《詩》原可入樂，有如《史記・儒林傳》說的，「《詩》三百五篇，孔子皆弦歌之，以求合〈韶〉、〈武〉、〈雅〉、〈頌〉之音」，又如《漢書・禮樂記》所說，「周衰，王官失業，〈雅〉、〈頌〉相錯，孔子論為定之」。

66 〈詩序〉：「至于王道衰，禮義廢，政教失，國異政，家殊俗，而變風變雅作矣。」鄭玄《詩譜》：「文武之德，光熙前緒，以集大命於厥身，遂為天下父母，使民有政有居。其時詩，〈風〉有〈周南〉、〈召南〉，〈雅〉有〈鹿鳴〉、〈文王〉之屬。及成王，周公致太平，制禮作樂，而有頌聲興焉，本之由此〈風〉、〈雅〉而來，故皆錄之，謂之《詩》之正經。後王稍更陵遲，懿王始受譖亨齊哀公，夷身失禮之後，邶不尊賢。自是而下，厲也、幽也、政教尤衰。……故孔子錄懿王、夷王時詩，訖於陳靈公淫亂之事，謂之變〈風〉，變〈雅〉」。重編本《皇清經解續編》（臺北：漢京文化公司，出版社未註明出版年），第 8 冊，頁 5191。後人對於正變之說往往另立新解，朱子《集傳》卷 9 所述則頗含糊，王靜芝《詩經通釋》頁 26 謂「朱子則以樂之應用不同而分正變」，但《集傳・序》明明說：「〈周南〉、〈召南〉親被文王之化以成德，而人皆有以得其性情之正，故其發於言者，樂而不過於淫，哀而不及於傷，是以二篇獨為〈風〉詩之正經。自〈邶〉而下，則其國之治亂不同，人之賢否亦異。其所感而發者，有邪正是非之不齊，而所謂先王之風者，於此焉變矣。……至於〈雅〉之變者，亦皆一時賢人君子，閔時病俗之所為，而聖人取之，其忠厚惻怛之心，陳善閉邪之意，尤非後世能言之士所能及之。」這豈非是全力支持〈詩序〉、

者，完全合乎朱子讀書闕疑的態度，這也是何氏所深表欣賞的。

《集傳》卷十九又云：「頌者，宗廟之樂歌，〈大序〉所謂美盛德之形容，以其成功告於神明者也。蓋頌與容古字通用，故〈序〉以此言之。〈周頌〉三十一篇，多周公所定，而亦或有康王以後之詩。〈魯頌〉四篇，〈商頌〉五篇，因亦以類附焉。」朱子的釋頌分明旨在申論〈序〉說，至於鄭玄《詩譜》謂〈周頌〉之作在周公攝政、成王即位之初，[67] 朱子以為或有康王以後之詩，由〈執競〉所言「執競武王，無競維烈。不顯成康，上帝是皇。自彼成康，奄有四方，斤斤其明……」觀之，朱說誠然。

何氏指出，作《集傳》後二十年，朱子之釋風、雅、頌更為清楚，其實朱子既已把握住了他所謂「三緯」的區分原則，在不同時間、不同地方所發表的這方面的言論都是可以一以貫之的，如《詩傳遺說》卷三：「〈風〉則閭巷風土男女情思之詞，〈雅〉則朝會燕享公卿大夫之作，〈頌〉則鬼神宗廟祭祀歌舞之樂，其所以分者，皆以其篇章節奏之異而別之也。」卷五：「〈小雅〉恐是燕禮用之，〈大雅〉須饗禮方用；〈小雅〉施之君臣之間，〈大雅〉則止人君可歌。」卷六：「詩，古之樂也，亦如今之歌曲音名不同……，若〈大雅〉、〈小雅〉則如今之商調宮調，作歌曲者亦案其腔調而作爾。」[68] 若要將朱子的《詩》學論點一一檢視，當然會有很多是漢人所未曾說過的，但也必然有一些是發揮漢人之說，試想，〈大序〉既以頌為「美盛德之形容，以其成功告於神明者也」，又怎會不知頌為「鬼神、宗廟、祭祀、歌舞之樂」呢？

若夫《集傳》中常有「未詳」、「不敢強解」之類的話，這就使

《詩譜》麼？另朱子面對變〈雅〉之問，只回答「亦只是變用他腔調爾」，（朱鑑：《詩傳遺說》，漢京文化公司重編《通志堂經解》，第17冊，卷5，頁10117）亦可參。

67 頁數與前註所引《詩譜》同。

68 以上三段分別見於註 66 所引朱鑑書，頁 10997、10117、10139。

人想起朱子所說的，「經書有不可解處，只得闕；若一向去解，便有不通而謬處」，[69] 這種不自誣、不自欺正是儒者求知的態度。[70]

(七)近二十年來，致力於評介歷代《詩經》名著的趙制陽，撰有〈朱子詩集傳評介〉一文，對於朱子《詩集傳》的評價，如同他對其他《詩經》名著所抱持的態度——瑕瑜互見，但他也強調，《朱傳》是優點多過缺點的。優點部分，趙氏以為《集傳》確有超越前人之處：(一)六義解說，簡明易識。(二)詩旨判斷，時有高見。(三)作法審定，較為詳切。(四)訓釋語譯，繁簡有則。(五)注明讀音，有益後學。[71]

關於朱子的六義界說，因為較〈詩序〉所說平實具體，是以趙氏評為「簡明扼要」、「值得後人重視」。[72] 然而我們也必須考慮到，《集傳》的簡釋六義，有時也會有不足涵概三百篇的時候，此所以朱子在面對眾人的質疑請益時，不得不作多方的補充說明，賴炎元評論朱子《詩經》學，同時根據《詩集傳》、《詩序辨說》和《詩傳遺說》三書是有其道理的，[73] 當然我們也不能忘了還有《朱子語類》。

「詩旨判斷，時有高見」部分，趙氏舉出〈伯兮〉、〈木瓜〉、〈丘中有麻〉、〈蟋蟀〉、〈蒹葭〉、〈月出〉五篇為例，認為〈詩序〉每以美刺為說，比附歷史人物，《集傳》從本文中求得較平實的詩旨。值得注意的是，趙氏雖推崇朱子的「時有高見」，卻不忘強調「只可惜這類改訂得體的詩旨，仍然不多，讀者的受益也不大」。[74]

〈詩序〉擅長利用經書說教，那是時代背景的要求，[75] 朱子常有

---

[69] 註 22 所引書，卷 11，頁 193。

[70] 《荀子・儒效》：「知之曰知之，不知曰不知，內不自以誣，外不自以欺。」

[71] 趙制陽：《詩經名著評介》（臺北：學生書局，1983 年），頁 133-139。

[72] 前註，頁 135。

[73] 同註 50，頁 1-3。

[74] 註 71，頁 136。

[75] 孔子以《詩》、《書》教人，《詩經》成為孔門教科書流傳下來；孟子通五經，尤長於《詩》、《書》（見趙岐：〈孟子題辭〉），荀子博學於文，功在諸經，漢以後四家《詩》，除《齊詩》之外，都與荀卿有關，《經典釋文・敘錄》謂《毛詩》乃孫

反〈序〉之言，那是他作為《詩經》讀者的合理反應；趙氏極端不滿〈詩序〉，[76] 因此歡迎朱子的反〈序〉，又見朱子於〈序〉欲拒還迎，反〈序〉實在不夠徹底，就直指讀者的受益不大，這種以為個人可以代表全體讀者的評論態度是相當主觀而危險的。「作法審定，較為詳切」，這是說朱子將作法標於詩篇各章章尾，不像《毛傳》只在興體詩的首章第一句之下標上「興也」二字，以示該篇即為興體詩，其他各章作自何法則未言及。趙氏並舉〈蓼莪〉首章為例，《毛傳》標為「興」，《鄭箋》：「莪已蓼蓼長大，我視之以為非莪，反謂之蒿。興者，喻憂思雖在役中，心不精識其事。」趙氏說毛公不解興義，鄭玄說「興」為「喻」，已將「興」法說成了「比」法，朱子則標〈蓼莪〉首章為「比也」，其解釋較鄭玄「明達多矣」。[77] 按《鄭箋》解說《毛傳》之「興也」多用「興者喻」三字開頭，而《毛傳》於〈唐風・葛生〉、〈采苓〉、〈小雅・黃鳥〉等篇，也以喻字說明興義，因此也有人稱毛鄭的興義為興喻之說，[78] 即連朱子本人也以為興有兼比以取義之興，也有不兼比不取義之單純之興，[79] 事實上，《詩》無達詁也反應在詩的創作技巧的認定上，而且賦、比、興三者之間更可以有交集之處，葉嘉瑩有一段話是值得我們深思的：

> 我們在討論「賦、比、興」三種不同性質之詩歌時，就必須既注意到其理論方面之可以區分的差別性，也同時注意到其本質上之可以相通的共同性，這才是一種比較周全而正確的

卿子傳魯人大毛公，〈毛詩序〉若此時只有首句（即「古序」或「首序」），則其說教也固然，若整個〈詩序〉出自西漢儒生之手，以漢朝廷推廣經書，廣設經學博士的情況來看，〈詩序〉的配合朝廷政策，利用經文說教，更是天經地義。

[76] 詳趙制陽：〈詩序評介〉，註 71 所引書，頁 15-45。

[77] 同註 71，頁 137。

[78] 詳註 26 所引裴書，頁 192。

[79] 參《朱子語類》80、81 兩卷中，關於「六義」的幾條說明。

認識，同時也是我們在討論中國詩歌中的形象與情意之關係時，所當具有的一種最基本的認識。[80]

有了這樣的認識，對於某些詩篇究竟是採用賦、比、興中的那一種手法，學者的看法常有出入，我們也就大可不必大驚小怪了。僅以〈周南．桃夭〉為例，《毛傳》在首章「桃之夭夭，灼灼其華」下標「興也」，《鄭箋》：「興者，喻時婦人皆得以年盛時行也。」《朱傳》謂三章皆興，「文王之化，自家而國，男女以正，婚姻以時。故詩人因所見以起興，而歎其女子之賢，知其必有以宜其室家也。」近人糜文開、裴普賢則謂首章以桃花的鮮艷比喻少女的美麗，二章以桃樹的果實比喻女子內在之美，三章以桃葉的茂密，比喻家族的昌大和諧。[81] 除非糜、裴二氏的解說荒腔走板，身為《詩經》讀者的他們通過文本感受或重構藝術形象的解釋行為，我們沒有理由不理不睬。[82] 同樣地，糜、裴二氏釋〈桃夭〉為「比」詩，他們也不能全盤否定詩人原本是採興法的可能性，與其他讀者同意〈桃夭〉是興體而作的詮釋。[83] 明白了這層道理，我們就可以知道趙氏裁定朱子釋〈蓼莪〉較鄭玄「明達多矣」，以此恭維朱子的解詩功力，其實是沒有什麼意義的。

---

80 葉嘉瑩：《迦陵談詩二集》（臺北：東大圖書公司，1985 年），頁 142。

81 詳糜文開、裴普賢：《詩經欣賞與研究》（臺北：三民書局，1987 年），第 1 冊，頁 27。

82 龍協濤：「文學讀解的基本特徵是：一方面他具有很寬泛的自由性，任何一種企圖定於一尊的解釋都會受到歷史的無情嘲弄；另一方面這種自由解釋又總有一定的限度，不能超過作品形象所提供的可能性的範圍，解釋行為中多種偶然性又包含著必然性，不是任何一種隨心所欲的臆說都具有合理性。」《文學讀解與美的再創造》，（臺北：時報文化公司，1993 年），頁 56。

83 如王靜芝《詩經通釋》解釋〈桃夭〉首章：「由桃樹經春嬌發，其花灼灼、鮮艷照人寫起。在此艷麗景象中，有女出嫁，則以聯想其女子之少好艷麗，此興之作法也。」（頁 45）程俊英、蔣見元：「詩人看見農村春天柔嫩的桃枝和鮮艷的桃花，聯想到新娘的年輕貌美。……詩人詠桃，並非止於描摹物狀。姚際恒《詩經通論》云：『桃花色最艷，故以取喻女子，開千古詞賦詠美人之祖』。從這一點上說，起首的興句可謂含比的興。」《詩經注析》（北京：中華書局，1991 年），上冊，頁 15-16。

「訓釋語譯，繁簡有則」是說《集傳》釋詞扼要，譯述簡明，趙氏把握了《集傳》的特色，而說「我們讀《鄭箋》與孔氏《正義》，常有繁瑣之感。朱子《詩集傳》則較能把握重點，只作必要的疏解，便於一般學者研讀」。[84] 按《鄭箋》說教氣味稍嫌濃厚，但與「繁瑣」尚有一大段距離，《孔疏》才真正令人感覺繁瑣，比較起來，《集傳》的方便學者閱讀，確是一大長處。

「注明讀者，有益後學」是說朱子為便於初學，注音不厭其詳，《集傳》所用「直接注音法」與「反切注音法」對當時讀者確頗有助益，而「叶韻改讀法」更是《集傳》的一大特色，趙氏以〈關雎〉「參差荇菜，左右采之。窕窈淑女，琴瑟友之」為例，朱子注「采」為「叶此履反」，讀如「ㄑㄧˇ」；注「友」為「叶羽已反」，讀如「ㄧˇ」，如此讀來自然叶韻；又舉〈葛覃〉首章「其鳴喈喈」之「喈」字，《集傳》注為「叶居奚反」，即讀如「ㄐㄧ」之例，再舉〈騶虞〉首章「虞」字下注「叶音牙」，旨在與上面的「葭」、「豝」叶韻，二章「虞」字下注「叶五紅反」，讀如「ㄏㄨㄥˇ」，旨在與上面的「蓬」、「豵」叶韻為例，說明「照朱子的想法，詩歌誦唱，自然會韻律和諧，是後世讀音改變的緣故（**按此句上應缺「後人讀詩之所以韻律不諧」一句**），我們可以用叶韻法使之恢復和諧；即使一字改讀兩音，在古人為誦唱的需要，也是有可能的。」[85]

趙氏認為「注明讀音，有益後學」是《詩集傳》的五大優點之一；「直接注音法」與「反切注音法」當然毫無問題，但「叶韻改讀法」在專家眼中卻是大有問題，明儒陳第認為朱子之所以大量採用叶韻說，是因為他不明白「時有古今，地有南北，字有更革，音有轉移」的道理，[86] 這個說法和趙氏的推測恰好相反，而另一明儒焦竑更

---

[84] 同註 71，頁 137-138。
[85] 同註 71，頁 139。
[86] 陳第：《毛詩古音考・序》（北京：中華書局點校本）。

是直斥朱子叶韻之說道：「如此則東亦可以音西，南亦可以音北，上亦可以音下，前亦可以音後，凡字皆無正呼，凡詩皆無正字矣。」[87]朱子為了貪圖一時讀詩的順暢諧律，大量採用叶韻說，雖其說前有所承（本文前已述及），在學理上依舊站不住腳，以《集傳》的流行，在當時恐會帶給初學者許多疑惑，宜乎聲韻專家不以為然。

㈧大陸學者張宏生在〈朱熹詩集傳的特色及其貢獻〉一文中，對於《集傳》讚譽有加：

> 在《詩經》研究史上，朱熹的《詩集傳》有著很高的地位。在這部著作中，朱熹以思辯的精神，求實的態度，對前人《詩經》研究的遺產進行了總的清理，在名物、訓詁、義理、文學等方面都有所發明，開拓了《詩經》研究的新領域。[88]

朱子是南宋理學大師，他研究經書的態度如同許多宋儒一般，趨向主觀，不迷信前人注疏，富有懷疑的精神，[89]《詩集傳》雖是他作為理學的教材，[90]但是思辨懷疑的精神甚為強烈，勇於突破舊說的藩籬，能以文學的眼光看待詩篇，這本書能成為元、明兩代士人的必讀教科書、科舉考試的法定範本，當然是其來有自的。

張氏說《集傳》在《詩經》研究史上地位極高，這是不容否認的事實，依他的說法，《集傳》的特色主要表現在兩個方面，大膽懷疑的精神與對《詩經》文學性的闡發。前者可以以下幾點作為代表：⑴敢於簡化注疏；⑵衝破《毛詩正義》體系的束縛；⑶疑〈序〉和廢

---

[87] 焦竑：《焦氏筆乘》，卷3，頁63（臺北：商務印書館影印本）。
[88] 同註16，頁246。
[89] 李師威熊：《中國經學史論》（臺北：文史哲出版社，1988年），上冊，頁298-305。
[90] 詳蔣見元、朱杰人：《詩經要籍解題》（上海：上海古籍出版社，1996年），頁37。

〈序〉。後者的要點有：⑴注重賦比興的表現手法；⑵對《詩經》民歌特色的體認；⑶對《詩經》風格特徵的揭示。[91]

「敢於簡化注疏」是說《集傳》或集毛、鄭、孔的疏釋而簡化之，或僅就鄭或孔加以取捨，總之都是遵循簡明易懂的原則，張氏認為這「充分反映了他作為一個開創學風的學者的宏偉氣魄」。[92]

以簡明易懂為《詩集傳》的一大特色，相信任何人都可以承認，站在推廣經書的立場來看，朱子的作法是用心良苦的，但若說由此可以見出其宏偉氣魄，又稍嫌比附誇大了些，北宋時期最早對漢學《詩經》注疏提出異議的歐陽修和蘇轍，其《詩本義》和《詩集傳》也都多少有簡明易讀的傾向；稍早於朱子，同樣主張廢〈序〉，同樣主張涵泳本文的王質，[93] 他的《詩總聞》也是行文要言不繁，簡潔明快的，[94] 因此，「遵循簡明易懂的原則」可謂宋儒說《詩》新派的共同作法，氣魄之宏偉不是從這裡認定的。

「衝破《毛詩正義》體系的束縛」是說朱子充分肯定宋初歐陽修等「始用己意，有所發明」的貢獻，而他的《詩集傳》也正是繼承了他的前輩的這種精神，敢於衝破《毛詩正義》的束縛，雜取各家《詩》說的精義。《集傳》的這一特色得到了前人的注意和讚許，張氏特別引用宋儒王應麟極力推崇《集傳》之語，並舉例證成了王氏給予《集傳》「閎意眇指，卓然千載之上」之好評殆非虛譽，[95] 本文在前面已完整引述張氏之語，此處不再重複。

---

91 同註 16，頁 246-256。

92 同註 16，頁 246-248。

93 朱子以為讀《詩》應該「章句以綱之，訓詁以紀之，諷詠以昌之，涵濡以體之……」（《詩集傳·序》），涵詠諷誦是朱子《詩》教格物之一重要方法，參彭維杰：《朱子詩教思想研究》，（臺北：文化大學中國文學研究所博士論文，1998 年）頁 254-256。王質說《詩》也是注重涵泳本文，把《詩》當作文學作品來讀，參李家樹：《王質詩總聞研究》（臺北：文史哲出版社，1996 年），頁 26-28。

94 同註 90，頁 22。

95 同註 16，頁 248-249。

「疑〈序〉和廢〈序〉」是說朱熹最初治《詩》一本〈序〉說，其後受時代風氣的影響，滋長了懷疑精神，曾著《詩序辨說》對〈詩序〉進行批評，他的《詩集傳》也貫穿著這種精神，全部廢〈序〉不錄，並時常指摘〈詩序〉之誤。而對於〈詩序〉合理的說辭，《集傳》照樣採用，以及《集傳》承認某些詩旨「未詳」等等，張氏皆以為是嚴肅學者所採取的事實求是態度。[96] 按疑〈序〉、廢〈序〉而又常取〈序〉說，本為《集傳》顯而易見的特色，本文之前已再三討論過這個問題，張氏所論均是諦評，朱子「不知則不知」的誠實態度，前面也都已有說明，不贅。

「注重賦比興的表現手法」是說真正將賦、比、興三者置於文學的領域並給予較為合理的解釋的是朱熹。《集傳》：「賦者，敷陳其事而直言之者也」、「比者，以彼物比此物也」、「興者，先言他物以引起所詠之詞也」，如此簡明扼要的界定為張氏所欣賞，他並舉〈鄘風・鶉之奔奔〉、〈衛風・芄蘭〉《集傳》所為作之解釋為例，說明「興作為詩歌意群的發端，可以有含意，也可以沒有含意，朱熹雖未在理論上明確指出這一點，但其注疏實踐顯然以此為原則。百餘年後，朱熹的後學劉玉汝著《詩纘緒》，專門發明《集傳》，曾指出『有取義之興，有無取義之興』，正是見到了這種特色」。再者，朱子創造的兼體說（一章詩中，兼有賦、比、興中的二體，或竟全部包括），頗受後人非議，張氏抽取〈鄭風・野有蔓草〉、〈小雅・頍弁〉兩例，證明《集傳》分別釋為「賦而興也」、「賦而興又比也」都是可以成立的，「朱熹對賦、比、興表現手法的這種運用，多層次地揭示了詩歌所涵詠的意蘊，其藝術探索的價值是得肯定的」。[97]

趙制陽〈朱熹詩集傳評介〉論《集傳》有五大優點，第一就是「六義解說，簡明易識」（前已引），張氏則認為朱子之釋賦、比、

---

[96] 同註 16，頁 249-251。

[97] 同註 16，頁 252-253。

興較〈詩序〉為合理，這些都不是代表特定人士的喜好而已，事實上，《朱傳》之解釋六義，的確廣受肯定。這其中有一個例外，那就是朱子對興體詩的解說，部分學者頗有微詞；在朱子之前，鄭樵解釋興體詩說：「凡興者，所見在此，所得在彼，不可以事類推，不可以理義求也。」[98] 近人屈萬里嘉許鄭、朱之釋興「都是明達之論」，但他又說：「可是朱子《詩集傳》遇到興體詩時，也仍然『以事類推，以義理求』（**按：鄭樵原文「義理」作「理義」**），講來講去，和比體簡直沒什麼分別」。屈氏並以現代魯西兩首歌謠為例，確定興體詩應是「先言他物，以引起所詠之詞，不可以事類推，不可以義理求」。[99] 相反的是，清儒陳啟源強力反對朱子所謂的無含意的「興」。[100]

屈氏所犯的錯誤在以現今的鄉野歌謠來推論兩千多年前的《詩經》的藝術技巧，[101] 實則以鄭、朱二氏對「興」義的定義來作比較，朱說彈性極大，是其聰明之處，而就《集傳》所標興詩（**共計五十二篇，二四七章**）來看，朱子是盡可能以事類、理義來推求起興之句與下文之關聯，這一點屈氏沒有說錯，我們由此可以推測朱子的對「興」之作法，意見與鄭樵不同，但他在解析作品時，偶會推求不出「他物」與「所詠之詞」之間的關聯，這時他就不強作解人，而以無

---

98 鄭樵：《六經奧論》，《通志堂經解》（臺北：漢京文化公司，出版社未註明出版年），第 40 冊，頁 23129。

99 同註 44，頁 11-13。

100 陳啟源《毛詩稽古編》：「詩人奧體，假象於物，寓意良深，凡託興在是，則或美或刺，皆見於興中，故必研窮物理，方可與研興，學《詩》所以重多識也。朱子論興獨異，是謂興有兩意，有取所興為義者，有全不取其義，但取一二字者。夫全不取義，何以備六義之一乎？即如〈關雎〉次章本賦也，而《集傳》目為興，究其所謂興者，止取『左右流之』、『寤寐求之』兩之字相應耳。其釋〈召南〉之〈小星〉，取兩在字，兩與字為興。〈王風・揚之水〉取兩之字、兩不字為興，皆此類也，不近兒戲乎！」重編本《皇清經解》（臺北：漢京文化公司，出版社未註明出版年），第 7 冊，頁 4616。

101 詳余培林：《詩經正詁・緒論》（臺北：三民書局，1993 年），上冊，頁 18-19。

取義之興看待了。

筆者認為朱子是有信心清楚地判斷比、興之不同的，他曾說：

> 比是一物比一物，而所指之事常在言外。興是借彼一物，以引起此事，而其事常是在下句。但比意雖切卻淺，興義雖闊而味長。[102]

有人問朱子比、興之差異。朱子說：

> 說出那物事來是興，不說出那物事是比。如「南有喬木」，只是說箇「漢有游女」；「奕奕寢廟，君子作之」，只說箇「他人有心，予忖度之」。〈關雎〉亦然，皆是興體。比底只是從頭比下來，不說破。興比相近，卻不同。[103]

依朱子之意，比的表達方式是直述而下，以表達整章或整篇的意義。興則不是全章譬喻，其重點在引起此事的下句，而且「興句」是通過句首與下句間，或是章首與下章間的關係來表達意義，所以在釋義時須注意篇、章、句結構的關係。[104]

屈氏說朱子解釋興體詩，「講來講去，和比體簡直沒有分別」，這是朱子當年就被人質疑之處：

> 問：詩中說興處，多近比？曰：然。如〈關雎〉、〈麟趾〉相似，皆是興而兼比，然雖近比，其體卻只是興。且如「關

---

102 同註 22，頁 2069-2070。

103 註 22，頁 2069。

104 參程克雅：《朱熹、嚴粲二家比興釋詩體系比較及其意義》（中壢：國立中央大學中國文學研究所碩士論文，1991 年），頁 122。

> 關雎鳩」本是興起，到得下面說「窈窕淑女」，此方是入題說那實事。蓋興是以一箇物事貼一箇物事說，上文興而起，下文便接說實事。如「麟之趾」，下文便接「振振公子」，一箇對一箇說，蓋公本是箇好底人，子也好，孫也好，族人也好。譬如麟，趾也好，定也好，角也好。及比，則卻不入題了。如比那一物說，便是說實事。如「螽斯羽，詵詵兮；宜爾子孫振振兮」，「螽斯羽」一句，便是說那人了。下面「宜爾子孫」，依舊是就「螽斯羽」上說，更不用說實事，此所以謂之比。大率《詩》中比、興皆類此。[105]

依此，一開始使用比況意象就已入題的是比，取興意象和所興人事在句中相繼出現，至道出所興事物方才入題的是興。再看下一段朱子與時人的問答就更可明瞭了：

> 問：「汎彼柏舟，亦汎其流」，注作比義，看來與「關關雎鳩，在河之洲」亦無異，何彼以爲興？答：他下面便說淑女，見得是因彼興此；此詩才說柏舟，下面更無貼意，見得其義是比。[106]

總之，朱子以為多數興體詩的起興之句是有所取義的，因此在解釋時難免會讓讀者以為與比體的創作技巧有近似之處，至於少數無所取義或他看不出究何取義的興體詩，當然就和比體劃然可分了。

陳啟源《毛詩稽古編》反對有「無所取義」的興，這也代表許多學者的共同意見，筆者也傾向於支持此一論調，[107]只是朱子在實際作

---

105 同註 103。

106 同註 22，頁 2102。

107 相關資料可參裴普賢：《詩經研讀指導・詩經興義的歷史發展》，頁 173-331。

業時，既對少數詩篇的興義殊無把握，則其公然表示「興只是興起，謂下句直說不起，故將上句帶起來說，如何去上句討義理？」，[108] 應該也是情有可原的。

「對《詩經》民歌特色的體認」是說朱子為首位「提出《詩經》具有民歌性質、進行了切實研究的批評家」。《詩集傳・序》：「凡《詩》之所謂風者，多出於里巷歌謠之作，所謂男女相與詠歌，各言其情者也。」張氏認為此一見解非常精闢，他說《集傳》常常抓住民歌特色作注，特別是對那些愛情詩，每每指出民歌中所特有的戲謔之意（如〈鄭風〉的〈山有扶蘇〉與〈褰裳〉），另外一些反映農事、狩獵、行役的詩篇，也能看到早期民間文學的形象，「朱熹的這一發現，其意義又不僅在於衝破了傳統的聖賢立言之說，而且，也為研究上古文學作出了巨大貢獻」。[109]

關於朱子以里巷歌謠釋風，本文前已有所評論，也肯定了朱子的解釋兼顧到了舊說的高明，此處可以補充說明的是，〈國風〉一百六十篇的內容是多樣化的，既有戀歌、結婚之歌、亦有感傷之歌、和樂

蔡英俊：《比興物色與情景交融》（臺北：大安出版社，1986 年）。趙沛霖：《興的源起》（臺北：明鏡文化公司，1989 年），另參註 108 之說明。

[108] 同註 22，頁 2085。朱子特舉〈唐風・山有樞〉之例說明：「詩所以能興起人處，全在興，如『山有樞，隰有榆』，別無意義，只有興起下面『子有車馬』、『子有衣裳』耳。」朱子不認為〈山有樞〉起興之句有何意義，但他其實無權蔑視其他讀者所作的詮釋，譬如〈詩序〉認為此詩諷刺晉昭公，「不能脩道以正其國，有財不能用，有鍾鼓不能以自樂，有朝廷不能洒埽，政荒民散，將以危亡」。《毛傳》：「興也。」「國君有財貨而不能用，如山隰不能自用其財。」說亦可通。朱子之後，嚴粲《詩緝》卷 11：「興也，桓叔有伐晉之謀，昭公禍在朝夕而不悟，國人難察察言之，故但言山則有樞，隰則有榆，不待外求，猶國之有衣裳、車馬也。今昭公有衣裳而不曳婁之以優游娛適，有車馬而不馳驅之，以快意適志，宛然坐見其死，則他人取之以為愉樂矣。」今人王靜芝《詩經通釋》頁 241：「第一章，由山有刺榆，低地有榆寫起，表明彼人之有財富也，因以興起子有衣裳、弗曳弗婁以下二語。」也都能成一家之言。亦即，朱子認為無所取義之興，其他詮釋者未必認為真的無所取義，此所以筆者傾向於支持「起興之詩句與下文所詠都有或多或少的關聯」之見解。

[109] 同註 16，頁 254。

之歌、祝賀之歌、哀悼之歌、讚美之歌、諷刺之歌、農事之歌……等等，[110]《集傳・序》「男女相與詠歌，各言其情」之說，過於強調言情，有蛇足之嫌。

「對《詩經》風格特徵的揭示」是說朱熹敏感地意識到不同的國家和地區的詩歌具有不同的風格，在《詩集傳》中，朱熹進一步探究風格不同的原因，張氏舉《集傳》引張子以解說衛地之地理因素與當地人氣、人質、人心乃至聲音的關係，以及朱子以秦人秦地之特色來解釋〈秦風・無衣〉為例，說明這種理論很富有創造性，「這在《詩經》風格學的研究上當有篳路藍縷之功。」[111]

不同地區創作出不同風格的作品，朱子所論雖僅點到為止，但其見解確有啟迪讀者之功。宋代的王應麟著有《詩地理考》，清代的朱右曾著有《詩地理徵》，皆為《詩經》地理學之名著，學者有此二書，再配合周代各地歷史、風俗之研究，那就如張氏所說，我們「從《詩集傳》中得到的啟示就更顯得寶貴了」。[112]

除了以上各點之外，張氏認為《四庫提要》評《集傳》「詳於作詩之意，而名物訓詁僅舉大凡」不盡公平，他舉了幾個例子證明《集傳》之論有毛鄭所不及之處。[113] 我們從《提要》的口氣，可知作者以《集傳》之訓詁簡要為缺憾，其實《集傳》作為理學之輔助教材，朱子是要學者多多涵濡諷誦經文，其名物訓詁本就力求簡潔扼要，若要以此詬病朱子，我們何嘗不可說，《毛傳》、《鄭箋》於「名物訓詁僅舉大凡」？當然，張氏舉數例以證《集傳》有勝於毛鄭之處也是多此一「舉」，此因毛、鄭、朱乃至任何一家之訓釋必互有得失，反朱者要證明毛、鄭之名物訓詁有朱子所不及之處，還不是輕而易「舉」？

---

[110] 同註 16，頁 254。
[111] 同註 16，頁 254-255。
[112] 參胡樸安：《詩經學》（臺北：臺灣商務印書館，1973 年），頁 144-154。
[113] 同註 16，頁 255-256。

在張氏心目中，《集傳》之「不足」唯有淫詩之說，這點本文已有所論述，毋庸再提。因為《詩集傳》優點極多，而「不足」只有一個，是以張文結論為《集傳》之光彩難以掩蓋，「直到今天，對我們仍有一定的參考價值」，[114] 對於這樣的結論，相信多數學者可以接受。

肯定朱子《詩經》學成果的學者當然是指不勝屈的，[115] 實際朱子作為中國第一流的學術家，於《易》於《詩》又「特所究心」，[116] 其《詩》學造詣也絕對值得吾人推尊，只是大家所看到的朱子《詩經》學的優點不外以上所述，本文自不必對相似的意見費辭評議。

朱子《詩經》學所獲負面評價諸說的檢討

名家名著固然風評甚佳，但不表示無懈可擊，朱子的《詩經》學也不例外，不但不例外，還有學者數落《詩集傳》的一堆不是。

傳統之說，「論宋、元、明三朝之經學，元不及宋，明又不及元」，[117] 以元朝《詩經》的研究狀況來看，因為「理《詩》之家，祇箋疏《朱傳》。延祐頒制，而《朱傳》遂在學官」，[118] 可以肯定元代《詩經》學係以朱學為主流，整體成績不如宋朝固無可疑，但當時學者也注意到《朱傳》的一些偏頗，對《朱傳》的未盡之意也作了闡述和引申，[119] 這種作法應可視為對朱學的輔翼與補強。

---

114 同註 16，頁 256。
115 參註 21，頁 246-266。
116 參註 6 所引書，第 4 冊，頁 1。
117 引文見註 40 所引書，頁 283。
118 甘鵬雲：《經學源流考》（臺北：廣文書局，1977 年），頁 91-92。
119 據大陸學者張宏生研究，元代研《詩》學者雖然都是朱熹後學，但並沒有亦步亦趨，至於明代《詩經》學的流衍，也受到功令、社會經濟、社會價值及學術思潮的影響，「朱元璋在洪武十七年（1384 年）重訂科舉程式，遂以朱子《詩集傳》為考試的唯一標準答案，這個規定影響整個明代《詩經》學的研究方向」，但至明代後期（1511-1644 年），《朱傳》雖仍為主流，而權威逐漸消退，漢學已漸為人所知，「述朱」、「述漢學」、「折衷」等作品紛紛出現，[120] 根據今人林慶彰先生的研究，明中葉以後，學者們已有反宋學之傾向，「就《詩經》來說，大多為不滿朱子廢〈詩序〉，主張以〈詩序〉首句為主，然後兼採漢、宋人之長。如李先芳的《讀詩私記》，大多採用毛、鄭之言，毛、鄭不足採信的，就參考呂祖謙的《呂氏家塾讀詩記》、嚴粲《詩緝》，足見其漢、宋兼採，折衷調停之意。張廷臣的《張氏說詩》，以為「〈詩序〉有所傳授，不應盡廢」。郝敬的《毛詩原解》，全在駁朱子《詩集傳》廢〈序〉之非，於〈小序〉則主張以首句為主。朱謀㙔的《詩故》，從書名就可知其推崇漢學之意。他主張以〈小序〉首句為主，立說大多和朱子有所異同。章調鼎的《詩經備考》，則攻擊朱子不遺餘力」。[121]

朱子對〈詩序〉常有不滿意的言論，乃至於有《詩序辨說》之專書，批駁他所認為〈序〉說穿鑿、誤謬或不可盡信者超過百篇，[122]《集傳》則即使頗有採用〈序〉說、申論〈序〉說者，亦概不錄〈詩序〉之語，讀者讀《朱傳》若不同時參閱〈詩序〉，則渾然不知何者為〈詩序〉舊說，何者為朱子新說，明人所以不滿《集傳》者主要在此，但這種不滿應是自《集傳》問世以來，不少學者的共同心聲，否

詳張宏生：〈元代詩經學初論〉，頁 6-7。（發表於臺北中央研究院中國文哲研究所籌備處 1998 年所主辦之「元代經學國際研究會」）

[120] 詳楊晉龍：《明代詩經學研究》（臺北：國立臺灣大學中國文學研究所博士論文，1997 年），頁 329-347。

[121] 林慶彰：《明代經學研究論集》（臺北：文史哲出版社，1994 年），頁 21。

[122] 同註 31，頁 192-246。

則〈詩序〉早被打入冷宮，永無翻身之日了。事實則不然，自有《集傳》以來，〈詩序〉與《毛傳鄭箋》並未因朱子名氣之響亮或所謂主流與旁支的不同而被世人遺忘。[123]

比較特殊的是林慶彰所言及攻擊朱子不遺餘力的《詩經備考》一書，蓋部分明儒之說和朱子有所異同實無足怪，大力抨擊才是真正反潮流的異數。

㈠《詩經備考》的作者是韋調鼎，此書據鍾惺未成之本而增損成之，[124] 而鍾惺曾公然表達對朱子解《詩》之不滿：

漢儒說《詩》據〈小序〉，每一詩必欲指一人一事實之。考

123《集傳》問世之後，宋人《詩》學亦不斷有「舊派」之著述出爐。如魏了翁有《毛詩要義》、段昌武有《叢桂毛詩集解》、嚴粲有《詩緝》……，甚至有戴亨作《朱子詩傳辨正》，（詳註 21 所引書，頁 45-80）直至元、明，嗜古學者人數雖遠不及走主流路線者，但仍可說不絕如縷。（註 119 至 121 所引資料皆可參）李師威熊曾撰〈明代經學發展的主流與旁支〉之宏文，（林慶彰、蔣秋華主編：《明代經學國際研討會論文集》，臺北：中研院中國文哲所籌備處，1996 年，頁 77-92）見解精要可觀，我們亦可由其文加以申述，任何一個朝代的經學研究都有其主流與旁支，固不僅明代為然。

124 林慶彰說《詩經備考》作者為章調鼎，按此書共 24 卷，為《四庫全書》存目之作，筆者手中所有《備考》為臺南莊嚴文化事業公司影印「故宮博物院圖書館藏明崇禎十四年刻本」，題「〔明〕鍾惺、韋調鼎撰」，作者二人，且調鼎姓韋非章，此本末附《四庫全書總目・詩經備考二十四卷提要》：「明章調鼎撰。調鼎字玉鉉，富順人。是編因鍾惺未成之本，增損成書，以攻擊朱子《集傳》。夫《集傳》排斥毛、鄭，固未必盡無遺議，先儒亦互有異同，然非鍾惺等所可置議也，況又拾惺之餘緒乎！」《提要》謂調鼎姓章，恐係筆誤，此從卷前崇禎年間湯來豐〈序〉謂作者韋先生，作者自〈序〉末題「西蜀虎頭山人韋調鼎玉鉉氏自識」，〈答語〉末題「西蜀紫霞道人韋調鼎玉鉉氏書于銓部之平霞亭」，以及書中「金川韋調鼎玉鉉考訂」之語可知。本書卷 1 至卷 8（〈周南〉—〈秦風〉）與卷 9 之〈陳風〉題「竟陵鍾惺伯敬、金川韋調鼎玉鉉考訂」，卷 9〈檜風〉題「金川韋調鼎玉鉉考訂，門人京口孫蔭昌校刊」，〈曹風〉仍題韋氏考訂，校刊者為其門人奉化宋之奎，卷 10 以後（〈豳風〉至〈魯頌〉、〈商頌〉）又題鍾、韋二人考訂，《備考》既刻於崇禎 14 年（1641 年），此時鍾惺（1574-1624 年）早已不在，故此書雖舊題二人撰，《四庫提要》謂撰者為調鼎，又直指係因鍾氏未成之本增損成書，「拾惺之餘緒」。

亭儒者，虛而慎，寧無其人無其事，而不敢傅疑，故盡廢〈小序〉不用。然考亭所聞指爲一人一事者，又未必信也。考亭注，有近滯者，近癡者，近疏者，近累者，近膚者，近迂者。[125]

這可說是典型的印象式批評，但以評點古書為能事，編有《批點詩經》的鍾惺，也曾在《唐詩歸》卷十九杜甫〈課伐木〉「爾曹輕執熱」批語中糾正朱子《詩集傳》解〈大雅・桑柔〉「誰能執熱，逝不以濯」之誤：

考亭解《詩》「誰能執熱，逝不以濯」，「執」字作「執持」之「執」。今人以水濯手，豈便能執持熱物乎？蓋熱曰「執熱」，猶云「熱不可解」，此古文用字奧處。「濯」即「洗濯」之「濯」，浴可解熱也。杜詩屢用「執熱」字，皆作實用，是一證據，附記於此焉。[126]

筆者以為《詩》無達詁不僅表現在詩篇主題的詮釋上，也表現在詩篇文句之訓解上，〈桑柔〉為芮伯刺厲王之詩，[127]詩中有「告爾憂恤，誨爾序爵。誰能執熱？逝不以濯」之句，《毛傳》：「濯所以救熱也，禮亦所以救亂也。」毛公可能釋執為救，也有可能是僅作大意的說明，以為執即執持之執。《鄭箋》：「恤亦憂也，逝猶去也。我語女以憂天下之憂，教女以次序賢能之爵，其為之當如手持熱物之用

---

125 鍾惺：《隱秀軒集・詩論》（上海：上海古籍出版社，1992 年），頁 391-392。

126 引自錢鍾書：《管錐編》（臺北：蘭馨室書室，出版社未註明出版年），頁 159。

127〈詩序〉：「〈桑柔〉，芮伯刺厲王也。」《鄭箋》：「芮伯，畿內諸侯，王卿士也。字良夫。」《左傳・文公元年》引此詩「大風有隧」六句，說是芮良夫之詩，《國語》、《史記》也都說芮良夫作〈桑柔〉刺厲王，由此來看，〈詩序〉之說應該可信。

濯，謂治國之道，當用賢者。」康成的箋釋較《毛傳》清楚多了，他以執即執持之義。《朱傳》於此四句無特殊見解，只說：「序爵，辨別賢否之道也。執熱，手執熱物也。」又引蘇氏語：「告之以其所當憂，而誨之以序爵。且曰：誰能執熱而不濯者，賢者之能已亂，猶濯之能解熱耳。」朱子釋執為手執，又以蘇氏之說可採，因此直接引用。鍾惺的見解當然也代表一家之說，但何能僅因杜詩屢用「執熱」一詞，而據以議譏《朱傳》？況且，朱子亦不過沿用漢人之說而已，清儒黃生《義府》卷上[128]：「《孟子》引《詩》『誰能執熱』，考《詩．鄭箋》作執持熱物解，《趙注》因之，他《注》亦因之，並誤。執如執友之執（執，固執也）。執友者，其交不能解執。熱者，其熱不可釋。周興嗣《千字文》『執熱願涼』，杜甫詩『爾曹輕執熱』，皆得本意。」[129] 黃氏之言可參，但仍不足以認定鍾氏之言必定為是。清代研《詩》名家馬瑞辰在《毛詩傳箋通釋》中說：「《公羊．隱七年．傳》：『不與夷狄之執中國也。』《何注》：『執者，治之也。』救亦治也。《呂覽．勸學》：『是救病而飲之以堇也。』《高注》：『救，治也』。執熱即治熱，亦即救熱。《左傳》及《毛傳》『濯以救熱，正以救字釋經文執字，言誰能救熱而不以濯也。」[130] 馬氏之言可參，但亦不足以認定鍾氏之言必定為非，此因諸說皆有訓詁學之依據，並非隨意生解。值得注意的是，鍾惺雖然批評了朱子，但他重視的是對《詩經》審美特徵的感悟，著眼點乃在揭示詩章的藝

---

128 章太炎〈說林〉：「儀徵劉光漢，贈余《字詁》、《義府》，明黃生作也。其言精塙，或出近世諸師上。」《章氏叢書》（臺北：世界書局，1982 年），下冊，《太炎文錄初編》，卷 1，頁 119。《四庫全書總目提要》謂《字詁》卷 1、《義府》卷 2，「國朝黃生撰」，「生字扶孟，歙縣人，前明諸生。」

129 黃生：《義府》（臺北：洪葉文化公司，1992年），黃承吉合按，劉宗漢點校：《字詁義府合按》，頁 138。

130 馬瑞辰：《毛詩傳箋通釋》（北京：中華書局陳京生點校本，1989 年），卷 26，頁 966。

術本質，[131] 訓詁本非其專長，他甚至承認自己的讀《詩》評《詩》大抵仍依朱子之注，[132] 因此，我們不能僅因他敢於提出與《詩集傳》不同的見解，就貿然地視他為反朱派。

韋調鼎對《詩經》的觀念與鍾惺則截然不同，他不僅不從文學的角度讀《詩》，還是傳統的以《詩》說教之儒生。他在《詩經備考・自序》中將〈詩大序〉的觀點如詩的起源、正變之說等幾乎照單全收，又以為孔子老而刪《詩》，存三百十一篇，以垂世立教，其弟子可與言《詩》者惟卜氏、端木氏，「今世傳〈大序〉本之子夏，傳則石經古碣云出子貢，往往與申公說合，可知其非偽」，「孟子輿雅知詩義，其曰不以文害辭，不以辭害志，以意逆志，是為得之」，千百世而下，誦風雅之遺言，尋古昔之墜緒，烏能舍此法哉！」又指出漢之三家並駕，學士靡然嚮風，毛公後出而其《傳》大行，其因在於傳自子夏，又由於有鄭玄作《箋》以翼之，是以其後傳注以百十數，終不能奪毛鄭之席，『然三家固自在』，只是漸無傳人而已」，而談到唐、宋之《詩經》學，他的總評是「唐人拘舊聞而不繹，宋人橫私見而不顧其安」，接著他強烈表達了對朱子《詩集傳》的失望：

> 今天下雖宗考亭《集傳》，其外誤亦不少，守此而欲盡廢諸家，與世久存，非所敢信也。予幼讀《集傳》，多所未浹，嘗叩之先大父，再質于守拙黃先生，反覆詰難，始悟詩義自存，尊一家而抵眾論，斥古訓以欺後生，予甚懼焉。

[131] 詳傅麗英：〈鍾惺的詩經研究論〉，《第二屆詩經國際學術研討會論文集》（北京：語文出版社，1996 年），頁 484-492。

[132] 鍾惺〈詩論〉：「予家世受《詩》，暇日，取三百篇正文流覽之。意有所得，間拈數語，大抵依考亭所注，稍為之導其滯，醒其痴，補其疏，省其累，奧其膚，徑其迂。」（《隱秀軒集・詩論》，卷 23，頁 392）

既然韋氏甚懼時人尊朱子一家，於是「究四家之異同，尋中正之歸要，疑則攷之于經史，度之于時世，按之于性情，騐識其本旨，猶未敢以為是……，採輯傳疏，搜羅舊評，考之諸史，正其訛謬，以研古人之微義，探六德之本，審六律之音，成一家之說」，[133] 調鼎的《詩》學觀點、對於《集傳》獨尊的不滿，以及他撰寫《詩經備考》的用意、作法，都可由這些言語得知。

除了在〈自序〉中韋調鼎表示甚為懼怕《集傳》的獨尊、古訓的被欺之外，他又在〈答語〉中大力抨擊《集傳》：

> 晦菴朱氏最後集《詩傳》，自謂可以垂世，不知其誤亦不少，蓋其論《詩》與東萊抗議，力詘〈小序〉，盡翻舊說，于〈國風〉尤甚，而《詩》之義愈晦。[134]

這種激烈的反朱言論，和當代多數《詩經》著述之「述文公之《傳》」、「發朱子之蘊」恰成強烈的反比。[135]

此外，《備考》卷前有一篇〈總論〉，韋氏在結語中仍不忘痛貶朱子的議論使得「正義反沒」。[136]

不過，韋氏的反朱言論也僅止於此，他的《詩經備考》旁徵博引，特尊《魯詩》之說，《毛詩》次之，《齊》、《韓》二家之說間亦選錄，而宋儒說《詩》凡是他認為可採用的，也大量引述，鄭樵、

---

[133] 詳韋調鼎：《詩經備考‧序》，《四庫全書存目叢書》（臺北：莊嚴文化事業公司影印本，1997年），經部，第67冊，頁141-142。

[134] 同前註所引書，頁143。

[135] 楊晉龍：《明代詩經學研究》頁177：「據《經義考》和《四庫全書總目》著錄的元代四十一部《詩經》著作所言師承，或曰『述文公之《傳》』，或者云『羽翼《朱傳》』、『發朱子之蘊』之言觀之，則元代《詩經》學著作確有很大的部分如前人所瞭解的『述朱』而已。」

[136] 見註133所引書，頁154。

朱子皆不例外，[137] 由此可見，《備考》「不守一說，不牽一隅」[138] 的作法，雖書中亦間有「韋子曰」之言，[139] 仍不妨此為典型集解之作，由內容實在看不出他是如何痛恨《集傳》，由此可以推斷，假如不是因為《集傳》在明朝近乎掌控了《詩經》的研究局面，應當不致引起韋氏的不滿，否則宋「力詆〈小序〉，盡翻舊說」的著作不少，[140] 為何獨有朱子成為《備考》的箭靶？更何況朱子的《詩集傳》又何嘗「盡翻舊說」！

㈡到了清代，朱子《詩集傳》由絢爛歸於平靜。因為漢學的逐漸復興，反映在《詩經》的研究上，毛、鄭又開始擡頭，三家《詩》也引起研究的興趣，就是無人有興趣再為《朱傳》作會通、疏義的工作，[141] 不惟如此，《朱傳》還常成為清人議論、辨正的對象，清初的毛奇齡撰《白鷺洲主客說詩》一卷就是專門攻伐《朱傳》的名著。

《白鷺洲主客說詩》共收三十條毛氏與楊洪才等人辨論詩義的記錄，其中二十二條辨論「淫詩」，四條辨論笙詩，四條指摘《朱傳》中關於名物訓詁的錯誤。[142]

137《備考》頁 142〈自序〉：「……後得郭青螺先生石本《詩傳》，參之申公說，而後知《魯詩》固未亡也。」頁 163〈凡例〉：「是編以《魯詩》《傳》、《說》為宗，其有未當，兼用《毛詩》，注釋多取毛、鄭，間亦采《齊》、《韓》，《爾雅》、《說文》亦略詮揀，至後儒議論，採其言，不計其人……。」韋氏不知明人所傳石本子貢《詩傳》、申培《詩說》，俱為贋品，故以之為宗。關於《魯詩》二書之偽作情況，可參屈萬里：《先秦文史資料考辨》（臺北：聯經出版公司，1985 年），頁 468-469。

138 文見《備考》頁 143，〈答語〉。

139 如《備考》卷 1，頁 182，〈汝墳篇〉，韋子曰：「《韓詩》以〈汝墳〉為辭家，謂婦人思其君子，冒殽而仕，以父母故，固非。若依《傳》、《說》商人慕周，則君子直指文王，而未見之思，既見之喜，亦甚吻合，宋儒俱未及此，何也！」

140 參註 21 所引書，頁 1-80。

141 參朱師守亮：《詩經評釋》（臺北：學生書局，1984 年），上冊，頁 25-30。

142《白鷺洲主客說詩》借主客問答以攻擊朱子《詩經》學，原書 22 條末標明「以上說淫詩」，26 條末標明「右說笙詩」，30 條末標明「以上說雜詩」。

朱子的淫詩說一向就是研《詩》之士最感興趣的話題之一，毛書以超過七成的篇幅痛詆淫詩說，大陸學者蔣見元、朱杰人將之歸納為四個要點：其一，孔子刪《詩》，「取可施於禮義者」，淫詩當為禮義所絕，也不能合乎「韶、武、雅、頌之音」。其二，孔子說「鄭聲淫」，非謂鄭詩淫。其三，鄭詩之所謂「叔兮伯兮」、君子、子都，皆友朋相憶、托詞比事。其四，詩有關乎史事，《春秋》賦詩多有朱子目為淫詩者，若果如此，不特春秋事實皆無可按，即漢後史事，其於經典有關合者，亦一概掃盡。蔣、朱二氏在歸結出毛說之後，立即「看出他的錯誤在兩方面」：

> 第一，朱熹論「淫詩」，多自玩味詩詞入手，從詩意、語意中得出「男女相悅之詞」的結論。而毛氏的駁論卻不求諸本詩，專事外騖。雖旁徵博引，而所引者如《史記》「孔子刪《詩》」，是司馬遷沒有什麼根據的說法；如《春秋》賦詩，又多是斷章取義的例子。貌似證據充足，實在還不及朱熹來得謹嚴。第二，毛氏釋鄭詩中「叔兮伯兮」等稱謂爲「朋友相憶、托詞比事」，並且引《離騷》、漢詩中的托比之詞爲例，殊不知「美人香草」之類含寄托意義的比興，自屈原方才開始，是《詩經》興法的繼承發展。毛氏以後出者證古，忽視了歷史的發展，當然缺乏說服力。[143]

毛氏所用以反駁淫詩說的古典其實派不上用場，蔣、朱二氏所言確然不誣。其實，〈詩序〉的以政治、歷史說詩，利用情詩來說教，和朱子的解情詩為淫詩，都是合理的說《詩》方式，就風詩的本質來講，朱說可能還稍微近理些，但與〈詩序〉相比，用心並無二致，畢

---

143 同註 90，頁 83-84。

竟兩者都視《詩經》為導人以正的儒家教科書。

毛書另有四條專論朱子解六笙詩之誤，第一條說：

> 六詩（按：指〈南陔〉、〈白華〉、〈華黍〉……等六詩）未嘗無詞也，所謂無詞者，乃宋人鄭樵之言，而朱子誤遵之者也。孔氏《正義》云：孔子所刪《詩》原有三百十一篇，當刪詩未亡，而漢後亡之，故《齊》、《魯》、《韓》三家舊本遂去其目，稱爲三百五篇，惟《毛詩》尚存題其間，推其故，亦正以被笙之故，彙作一處，故偶軼其字句，非無詩也。若果無詩，則孔子刪《詩》，其所刪者詩也，古詩三千篇，刪之至三百一十有一，而乃取無詞之題以爲詩篇，可乎？[144]

當吾人討論到〈風〉、〈雅〉、〈頌〉和音樂的關係時，無可避免地就會碰上棘手的「笙詩」問題。〈南陔〉、〈白華〉、〈華黍〉、〈由庚〉、〈崇丘〉、〈由儀〉六篇詩，有篇題而無文字，但〈詩序〉卻能針對六篇的主題作出了說明：「〈南陔〉，孝子相戒以養也。〈白華〉，孝子之絜白也。〈華黍〉，時和歲豐，宜黍稷也。有其義而亡其辭。」「〈由庚〉，萬物得由其道也。〈崇丘〉，萬物得極其高大也。〈由儀〉，萬物之生，各得其宜也。有其義而亡其辭。」《鄭箋》對於前三篇的解釋是「此三篇者，鄉飲酒、燕禮用焉。曰：「笙入，立于縣中，奏〈南陔〉、〈白華〉、〈華黍〉是也。孔子論《詩》，〈雅〉、〈頌〉各得其所，時俱在耳，篇第當在於此（按：指三篇當在〈魚麗〉之後），遭戰國及秦之世而亡之，其義則與眾篇之義合編，故存」。於後三篇的解釋則是「此三篇者，鄉

---

144 詳《白鷺洲主客說詩》第23條，重編本《皇清經解續編》（臺北：漢京文化事業公司，出版社未註明出版年），第7冊，頁4864。

飲酒、燕禮亦用焉，曰：『乃閒歌〈魚麗〉，笙〈由庚〉；歌〈南有嘉魚〉，笙〈崇丘〉；歌〈南山有台〉，笙〈由儀〉。』亦遭世亂而亡之。燕禮又有『升歌〈鹿鳴〉，下管〈新宮〉』，〈新宮〉亦詩篇名也，辭義皆亡，無以知其篇第之處」。鄭玄以為六笙詩是用笙來伴奏的詩歌，在流傳的過程中，失去其歌辭，這種見解後世支持者極多，嚴粲、朱載堉、郝敬……都有理論與證據擁護此說。[145]

朱子等人的看法則不一樣，《詩集傳》卷九：「〈南陔〉，此笙詩也，有聲無詞，舊在〈魚麗〉之後，以《儀禮》考之，篇第當在此（按：指〈杕杜〉之後），今正之。」「〈白華〉，笙詩也。」「〈華黍〉，亦笙詩也。鄉飲酒禮，鼓瑟而歌〈鹿鳴〉、〈四牡〉、〈皇皇者華〉，然後笙入堂下，磬南北面立，樂〈南陔〉、〈白華〉、〈華黍〉。燕禮亦鼓瑟歌〈鹿鳴〉、〈四牡〉、〈皇華〉，然後笙入立于縣中，奏〈南陔〉、〈白華〉、〈華黍〉。〈南陔〉以下，今無以考其名篇之義，然曰笙、曰樂、曰奏，而不言歌，則有聲而無詞明矣。」朱子又謂〈由庚〉、〈崇丘〉、〈由儀〉亦笙詩，「說見〈魚麗〉」。[146] 以笙詩為演唱詩歌的時候插入吹奏之樂曲，有聲而無詞，這種看法也廣獲支持，有人甚至宣稱「相信朱熹之說的人比較多一些。」[147]

朱子之前，鄭樵已先指出〈南陔〉等六篇因為原本「不必辭」，故不應稱為「六亡詩」，而應正名為「六笙詩」。[148] 毛氏不同意鄭、朱之說，謂孔子刪《詩》不可能取無詞之題以為詩篇，假如孔子的刪

---

[145] 詳蔣善國：《三百篇演論》（臺北：臺灣商務印書館，1980 年），頁 130-132。

[146]《詩集傳》卷 9 在「〈魚麗〉六章，三章章四句，三章章二句」下說：「按《儀禮》〈鄉飲酒〉及〈燕禮〉，前樂既畢，皆閒歌〈魚麗〉，笙〈由庚〉；歌〈南有嘉魚〉，笙〈崇丘〉；歌〈南山有台〉，笙〈由儀〉。閒，代也。言一歌一吹也。然則此六者，蓋一時之詩，而皆為燕饗賓客上下通用之樂。」

[147] 周滿江：《詩經》（臺北：國文天地雜誌社，1990 年），頁 10。

[148] 同註 27，頁 33-34、頁 45。

《詩》實有其事，這一條證據委實對鄭、朱不太有利，可惜的是刪《詩》之說終究不易成立。[149]

毛書第二條說：

> 詩無無詞而但有題者，三百五篇皆摘詩中字作題，〈關雎〉者，「關關雎鳩」也；〈葛覃〉者，「葛之覃兮」也。豈有詩中無「南陔」字而可名〈南陔〉，無「華黍」字而可名〈華黍〉者？即曰〈南陔〉、〈華黍〉是賦陔、賦黍，如唐人南山詩、種黍詩類，若「由庚」、「由儀」是何物夫！[150]

首先指出毛說的一個小瑕疵，從今本《毛詩》三〇五篇來考察，篇題在詩文中的摘取，有摘句與摘字之別，而《詩》僅六篇（〈小雅〉的〈雨無正〉、〈巷伯〉、〈大雅〉的〈常武〉、〈周頌〉的〈酌〉、〈賚〉、〈般〉）篇題不取詩中任何字句，[151] 所以毛氏「三百五篇皆摘詩中字作題」之句宜略作修正。其次要承認毛說已對「笙詩原本無詞」之論帶來一些壓力，畢竟篇題與詩中字句無涉的作品只佔全《詩》的百分之一點九七，不過，我們也可以說，笙詩原本無詞，考察有詞之詩的篇題狀況，何助於幫助瞭解無詞之詩的篇名意義？

毛書第三條說：

> 《周禮》歌黃鍾，奏大呂，歌與奏皆有樂也。奏九夏，樂出入，奏與樂皆有詩也。從未聞曰「有詩者爲歌，無詩者爲樂爲奏」，而朱氏敢言之，此非《儀禮》之文，朱氏之文也。

---

149 《史記・孔子世家》謂孔子刪《詩》，今人多已不信。參屈萬里：《詩經釋義》，頁 7-8，左松超：〈孔子與詩經〉，孔孟學會主編：《詩經研究論集》（臺北：黎明文化公司，1981 年），頁 99-106。

150 詳註 144 所引書第 24 條，頁 4864。

151 詳糜文開：〈詩經篇名考察四題〉，註 8 所引書，第四冊，頁 311-327。

> 且朱氏極遵《儀禮》，不識此書爲周末無名氏作，妄認爲周公之書，因以《儀禮》爲經，《周禮》、《儀禮》爲傳，自詡獨得，至此則據其文以釋《詩》，然仍未嘗讀。據《周禮・鍾師》有「凡射，王奏〈騶虞〉，諸侯奏〈狸首〉，卿大夫奏〈采蘋〉，士奏〈采蘩〉」，皆以歌爲奏，而《儀禮・鄉射禮》亦云：「樂正東面，命大師曰：奏〈騶虞〉。」與《周禮》同。然則《儀禮》本文歌亦稱奏，而乃讀其一不讀其二，遂欲解經，得毋〈騶虞〉亦無詞耶？[152]

毛氏引《儀禮》、《周禮》多處記載，以駁「笙詩無詞」之說，對朱子等人的用《禮》說《詩》，不失為直接而有效的反詰。

毛書第四條說：

> 樂有徒歌，必無徒器。然徒歌則名号，而不名歌，歌即有器矣。歌且不徒，況可徒器？蓋樂分上下，堂上之樂祇有琴瑟，故言歌而琴瑟在其中，禮所謂升歌是也。堂下之樂則笙鍾一類，管鼓一類，然皆以合樂，故言管笙而詩在其中，〈虞書〉所謂「下管鼗鼓，笙鏞以間」是也。是以《周禮・注》笙與鐘，應鐘、編鐘也。籥與鼓，應鼓、土鼓也。籥師歌〈豳〉詩則吹籥，而擊土鼓以應之。燕樂歌二〈南〉則吹笙，而叩編鐘以應之，未聞笙師之職主徒器者。[153]

古代詩樂合體，凡遇大典多要奏樂，所奏者即是詩篇。燕樂歌二〈南〉，所用之主樂器為笙，則六笙詩原本無詞之說又面臨一大考驗，毛氏《白鷺洲主客說詩》較有價值之處就在以上這四條。

---

[152] 註 144 所引書第 25 條，頁 4864-4865。
[153] 詳註 144 所引書第 26 條，頁 4865。

筆者認為，〈南陔〉等六詩是亡逸其詞或本無其詞，雖因考古學上迄無重大發現，而使千年之謎無法順利解開，但〈詩序〉既能為六詩解題，則除非作〈序〉者向壁虛造、信口開河，否則我們可以由此一角度來思索此一爭訟不決的問題。[154]

毛書最後四條主要是指摘《朱傳》關於名物訓詁的一些錯誤，事實上若有哪一本古籍註釋能完全令人滿意，有此一家即已足夠，其餘諸家可廢，即便是毛書所舉之例果真都是朱非毛是，[155] 也不妨朱書所獲得的學術名聲。

㈢以復興漢學為宗旨的陳啟源《毛詩稽古編》，是一本「引據賅博，疏證詳明」（《四庫提要》語）的著作，此書一共三十卷，前二十四卷依次說解各詩，文字訓詁依據《爾雅》，題解依據〈詩序〉，詮釋內容依據《毛傳》、《鄭箋》，名物依據陸璣的《毛詩草木鳥獸蟲魚疏》，所依據的完全是從漢到晉的資料，以辨正朱子《詩集傳》為主，兼及宋元其他諸家。二十五卷至二十九卷為〈總詁〉，是文字、音訓、名物的考證。末卷為〈附錄〉，統論〈風〉、〈雅〉、〈頌〉三類詩的意旨。[156]

《毛詩稽古編》既以復興漢學為目標，則其對於《朱傳》多所辨正，也有時代上的考慮。就其書之內容來看，陳氏最不滿意朱子的是，朱子對於詩篇主題的闡釋常與〈序〉說大相逕庭。以陳氏對〈詩

---

154 徐復觀：「西漢儒生以孔子刪《詩》，本為三百五篇。這分明不知道還有『有其義而亡其辭』的〈南陔〉等六亡詩。若此六亡詩之〈序〉，不先存在於衛宏之前，則衛宏何所憑藉，又有何需要，而作此六篇之〈序〉，毛公又何緣而補『有其義而亡其辭』一句。因有此六詩之〈序〉，而始有其義。因作〈序〉者曾看到此六詩，不僅在〈序〉中確指其義，且在〈小雅・六月〉的〈詩序〉中作親切地援引，這不是虛擬懸造可以作到的。」《中國經學史的基礎》（臺北：學生書局，1982 年），頁 153。

155 蔣見元、朱杰人：「《朱傳》的錯誤不止四條，而毛氏的批評也沒有全對。」註 90 所引書，頁 84。

156 參夏傳才：《詩經研究史概要》（臺北：萬卷樓圖書公司，1993 年），頁 212-213。

序〉的忠誠，[157] 他在《毛詩稽古編》中自然要隨文批判朱子的諸多不是，例如〈周南〉自〈關雎〉起八篇，〈詩序〉皆言后妃，朱子《詩序辨說》譏之，陳氏則大力為〈序〉說護航，又如〈召南・鵲巢〉、〈騶虞〉、〈邶風・日月〉、〈終風〉、〈王風・丘中有麻〉、〈齊風・雞鳴〉、〈魏風・園有桃〉、〈唐風・蟋蟀〉、〈秦風・無衣〉、〈豳風・伐何〉、〈九罭〉、〈小雅・正月〉、〈雨無正〉、〈大雅・卷阿〉、〈周頌・載芟〉、〈良耜〉……，只要朱子之說辭與〈序〉說有出入，陳氏即以「入主出奴」之心態一一辨駁，朱子提出「淫詩說」，陳氏對此的痛恨是自不待言的，[158] 甚至於像〈小雅〉的〈彤弓〉、〈節南山〉，〈周頌〉的〈烈文〉、〈臣工〉，陳氏並未積極論證〈詩序〉，卻也全盤否定朱子之說，[159] 亦即，陳氏說《詩》極盡「稽古」之能事，就算一時使不上力，其批判朱子之行動也不因此有所歇息，究其所以，當然跟他過於強調「有《詩》必不可以無〈敘〉也。舍〈敘〉而言《詩》，此孟子所謂害意者也，不知人、不論世者也；不如不讀《詩》之愈也」的觀念有關，[160] 朱子寫《詩集傳》，不收錄〈詩序〉，其書乃成為一部捨〈序〉言詩，有詩無〈序〉之作，對陳氏而言，這就不如乾脆不要讀《詩》，所以他一面「稽古」，一面就不能不對反古最力也是最具知名度的朱子，進行不留餘地的反擊，對於剛剛結束「述朱」時期，進入復漢階段的陳啟源而言，這種作法也是當時的一種風氣，只是旗幟更為鮮明而已。[161]

---

157 陳氏《毛詩稽古編》再三強調讀《詩》絕不能不讀〈詩序〉，甚至說：「《詩》之有〈小敘〉，猶《春秋》之有《左傳》。」詳註 100 所引版本，頁 4614-4615。

158 陳氏嚴詞抨擊朱子視鄭詩為淫詞艷語，詳註 100 所引書，頁 4416-4417。

159 林葉連：《清朝詩經學四大家研究》，（臺北：行政院國科會專題研究計畫成果報告，1993 年 12 月），上冊，頁 57-84。

160 引文見註 100 所引書，頁 4614。

161 毛奇齡《白鷺洲主客說詩》的反朱色彩也很鮮明，但畢竟只有 1 卷，對朱學的殺傷力可能不太大；朱鶴齡《詩經通義》卷 12，專主〈小序〉，而力駁廢〈序〉之非，

因為《詩》無達詁，我們當然不必針對《稽古編》的批判朱子論詩之主題，逐一為作檢驗與查證，但對於一些《詩經》學重要觀點的與朱不同，則可以稍加留意。例如本文在評介大陸學者張宏生議論朱子時，提及陳氏強力反對朱子所謂無含意的「興」，這是陳氏釋「興」與朱子截然不同，值得吾人注意，本文註 100 已引載其說，茲不更述。又如陳氏雖未能如朱子一般視風為民間歌謠，但他的解釋也可謂面面俱到：

> 詩有六義，其首曰風。〈大敘〉論之，語最詳複，約之止三義焉。云風天下而正夫婦，又云風以動之，教以化之，又云上以風化下；此風教之風也。云下以風刺上，主文而譎諫，又云吟詠情性，以風其上；此風刺之風也。云美教化，移風俗，又云以一國之事，繫一人之本，言天下之事，形四方之風；此風俗之風也。餘所言風，則專目〈國風〉。要之，風俗之風，正當國風之義矣。然必有風教而後風俗成，有風俗而後風刺興。合此三者，國風之義始備。[162]

這是在尊〈序〉的大前提下，所能做到的最完備的解釋。

另須指出的是，陳氏雖然力求「稽古」、「反朱」，但也非一成不變，如〈鄭風〉之〈野有蔓草〉，陳氏就不信〈詩序〉之說：〈溱洧〉則是〈序〉、《箋》之說皆不依；[163] 又如〈小雅・常棣〉「死喪之威」四句，陳氏謂《鄭箋》、《朱傳》二說未安，伊川之說得

但所採諸家亦多用歐、蘇、呂、嚴等宋儒，態度不如陳書那般激烈，在《詩經》研究史上地位也不及陳書；惠周惕《詩說》卷 3，也不喜朱子之釋《詩》，尤其反對淫詩說，但口氣溫和，給人的印象並不深刻。

162 見註 100 所引書，頁 4615-4616。

163 同前註，頁 4423。

之；[164] 再如〈小雅・斯干〉「無相猶矣」句、〈鼓鐘〉「其德不猶」句，陳書以為《鄭箋》改猶為瘉，義勝於毛；[165] 乃至於〈小雅・小宛〉一詩，陳氏認為解者紛紛，《朱傳》定為兄弟相戒之詩，「甚為近是」；[166] 不過這些例子仍然不妨《稽古編》之為名副其實的稽古之作。

㈣寫於康熙年間的姚際恆《詩經通論》一向被認為是「獨立思考」派的名著，[167] 其時漢宋之爭相當激烈，姚際恆對於〈詩序〉與《朱傳》的態度則是左右張弓，一個也不放過。他在《通論・自序》中認為《毛傳》無關經旨，《鄭箋》鹵莽滅裂，二者皆可略，「今日折中是非者，惟在〈序〉與《集傳》而已」。在他看來，「漢人之失在于固，宋人之失在于妄；固之失僅以類乎高叟，妄之失且為咸丘蒙以〈北山〉四言為天子臣父之證矣」。因此，他直指「今世宗之，奉為繩尺」的《集傳》「紕繆不少」，更以為朱子淫詩說「使三百篇為訓淫之書，吾夫子為導淫之人，此舉世之所切齒而歎恨者」。[168] 既然姚氏如此痛恨《朱傳》，《通論》全書在訓釋詩篇時，一有機會即展開對《朱傳》猛烈的攻擊，也就其來有自了。

根據今人林慶彰先生的研究，姚際恆對《朱傳》的批評是：⑴朱子將孔子的「鄭聲淫」誤為「鄭詩淫」，所謂淫詩根本不能成立；⑵《朱傳》以反〈詩序〉起家，但朱子詩說採自〈詩序〉者實有十分之五，所以朱子實際上是遵〈序〉；⑶朱子常用《大學》、《中庸》的

---

164 同前註，頁 4457。

165 同前註，頁 4486。

166 同前註，頁 4498。

167 何定生說姚氏是「超然的一派」，見顧頡剛主編：《古史辨》，第 3 冊，下編，頁 419-420。裴普賢《詩經研讀指導》頁 24 說姚氏屬於「獨立派」。夏傳才《詩經研究史概要》頁 228 說姚氏與崔述、方玉潤都是超出各派之爭的「獨立思考」派。

168 詳姚際恆：《詩經通論・自序》（臺北：河洛圖書出版社，1978 年），卷前〈詩經論旨〉亦可參。

道理來說詩，有時也引釋家之理來證詩，但這些皆出於《詩經》之後，不應引來說詩或證詩；⑷朱子所釋詩篇字句大抵採自《毛傳》、《鄭箋》，訛誤不少；⑸朱子所釋的名物、制度也有不少訛誤。[169]

筆者針對以上姚氏所評朱書五大缺失略作說明。

⑴本文在評論傅斯年的恭維《朱傳》時，已針對淫詩說表示意見，茲再進一言。朱子的淫詩說之所以成為眾矢之的，是因為這與孔子的《詩》教相去甚遠，同意孔門的《詩》教就不能不否認淫詩的存在，豈有既認《詩》含教誡作用，卻還要接受《詩經》存在數十篇「淫奔之詩」的道理？然而儘管朱子提出淫詩說的當時，已有另一泰斗呂祖謙和他針鋒相對地大打筆墨官司，[170] 此後痛批朱子淫詩說的可謂不絕如縷，卻依然無礙朱子淫詩說仍在說教這個事實。[171]

姚氏否認三百篇有淫詩，主要論據是朱子弄錯了《論語》「放鄭聲」、「鄭聲淫」的意思，早在朱、呂論辯當時，雙方就已針對「詩」和「聲」是否有別的問題展開討論，今人李家樹判定呂氏在這場筆墨官司中獲得勝利，[172] 但誠如林慶彰所言，「孔子所說的『鄭聲淫』是否即等於鄭詩淫，因沒有其他佐證的材料，以致留給後人太多的空間」，[173] 且聲淫而詩不淫，聲與詩可以完全脫離而不具任何關係，而偏偏〈鄭風〉裡的情詩戀歌又特別多，這是不是表示淫詩說未必完全敗訴？

⑵《朱傳》反〈序〉又用〈序〉意，這是事實，朱子因不滿〈詩序〉，故有《詩序辨說》之作，而《辨說》實際所辨者僅是〈詩序〉

---

[169] 詳林慶彰：〈姚際恆對朱子詩集傳的批評〉，《中國文哲研究所集刊》（臺北：中央研究院中國文哲研究所，1996），第 8 期，頁 1-22。
[170] 詳李家樹：〈宋代淫詩公案初探〉，註 54 所引李書，頁 83-112。
[171] 李家樹：「朱熹的『淫詩』說也在說教，學術立場事實上和漢儒並無二致。」前註所引書，頁 110。
[172] 前註所引書，頁 102-104，註 56 所引林惠勝論文可合參。
[173] 同註 169，頁 3-4。

的三分之一（**已見前文**），這表示朱子不是不相信全部的〈詩序〉，如此，《集傳》常用〈序〉意又何足為異？

⑶《學》《庸》、釋家出於《詩經》之後，姚氏以為不能用來說詩、證詩，這是忽略了朱子原本就是以《詩》為理學教材的苦心，今人彭維杰以為，「朱子採取《大學》《中庸》之思想，對《詩經》進行總體全面的解釋，使《詩經》在傳統舊說的經學化之後，又一次以新的面貌，新的生命，向世人展現不同的內涵」，[174] 同樣地，偶用釋家證詩，也能活化、豐富《詩》的詮釋內涵；善於運用三百篇來說理，不為漢人《詩》教之格局所囿，這是《集傳》能風靡一時，也能流傳久遠的原因之一。

⑷、⑸朱子所釋詩篇字句多採《毛傳》、《鄭箋》，這跟朱子說詩常用〈序〉意一樣，舊說有不浹己意者，朱子才有必要另立新說，至於訓詁、名物、制度方面的訛誤，只要有學理上的根據，任何人都可以批評《朱傳》，姚際恆是《詩經》名家，當然有絕對的資格。

儘管姚際恆對朱子的批評是相當激烈的，但我們還是願意相信研究者的結論：「他的《詩經通論》對朱子的批評，可以說是完成『回歸原典』的一種階段性的工作，並非對朱子有多深的偏見。」[175]

㈤在遭逢清朝學者一連串的攻擊之後，《朱傳》仍然是《朱傳》，它並未就此就淡出《詩經》學史，雖然清代《詩經》新疏學如胡承珙《毛詩後箋》、馬瑞辰《毛詩傳箋通釋》、陳奐《詩毛氏傳疏》的風行，使得《朱傳》略顯寂寞，但似未聞有《朱傳》不配與毛、鄭鼎立的說法。民國以來，學者比較不容易有偏激狹隘的門戶之見，即使批評《朱傳》，也多能承認《朱傳》的一些長處。

本文第三節述及今人趙制陽的評介《朱傳》，他指出《朱傳》有五個優點，巧合的是，他認為《朱傳》的缺點也正好有五個：⑴「所

---

[174] 見註 93 所引彭氏論文，頁 292。
[175] 同註 169，頁 21。

定詩旨，仍多附會」。趙氏以朱子解釋二〈南〉諸篇為例，指責朱子反對〈小序〉附會人事，而他自己的說詩都使疏義愈疏，附會更甚。⑵「淫奔之說，最是誤人」。趙氏引姚際恆《詩經通論》駁斥朱子淫詩說的意見，說姚氏理由相當充足，並認為淫詩說使《詩集傳》的價值深受影響。⑶「作法解說，常欠妥當」。以〈關雎〉、〈麟之趾〉為例，《朱傳》標「興」卻解成「比」。作法標示詳略不一，也不無遺憾。⑷「解釋文詞，常憑臆斷」。趙氏同意高本漢批判朱子不顧訓詁學方法的一段話，並先後引〈關雎〉「窈窕」、〈月出〉「窈糾」以及〈葛覃〉、〈出車〉兩「薄」字為例，證明朱子不明詞性，所作的解釋靠不住。⑸「叶韻改讀，缺乏依據」。趙氏引許世瑛、王協批評朱子叶韻作法「多餘」、「不科學」的說法，說明朱子改讀的字音缺乏語音學上的依據。[176]

以上所謂《朱傳》五大缺點，筆者試作簡評如下。

⑴朱子反對〈小序〉附會人事，這可能是不明白〈詩序〉方便說教的用意，而朱子在解說篇旨時，也難免有附會人事之舉，這是因為朱子也是用《詩》來說教，為了使詩的內容具體化，讓讀者容易受教，朱子不知不覺地走上了〈詩序〉以史說詩、借詩說史的傳統，這也可以解釋為《詩》教的影響力確實無遠弗屆。

⑵淫詩之說乃是朱子說《詩》的一大特色，也許未能確中詩的本義，但與詩的本質相去並不甚遠，作為《詩經》詮釋者的朱子，他可以對作品文本意義另作闡發；作為用《詩》說理者的朱子，他的淫詩說自有施教上的考量。[177]

⑶趙氏前以「六義解說，簡明易識」、「作法審定，較為詳切」為《朱傳》的優點，此處卻以「作法解說，常欠妥當」為《朱傳》的

---

[176] 詳註 71 所引書，頁 140-146。

[177] 朱子以為《詩》有勸善懲惡之用，不是詩人以無邪之思鋪陳淫亂之事，而是讀者要以無邪之思面對淫詩，如此，「彼之自狀其醜者，乃所以為吾驚懼懲創之資」。詳註 66 所引朱鑑書，頁 10084。

缺點，這就表示趙氏以為朱子對賦、比、興的正確概念只能表現上定義解說上，不能表現在實際作業上，前以《朱傳》標〈蓼莪〉首章為比，遠勝毛鄭，作為「作法審定，較為詳切」之例，此以《朱傳》標〈關雎〉、〈麟之趾〉為興而解成比，以為「作法解說，常欠妥當」之例，至此，趙氏所舉《朱傳》的兩個優點全成了空口白話，批評者強迫作者的觀念必須跟他一致，是則為優點，否即成缺點，以此公式評判先儒大著之優劣，恐嫌唐突。

⑷訓詁原非《朱傳》足以傲人之處，部分文詞之解釋不能令人滿意，偶爾亦有僅憑臆斷為之情況，這確是《朱傳》的微小瑕疵。

⑸趙氏先以「注明讀音，有益後學」為《朱傳》之優點，明言「叶韻改讀法」乃《朱傳》一大特色，本文前已引述明儒陳第、焦竑反叶韻之語，並坦言叶韻說恐會帶給讀者困惑，以此表示叶韻說當非《朱傳》優點，茲趙氏又引近代聲韻學家之高論，以證叶韻改讀之多餘與不科學，如此，趙氏所舉《朱傳》第五大優點不僅再度成為空言，且優點變成缺點，《朱傳》在趙氏筆下，就成為缺點遠多於優點之作了。今按朱子的叶韻改讀實在是禁不起聲韻學理的檢驗的，但《集傳》的註明叶韻只是要便於吟哦諷誦而已，[178] 為了一時方便學子誦讀，涵詠聲情，引來後世學者的口誅筆伐，相信這是朱子始料未及的。

㈥《朱傳》在臺灣學者趙制陽先生筆下，缺點多於優點，而在香港學者李家樹先生心目中，《朱傳》更是一文不值。

李家樹撰有〈宋朱熹詩集傳簡評〉一文，指出《朱傳》問世以來，的確有過一段風光的日子，近世讀者也因為《朱傳》淺近易讀，沒有煩瑣的訓詁，多用這本書作為研究《詩經》的入門書籍，然而《朱傳》有兩大缺憾，其一，「《詩集傳》的訓詁過分簡略」，李氏

---

[178] 詳註 22 所引書，頁 2079-2083。

以〈牆有茨〉「中冓之言」、〈碩鼠〉「三歲貫女」、〈王風・揚之水〉首章「揚之水」四句為例，批評《朱傳》所釋「絕不簡當」、「太過簡略，連詩意也不好懂」，並且還說以上三例根本不用參考清代經學家雖然繁重但是博大精醇的訓詁，只要回首翻閱《毛傳》、《鄭箋》、《正義》，自然找到清楚確切的答案，但他接著又擡出三位清儒馬瑞辰、陳奐、陳啟源為以上三句例所作的訓詁，反襯出「《詩集傳》在這方面的缺點就更明顯了」。其二，「《詩集傳》不能跳出舊說的窠臼」，李氏先說「宋代理學發達，是一個講『義理』的時代，要求《詩集傳》在訓詁方面有傑出的成就，似乎有點苛刻」，以此表示他可以原諒《朱傳》訓詁的「沒有傑出的成就」，再以朱子反〈序〉而用〈序〉、抄〈序〉的現象，肯定《朱傳》「在闡釋詩旨方面也不是很出色的，至少就不能跳出舊說的窠臼」，又因其文只是簡評，所以「隨便找一個例子」（**按：所舉之例為〈周南・樛木〉**），但不忘強調「同樣的例子在《三百篇》中不勝枚舉，朱氏的見識『仍然是固陋的很』」。最後再引清儒姚際恆、方玉潤的詮釋〈樛木〉主題，謂「說到能夠將舊說連根拔起的，又得留待清代一些比較『開明』的經學家如姚際恆、方玉潤等人的出現了」、「姚、方二人，算不上是清代一流的經學家，但是在反對舊說方面，比起標榜為『反序派』總司令的朱熹，立場是堅定得多了」。因為《集傳》有如此明顯的缺陷，所以李氏相信《詩經》並非朱子的所長，結論是「《詩集傳》達不到作為研讀《詩經》入門書籍的資格」、「我們研讀《詩經》還要從其他著作入手，不能因為《詩集傳》淺近易讀而將它列作必讀書」。[179]

李氏雖然將《朱傳》作了死刑式的宣判，但他所運用的兩大罪證，其實並未超過前人所言的範圍。

---

179 詳註 54 所引李書，頁 113-124。以下所引李氏之語皆在此十餘頁中，不一一註明。

《詩集傳》訓詁簡單明瞭有目共睹，這個特色即使不算優點，也不應視作缺點，但李氏對朱書訓詁的評語是「絕不簡當」、「太過簡略」，這就是視訓詁為朱書的一大敗筆了。

因為李氏全文只舉三例，我們可以一一檢視其例，看看是否真能構成《朱傳》的嚴重罪狀，抑或只是李氏的微文深詆。

〈鄘風・牆有茨〉「中冓之言」，《朱傳》：「中冓，謂舍之交積材木也。」李氏評為「朱熹注釋這句話，用的是《說文》的意義，可是沒有引伸下去，『中冓』一詞也就不大明白了」。然而朱子在處理完文字訓詁之後，又有「閨中之事皆醜惡而不可言」之語，其以「中冓」為閨中，謂閨中醜惡之事，應該還是頗為明白的。

李氏說《朱傳》不如毛、鄭，且直接列出毛、鄭之說，認為讀者「自然找到清楚的答案」，可是《毛傳》說：「中冓，內冓也。」這不是比《朱傳》更簡略麼？《鄭箋》：「內冓之言，謂宮中所冓成頑與夫人淫昏之語。」這個解釋確實相當「明白」，可是李氏所又引到的馬瑞辰《毛詩傳箋通釋》不是引經據典，解「中冓」為內垢，謂內室垢恥之言，且明指《箋》言「失之」麼？

〈魏風・碩鼠〉「三歲貫女」，《朱傳》：「貫，習。」李評：「『三歲貫女』大概是說人民長期受到剝削者的壓迫，《詩集傳》下文也說：『民困於貪殘之政』，可是『貫』訓釋為『習』，還是不好解。」按《爾雅・釋詁》：「貫，習也」。此為《朱傳》所據。貫，今通作慣，習慣之意，貫訓為習，會「不好解」？《毛傳》：「貫，事也。」《鄭箋》：「我事女三歲矣。」這才是「清楚確切的答案」？李氏所引陳奐《詩毛氏傳疏》說「貫，事」、「宦，本字；貫，假借字」，由此可證朱說「絕不簡當」？吾人能否以近人屈萬里「貫，與慣通，習也。今齊魯方言，謂愛養之而不忍拂其意曰慣，與此詩義合」之說，[180] 以證陳奐之說「煩而不當」？

---

[180] 同註 44，頁 145。

〈王風・揚之水〉首章：「揚之水，不流束薪。彼其之子，不與我戍申。懷哉懷哉！曷月予還歸哉！」李氏謂《朱傳》解為「興之取『之』、『不』二字，如〈小星〉之例」，又評朱子「解釋過於簡略，實在有些語意不詳」，實則朱子不可能如此吝於筆墨，他先標明作法為「興」，再依例處理文句之訓詁（**其中，「揚」字訓為「悠揚也，水緩流之貌」**），接著解釋篇旨：「平王以申國近楚，數被侵伐，故遣畿內之民戍之。而戍者怨思，作此詩也。興取『之』、『不』二字，如〈小星〉之例。」再查〈小星篇〉，《朱傳》：「興也。」「南國夫人承后妃之化，能不妒忌以惠其下，故其眾妾美之如此。蓋眾妾進御於君，不敢當夕，見星而往，見星而還，故因所見以起興。其於義無所取，特取在『東』、在『公』兩字相應耳。」原來朱子因為不明白〈揚之水〉起興之語究竟與下文有何關係，於是將之歸類為與〈小星〉同樣作法的不取義之興體詩。李氏引劉瑾《詩傳通釋》「此詩乃興之不取義者，特取『之』、『不』二字相應耳，故《集傳》特取其例以明之」之言，又說這「只是推測之言罷了，到底是否朱氏原意，仍有疑問」，其顧慮未免多餘。當然，朱子如能努力尋索出起興之句的含意，是比較不會引起後人非議的。

此外，《詩集傳》用了不少〈序〉意〈序〉說，這固然是不容否認的事實，可是朱子在《語類》中雖一再透露出對〈詩序〉的不滿，卻不認為〈詩序〉到頭到尾皆不可信，否則他的《詩序辨說》為何只辨說了百來篇詩作？如果只認為〈詩序〉有三分之一不可信，朱子寫《詩集傳》為何不能採用他認為可從的〈詩序〉之說？清儒姚際恆批評朱子「陽違〈序〉而陰從之」，「遵〈序〉者莫若《集傳》」，[181] 今人李家樹批評朱子「不能跳出舊說的窠臼」，其心態殊無二致，強迫古人要反〈序〉就要徹底，否則就不要反〈序〉，此所以李氏認為

---

[181] 見註 168 所引書，卷前〈自序〉與〈詩經論旨〉。

清代的姚際恆、方玉潤比較「開明」，因為他們「能夠將舊說連根拔起」。其實，朱子自始至終就未有「將舊說連根拔起」的想法，李氏比較何人「開明」，並無意義。

有了以上的檢核驗證，吾人可以相信《朱傳》被李氏處以極刑委實有其不白之冤，李氏的結論是「不能因為《詩集傳》淺近易讀而將它列作必讀書」，可是吾人又豈能因為某些個人的意見而將《詩集傳》列作不必讀之書！

結　語

大陸學者夏傳才先生以《毛詩傳箋》為《詩經》研究的第一個里程碑，《毛詩正義》、《詩集傳》分別為第二與第三個里程碑，[182]就《詩經》學史的角度作客觀的考察，此誠為萬世不刊之論。然而，學者們以主觀意識來研究個別的《詩經》著述，因著眼點的不同，每每產生仁智互見的評論，但像朱子《詩集傳》一般，有人將之捧上了天，有人將之踐踏在地者，著實罕聞罕見，而經由上述的論證分析與檢討，筆者願意作出下列幾點說明：

⑴歷來對朱子《詩經》學表示意見的何止百家？筆者無法也不必盡收之而後為文，蓋諸家所論朱學得失難出本文範圍，爾後學者無論是讚美或批判朱子《詩經》學造詣，也不能超越本文所收的正反兩面評價之極限——「集傳注之大成、煥乎白日之正中」、「《詩集傳》達不到作為研讀《詩經》入門書籍的資格」。

⑵要想對朱子《詩》學擁有整體性的認識，至少要先熟讀朱子的

---

182 詳註 156 所引書，頁 101-109，120-124，171-178。

《詩集傳》、《詩序辨說》、朱鑑的《詩傳遺說》、黎靖德編《朱子語類》八〇、八一兩卷，參考朱子《論語或問》中關於《詩經》的一些意見，呂祖謙《呂氏家塾讀詩記》、王柏《詩疑》、劉瑾《詩傳通釋》、輔廣《詩童子問》各書，再輔以朱子之前、之時、之後的《詩經》研究狀況史料，但評論者通常只就《詩集傳》入手，於是就只看到了朱子《詩經》學的一面。

⑶兩宋儒者說經風氣趨向主觀，僅以《詩經》而言，歐陽修、蘇轍、楊簡、鄭樵、程大昌、王質……諸人也都不迷信舊說，朱子一代大儒，也以懷疑與創新的精神說《詩》，其所顯現出的時代意義，值得我們留意。

⑷朱子早期遵守〈詩序〉，後來同意鄭樵反〈序〉之論，不僅公然發表反〈序〉之言，接著更著《詩序辨說》專以〈詩序〉為箭靶，以其學術地位之高，很容易讓人誤會他是〈序〉派的總司令，實際上朱子維護《詩》教的用心是至為明顯的，他晚年所修訂的《詩集傳》雖儘量就詩文探討詩意，卻依然大量採用、申論〈序〉說，就是維護《詩》教的具體表現。有些評論者不明於此，指責朱子反〈序〉不夠徹底，真相是朱子反〈序〉本來就不想徹底。

⑸朱子以《詩經》為理學教科書，借《大學》、《中庸》與宋人之理、釋氏之理說詩，是輔助教材的合理運用，明其用心，即不致訝異。

⑹訓詁確非朱子所長。《詩集傳》的訓釋文句，以精簡為原則，《毛傳》、《鄭箋》是朱子所尊重的舊說，三家說有可取的也不放棄，更採用當代二十多家的解說，所以《詩集傳》是融合漢、宋之學而寫成的，不要以為朱子說《詩》是標準的反漢派。

⑺沒有一本《詩經》著述的詮釋篇旨、拆解作法、訓釋文句可以讓人人滿意，不必拿清代經學家的繁瑣訓詁，更不必拿近人的文學理論來檢驗朱子的《詩》學成就，那根本毫無意義。至於只看朱子解詩

是否投合自己脾胃，合則列為優點，不合就是缺點，那更是等而下之的假批評。

(8)淫詩說始終都是眾矢之的，平心而論，視情詩戀歌為淫詩，絕不是什麼高明的見解，但畢竟朱子是典型的道學家，要用愛情詩來說教，就不能不出以另一種說詞的詮釋，「無達詁」的《詩經》在古代就是這麼好運用的。

(9)叶韻改讀是方便學子讀詩能夠吟詠諷誦，然而此說沒有學理上的根據，「凡字皆無正音」也委實讓人難以適應，當然假若學子在吟誦朗讀中，可以借叶韻之便而容易體察詩的委曲折旋之意，那麼朱子的用心也就沒有白費了。

(10)〈南陔〉等六笙詩究係亡佚其詞，抑或本無其詞，資料有限，學者之解讀又不相同，二說以何為是，不易斷定，但考慮到〈詩序〉能為六詩解題，吾人對於朱子六詩有聲無辭之說暫時不能貿然接受。

(11)毋庸諱言，《詩集傳》威名顯赫，部分原因得歸功於元、明兩代官學的重用，它不是不容侵犯的十全十美之作，豈有完美無瑕之作還會引來讀者議論紛紛的？凡是將《詩集傳》捧上了天的評語皆不可信。

(12)《詩集傳》不是一文不值之作，豈有一無可取之作仍會引來當世與後代讀者的交相讚譽？凡是將《詩集傳》踐踏在地的評語皆不可信。

附　編

第一篇

董仲舒「《詩》無達詁」說析論

「《詩》無達詁」與「以意逆志」

「《詩》無達詁」是吾人今日研讀《詩經》不能不時時提醒自己的「四字箴言」，否則面對前人對於三百篇之主題異說紛陳之時，作為讀者的我們勢將陷入困境而難以取捨。

「《詩》無達詁」之命題最早見於漢儒董仲舒的名著《春秋繁露》，[1] 然而「《詩》無達詁」的理論卻未必為董氏首創。從春秋時

1 《春秋繁露》，《四庫全書》（臺北：商務印書館，1983年），第181冊，頁717。

期朝廷士大夫、貴族文人「賦詩言志」而又允許對於詩的內容斷章取義的事實來看，[2] 我們應該可以推斷「《詩》無達詁」乃是春秋時代上流社會人士面對《詩經》的共識。換言之，三百篇未必要有絕對通達的、確切不移的解釋，此一古訓直至董仲舒所處的時代，多數的《詩經》學者都能接受。

戰國時代的孟子反對讀《詩》可以斷章取義，他主張採用「以意逆志」法讀《詩》，他的學生咸丘蒙問他「《詩》云：『普天之下，莫非王土；率土之濱，莫非王臣。』而舜既為天子矣，敢問瞽瞍之非臣如何？」孟子的回答是：

> 是詩也，非是之謂也；勞於王事，而不得養父母也。曰：「此莫非王事，我獨賢勞也。」故說詩者，不以文害辭，不以辭害志；以意逆志，是爲得之。如以辭而已矣，〈雲漢〉之詩曰：「周餘黎民，靡有孑遺。」信斯言也，是周無遺民也。孝子之至，莫大乎尊親；尊親之至，莫大乎以天下養。爲天子父，尊之至也；以天下養，養之至也。《詩》曰：「永言孝思，孝思維則。」此之謂也。《書》曰：「祗載見瞽瞍，夔夔齊栗，瞽叟亦允若。」是爲父不得而子也？[3]

---

2 春秋時代，賦詩多在列國諸侯卿大夫之聘問典禮中舉行，屬於宴饗之禮的儀節。所謂賦詩言志並非自創詩篇誦唱，而是利用現成而為人們所熟知的詩篇來演唱，透過詩句以表明自己的立場、觀點和情意，而且所取詩句中的片語單詞之義可以與原詩無關。相關資料可參何定生：《詩經今論》（臺北：臺灣商務印書館，1968 年）、曾勤良：《左傳引詩賦詩之比較研究》（臺北：文津出版社，1993 年）、夏傳才：《詩經研究史概要》（臺北：萬卷樓圖書公司，1993 年）等書中對於春秋時期賦詩實況的論述。

3 見〈萬章上〉第 4 章，文中所引「普天之下」四句在〈小雅・北山〉中，「永言孝思」二句在〈大雅・下武〉中。

咸丘蒙對於詩句所言存有疑惑，孟子以為是他弄擰了詩的原意，且在重新解釋〈北山〉四句之意之後，特別提出了所謂的「以意逆志」法來讀《詩》。「以意逆志」原本是相當客觀的讀《詩》之道，然而細加推敲，「以意逆志」的讀《詩》法同樣印證了「《詩》無達詁」的真實性，試想，沒有一位讀者的生活與美感經驗是完全相同的，如此，每一個人都以自己的「意」來「逆」（迎合、推敲）詩人的「志」，所得的結果難道不會出現分歧的現象嗎？設使「以意逆志」法可以讓詩人本義確認，三百篇的主題早就統一化了，又怎麼直至今日學者還在為了各詩的篇旨爭論不休呢！「以意逆志」的結果就是自以為掌握了詩人本義，而偏偏他們所謂的本義又各自不同，明白了詩人絕不可能在一首詩中富涵了多重的「本義」，即可知曉「以意逆志」的讀《詩》法正好說明了董仲舒所言「《詩》無達詁」是千真萬確的事實。

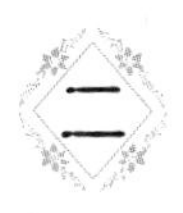

歷代《詩經》的研究狀況證明了《詩》無達詁

董仲舒所處的西漢時代，《詩》有《齊詩》《魯詩》《韓詩》《毛詩》四家，其中前三家為今文《詩》，《毛詩》則為古文經。三家《詩》與《毛詩》除了版本的不同之外，解說經義也多有出入，起初三家《詩》因為立於學官的關係而比相對上較為平實的《毛詩》擁有較多的讀者，到了東漢末年，鄭玄為《毛詩》作《箋》，《毛詩》有了《傳》與《箋》的強力組合，加上三家《詩》郢書燕說疊見層出，久而久之，三家《詩》也就陸續亡逸了。

《鄭箋》問世之後，直至隋、唐，都有一些學者說《詩》不願一依毛、鄭，[4] 宋代則又呈現出了嶄新的局面，說《詩》能夠推陳出新的學者極夥，歐陽修《詩本義》、蘇轍《詩集傳》、鄭樵《詩辨妄》、王質《詩總聞》、程大昌《詩論》、朱子《詩集傳》、楊簡《慈湖詩傳》、王柏《詩疑》……，這些學者代表了宋儒說《詩》中的新派，當然，新義雖然日增，獨衷古學之人也不少，呂祖謙《呂氏家塾讀詩記》、段昌武《毛詩集解》、嚴粲《詩緝》……都是舊派中較受歡迎的著作。[5] 我們在評價新舊兩派著述之成就時，當然不能僅就新解的多寡來決定勝負，新派學者不必因對方的保守而嗤之以鼻，舊派學者也不必因對手新解之多而坐立不安。不過，吾人仍須強調，《詩》無達詁，若沒有宋人的勇於疑古，《詩經》研究史將缺少最燦爛的一頁，從此一角度觀之，兩宋學者的開創全新研經局面，其意義是絕對值得吾人肯定的。

元明兩代，朱子的《詩集傳》風靡天下，倒不是說學者公認朱子之說代表了《詩》的正詁，而是朝廷將《朱傳》當作科舉標準本，[6] 在利祿之誘因下，其他古典被冷落在一旁，而元明儒生的《詩經》學作品以朱學為主流也就成為勢所必至了。

清朝在經學史上是繼宋代之後另一個大放異彩的時代，名家名著之多不可勝數，朝廷的功令雖崇尚《朱傳》，卻壓不倒整個大時代尊漢攻宋的洪流。然而，專主《毛傳》而功力最深的胡承珙《毛詩後箋》、陳奐《詩毛氏傳疏》雖則頗獲好評，更受後人歡迎的馬瑞辰

---

4 參閱屈萬里：《詩經釋義》（臺北：中國文化大學出版部，1970 年），頁 20。

5 參閱黃忠慎：《宋代之詩經學》（臺北：國立政治大學中國文學研究所博士論文，1984 年），頁 1-98。

6 元仁宗延祐定科舉法，《詩》用朱子《集傳》，《易》用朱子《本義》，《書》用蔡沈《集傳》，《春秋》用胡安國《傳》，《禮記》用鄭玄《注》。明代《詩經》學非惟承繼元代「述朱」學風，科舉的規定更由「以朱為主」至「獨取《朱傳》」。說詳皮錫瑞：《經學歷史》（臺北：河洛圖書出版社，1974 年），頁 274-294。楊晉龍：《明代詩經學研究》（臺北：國立臺灣大學中國文學研究所博士論文，1997 年），頁 177-179。

《毛詩傳箋通釋》卻是兼申毛鄭而又不拘守門戶之見，獨立派的姚際恆《詩經通論》、方玉潤《詩經原始》也備受肯定，至於研究三家《詩》的魏源《詩古微》、陳喬樅《三家詩遺說考》、王先謙《詩三家義集疏》也無不擁有極多的愛好者。

若非《詩》無達詁，在三家《詩》亡逸之後，《毛詩》有了《傳》《箋》再加上唐朝孔穎達《正義》的絕妙搭配，豈不是早已取得了定於一尊的地位？事實不然，有很長的一段時間，朱子的《詩集傳》取代了毛、鄭、孔。若非《詩》無達詁，《朱傳》的訓解既然早已深入民間，且曾長期貴為「國定教本」，豈不是早已取得了定於一尊的地位？事實不然，在「述朱」「翼朱」唯恐不及的明代，已有鍾惺、韋調鼎公然表達了對朱子解《詩》的不滿，[7]而即便清廷推廣《朱傳》，學者還不是自行撰寫了許多卓然可取的著作？非但如此，陳啟源《毛詩稽古編》、毛奇齡《白鷺洲主客說詩》、姚際恆《詩經通論》……還不是大力抨擊朱子此一名滿天下的大作？[8]若非《詩》無達詁，在古人《詩經》學著作已然可謂汗牛充棟的今天，何以仍有新作源源而出？可以想見的是，未來《詩經》新解之類書籍的問世依舊會不絕如縷的。

「《詩》無達詁」切中了文學的詮釋現象與本質

古人研究《詩經》往往將重心擺在三百篇的經學意義上，今人閱

7 參閱鍾惺：《隱秀軒集・詩論》（上海：上海古籍出版社，1992 年），頁 391-392。韋調鼎：《詩經備考》（臺南：莊嚴文化事業公司，1997 年），頁 141-142。

8 關於朱子《詩經》學所獲得的負面評價，筆者所撰〈關於朱子《詩經》學的評價問題〉近五萬言之長文已有充分的討論，此文已在國立彰化師範大學國文系學術論文研討會上公開發表，刊登於《國文學誌》（彰化：國立彰化師範大學國文系，1999 年 6 月），頁 23-74，並已收入本書中。

讀《詩經》則偏重其文學價值，實際《詩經》本來就具有經學與文學雙重性質，且無論吾人從哪一個角度研讀《詩經》，《詩》無達詁都是不可磨滅的定律。

從西方現代文學批評史的發展階段來看，由作者中心論到文本中心論再到讀者中心論，正表示中國古人所說的《詩》無達詁，或者「詩」字不用加上書名號——「詩無達詁」，切中了文學的詮釋現象與本質。

作者中心論以研究作者寄寓於作品中的本意為旨歸，研究者常將興趣放在廣搜與作家相關的實證材料上，孟子所謂的「以意逆志」法大約介於這一派和下文要提到的文本中心論中。

文本中心論是以作品文本自身作為理解作品意義的前提、根據和歸宿，朱子指導門人讀《詩》，要大家能夠吟詠諷誦三百篇，藉著詩歌的反覆吟唱歌詠，觀察詩歌的委曲折旋之意，[9] 姚際恆以為讀《詩》當從「涵泳篇章，尋繹文義」入手，[10] 今人經常強調讀《詩》要據詩直尋本義，這些讀《詩》之法和西方的文本中心論可說不謀而合。

讀者中心論則認為文學作品的意義取決於讀者個人的創造性闡釋，作品的意義實際上是讀者的「創造物」，[11] 此一論點把讀者對作品意義的創造性闡釋提到批評史上前所未有的高度，它由現象學導源，後經結構主義的「解構」，產生了風靡全世界、並且至今不衰的接受美學和讀者反應理論等新起的批評學派。[12]

如今「讀者反應理論」方興未艾，有朝一日，西方現代文學批評

---

9 說詳彭維杰：《朱子詩教思想研究》（臺北：中國文化大學中國文學研究所博士論文，1998 年），頁 254-256。

10 引文為姚際恆：《詩經通論》（臺北：河洛圖書出版社，1978 年），〈自序〉語。

11 龍協濤：《讀者反應理論》（臺北：揚智出版社，1997 年），頁 7。

12 龍協濤：《文學讀解與美的再創造》（臺北：時報文化出版公司，1993 年），頁 13。

史進入另一階段，則中國古人所說「詩無達詁」不僅屹立不搖，且更加證明分明就是天經地義。

例證「《詩》無達詁」

為了解說的方便，我們不妨舉一些實例。

《詩經》第一篇作品是吾人耳熟能詳的〈關雎〉：

> 關關雎鳩，在河之洲。窈窕淑女，君子好逑。
>
> 參差荇菜，左右流之。窈窕淑女，寤寐求之。求之不得，寤寐思服。悠哉悠哉，輾轉反側。
>
> 參差荇菜，左右采之。窈窕淑女，琴瑟友之。參差荇菜，左右芼之。窈窕淑女，鍾鼓樂之。

強調勿為舊說迷惑，應該據詩直尋本義的學者，十之八九會認為此詩寫的是一名男子追求窈窕淑女，因為求之不得而頗有相思之苦。由於《詩》無達詁之故，我們必須承認此一解說非常平實，也有可能就是詩人本義。不過既然《詩》無達詁，我們就沒有理由對於古代的經學詮釋不屑一顧。〈毛詩序〉認為〈關雎〉歌詠的是「后妃之德」，又強調此詩是「風之始也，所以風天下而正夫婦也」，並說「〈關雎〉樂得淑女以配君子，憂在進賢，不淫其色。哀窈窕，思賢才，而無傷善之心焉，是〈關雎〉之義也。」《魯說》解為刺周康王晚朝之作，[13]《朱傳》雖被視為反〈序〉之作，[14] 但他解釋〈關雎〉

---

[13] 詳王先謙：《詩三家義集疏》（臺北：明文書局，1988 年），上冊，頁 4-5。

說：「周之文王生有聖德，又得聖女姒氏以為之配。宮中之人，於其始至，見其有幽閒貞靜之德，故作是詩。」類似這種說教式的詮釋，迄今仍有不少學者以為根本脫離詩人本義，可以一腳踢開。

從書名可以看出企圖心的歐陽修《詩本義》，以為「詩人見雎鳩雌雄在河洲之上，聽其聲則關關然和諧，視其居則常有別，有似淑女匹其君子，不淫其色，亦常有別而不黷也。淑女謂太似，君子謂文王也。」[15] 古人畢竟是古人，即使不滿意舊說，在另立新解之時，仍多會儘量從修正的角度入手，這也可以解釋為傳統《詩》教的影響無遠弗屆，學者面對三百篇往往會考慮到這是一部經典，而不僅僅是一本純詩歌總集而已。

清儒姚際恆直率地指出，「漢人之失在于固，宋人之失在于妄」，[16] 而其釋〈關雎〉之篇旨則為「此詩只是當時詩人美世子娶妃初昏之作，以見嘉耦之合初非偶然，為周家發祥之兆，自此可以正邦國，風天下，不必實指出太似、文王，非若〈大明〉、〈思齊〉等篇實有文王、太似名也。」[17] 古人畢竟是古人，即使是清代說《詩》新派的姚氏也是如此地顧慮到《詩》的經學價值，如此地尊重前人的說法。

同樣被歸類為清代說《詩》獨立派大將的方玉潤，對於〈關雎〉的主題有這樣的意見：「〈小序〉以為后妃之德，《集傳》又謂宮人之咏大姒、文王，皆無確證。詩中亦無一語及宮闈，況文王、大似

---

14 朱子曾說：「〈詩序〉實不足信，向見鄭漁仲有《詩辨妄》，力詆〈詩序〉，其間言語雖太甚，以為皆是村野妄人所作。始亦疑之，後來仔細看一兩篇，因質之《史記》、《國語》，然後知〈詩序〉之果不足信。」黎靖德編：《朱子語類》（臺北：華世出版社，1987 年），第 6 冊，卷 80，頁 2076。如此看來，朱子是反〈序〉派大將應該沒錯，但事實又並非這樣，朱子還是頗為尊重〈詩序〉的，說詳註 8。

15 歐陽修：《詩本義》，卷 1，《四庫全書》（臺北：商務印書館，1983 年），第 70 冊，頁 183。

16 引文為姚際恆：《詩經通論・自序》（臺北：河洛圖書出版社，1978 年）。

17 姚際恆：《詩經通論》，卷 1，頁 15。

耶？竊謂風者皆採自民間者也，若君妃則以頌體為宜。此詩蓋周邑之咏初昏者，故以為房中樂，用之鄉人，用之邦國，而無不宜焉。然無文王、大姒之德之盛，有以化民成俗，使之咸歸於正，則民間歌謠亦何從得此中正和平之音耶？聖人取之以冠三百篇首，非獨以其為夫婦之始，可以風天下而厚人倫也，蓋將見周家發祥之兆，未嘗不自宮闈始耳。故讀是詩者，以為咏文王、大姒也可，即以為文王、大姒之德化及民而因以成此翔洽之風也，亦無不可，又何必定考其為誰氏作歟？」[18] 古人畢竟是古人，即使是清代說《詩》新派的方氏也是如此地顧慮到《詩》的經學價值，如此地尊重前人的說法。

時至今日，許多學者反而認為《詩》有達詁、有正詁，依其見解，只要用心推求詩人本義，本義即不難得知。大陸學人李中華、楊合鳴在其合著的《詩經主題辨析》一書中，辨析〈關雎〉之篇旨，列舉了從〈毛詩序〉到方玉潤《詩經原始》等古代之說共九家，又舉出近代大陸學者聞一多、高亨與袁梅之說法給讀者參考，李、楊二氏很有自信地說：「無論過去還是現在，對這首詩的理解都存在著歧見。從漢代到宋代，儒者多認為此詩表現的是『后妃之德』。……但這顯然只是一種附會，所以此說後來逐漸被拋棄。另外《魯詩說》認為這是一首諷刺詩，……但仔細體味，諷刺詩並不是此詩的本意。……還有一種比較流行的解釋，認為此詩寫的是一個女子采荇菜於河濱，男子見而悅之。這樣，就將詩中的起興當作賦體去理解了，從而把此詩說成是一首普通青年男女的戀歌。我們也不取此說。詩中稱男者為『君子』，女者為『淑女』，表明了他們身分的高貴。同時，在周代社會，琴瑟鐘鼓之類的樂器，也只有貴族家才配享用。因此可以說，〈關雎〉是我國最古老的一首上層青年男女的戀歌。」[19] 李、楊二氏

---

18 方玉潤：《詩經原始》（臺北：藝文印書館，1981 年），上冊，頁 166-167。
19 李中華、楊合鳴：《詩經主題辨析》（廣西：廣西教育出版社，1987 年），上冊，頁 2-5。

之大作方便吾人瞭解前人對於三百篇主題的詮釋，基本上，我們歡迎並感激這類作品的問世，然而作者反對傳統舊說的理由是它們「顯然只是一種附會」，同時因為作者讀詩能夠「仔細體味」，所以也很有把握地批評一些新說未能切中詩人本義，這種批判態度顯然太不尊重古人以《詩》說教的苦心及前輩學者重新詮釋詩篇的努力，當然也完全不明白「《詩》無達詁」的真諦。

本文之舉〈關雎〉為說明之例，當然不是因為此詩問題獨多，而是三百篇之主題篇篇都難以獲得古今學者的一致同意，以全書首篇為例，正表示無須刻意挑選最引發後人爭議的詩篇。

或問《詩經》篇篇之主題都難以獲得古今學者的一致同意，此中難道真無例外？

坦白而言，的確毫無例外。

就筆者所知，〈邶風・新臺〉之篇旨，〈毛詩序〉「刺衛宣公也。納伋之妻，作新臺于河上而要之，國人惡之，而作是詩也」之說，因有《左傳・桓公十六年》及《史記・衛康叔世家》的相關記載為證，故絕大多數學者能夠接受，近人吳闓生且謂「〈序〉之說《詩》，惟此篇最為有據」。[20] 李中華、楊合鳴《詩經主題辨析》對此詩也無異議，不過書中所附《詩經國風今譯》則有如下之言：「衛宣公劫奪他的兒媳婦，史有明文，恐怕是事實。但如一定要說本篇就是說的此事，則不免於穿鑿附會。我仔細揣摩原詩，倒好像是一位婦人遭了媒婆的欺騙，所嫁非人，因而發出的怨詞。」[21]《詩經國風今譯》的作者之所以敢認為舊說穿鑿附會，是因為他「仔細揣摩原詩」，言下之意，其他學者面對〈新臺〉無異議就是未能「仔細揣摩原詩」了，這叫人如何心服？

---

20 吳闓生：《詩義會通》（臺北：洪氏出版社，1977 年），頁 33。
21 李中華、楊合鳴：《詩經主題辨析》，上冊，頁 128。

著名大陸學者高亨的《詩經今注》幾乎將〈毛詩序〉殺得片甲不留，對於〈新臺篇〉，他說：「〈毛詩序〉的說法，也講得通。但詩意只是寫一個女子想嫁一個美男子，而卻配了一個醜丈夫。」[22]

高亨面對〈毛詩序〉「也講得通」得說法，依舊要強調詩意只是如何如何，但他未曾提到婦人遭了媒婆的欺騙，這是表示他的揣摩原詩不夠仔細，還是《詩經國風今譯》的作者聯想力太過豐富，甚至才真的是牽強附會？

假如大家都能明白《詩》無達詁的道理，舊說就不會長年以來遭到人們的厭惡與嘲諷了。

《詩》的讀者不須強作解人

為什麼從宋儒群起攻擊漢儒舊說以來，人們對於閱讀《詩經》的另立新說感到自豪且樂此不疲？

簡單來說，就是大家認為自己比別人更用心、更仔細、更努力地在讀《詩經》，所以也就比別人更能發覺詩人作詩之本義。

然而，《詩經》畢竟不是一本單純的詩歌總集而已，它是國史在希望改善政治的情況下，[23]透過采詩、獻詩的途徑，[24]積聚之後再由執掌的樂官加以整理編輯而成，所以三百篇的本義究竟為何，對於春

---

22 高亨：《詩經今注》（臺北：漢京文化公司，1984年），頁61。

23 〈詩大序〉：「國史明乎得失之迹，傷人倫之廢，哀刑政之苛，吟詠情性，以風其上。」《毛詩正義》（臺北：藝文印書館，1976年），頁17。

24 采詩之說在《左傳・襄公十四年》、《禮記・王制》、《孔叢子・巡狩》、《漢書》的〈藝文志〉與〈食貨志〉等文獻中都有相關記載，獻詩則除了《國語・周語》有所記錄之外，〈大雅・卷阿・毛傳〉亦云：「明天子使公卿獻詩以陳其志。」

秋時代的貴族們而言並不是重點，對於孔門弟子來說也不是重點，[25] 對於推廣經學不遺餘力的漢代朝廷而言當然更不是重點，對於拿《詩經》來當理學教科書的朱子來說自然也不會把精神擺在詩篇本義的追求上面，也就是說，人們在批評前人說詩牽強附會時，可曾想過古人是刻意的牽強附會，是用心良苦的牽強附會？人們在批評前人說詩誤解詩人原意的時候，可曾想過詩人原意並不是古代說詩者關注之所在？某些文句淺近、文意明顯的詩篇，古人在詮釋時隨時提醒自己，他們面對的是一部高文典冊，而不是尋常的詩歌總集而已，因而他們殫精竭慮地為詩篇作出最方便說教的詮釋，如此的苦心孤詣，站在《詩經》研究史的角度觀之，應該承認這是古人說《詩》的最大特色，即使時代不同了，我們也絕無權利挖苦、批判乃至謾罵這類說教式的詮釋方式。

進一步而言，若把《詩經》各篇之義大分為經學之義與文學之義二者，則吾人可以說，古人往往偏好探索詩的經學之義（**不過愈到後代，重視詩的文學之義的學者會愈多**），近人則習於追尋詩的文學之義，兩者的觀照角度天差地別，後人在檢討前人《詩》學成績之時，不能不考慮到這一點。

其實，把《詩經》各篇之義分為經學之義與文學之義，也委實粗疏了一些。依宋儒歐陽修之見，學《詩》者不出四類：詩人之意、太師之職，聖人之志和經師之業，[26] 清儒魏源《詩古微》分得更詳細，他說：

---

25 春秋時代貴族階層賦詩言志往往斷章取義，本文前已說明，至於孔子以《詩》《書》教人，他對於《詩經》的讀法則可從《論語》中得知，〈陽貨篇〉：「小子！何莫學夫《詩》？《詩》可以興，可以觀，可以群，可以怨。邇之事父，遠之事君。多識於鳥獸草木之名。」〈季氏篇〉：「不學《詩》，無以言。」〈子路篇〉：「誦《詩》三百，授之以政，不達；使於四方，不能專對。雖多，亦奚以為！」

26 《詩本義》，卷 14，頁 290。

詩有作詩者之心，而又有采詩、編詩者之心焉。有說詩者之義，而又有賦詩、引詩者之義焉。作詩者自道其情，情達而止，不計聞者之如何也。即事而詠，不求致此者之何自也。[27]

魏源將詩說的歧異歸因於讀者的取向不同，從說詩者的態度來看，的確是有作詩、用詩與序詩的差別，魏源之語至今仍值得吾人深思。

另一清儒龔橙則指出詩有八誼：

有作詩之誼，有讀詩之誼，有大師采詩、瞽矇諷誦之誼，有周公用爲樂章之誼，有孔子定詩建始之誼，有賦詩、引詩節取章句之誼，有賦詩寄託之誼，有引詩以就己說之誼。[28]

誠如龍協濤所言，這「八誼」之分，界限不夠分明，但從研究《詩經》的流播情況來看，所舉八條倒頗有啟發。除第一條是就作者而言之外，其餘七條都是對讀者（接受者）的研究，即探討了對詩歌本文的讀解或應用情況。由此看來，學者對《詩經》意義研究的重心已由作者轉到讀者了。[29] 然而令人感到大惑不解的是，民國以來的許多學者又昧於《詩》無達詁的事實，在其解《詩》專著中，不時地針砭舊說（特別是〈毛詩序〉與《朱傳》），[30] 似乎唯恐不如此，讀者就會

---

27 魏源《詩古微・齊魯韓毛異同論》，《皇清經解毛詩類彙編》（臺北：藝文印書館，1986年），頁31-32。

28 龔橙《詩本誼》（《半厂叢書》本），〈序〉。

29 龍協濤：《文學讀解與美的再創造》，頁26。不過，歐陽修、魏源、龔橙這些人解詩仍然帶著濃厚的私見，把自己當作是權威讀者，亦即他們的觀點和實際作業依然有一段距離。

30 這一類的著作極多，為了避免授人以攻訐特定對象之口實，本文不方便信手舉例，讀者只要隨手翻閱坊間的《詩經》註釋之作，即可知本文絕非無的放矢。

深陷古說之泥淖中。

本來，讀書能有自己的見解是一件好事，讀《詩》能有自己的見解也是一件好事，何況在《詩經》面前，每一個人都是讀者的身分，讀者有自己的一套詮釋理論或模式，我們也樂見新說紛陳，但提出異說的學者在沾沾自喜於另立新解的時候，若一口咬定在此以前所有舊說皆不可信，或者認為他人之說雖可以參稽，但並非詩人本義，這種讀《詩》態度就不能說是作者深具信心，而是強作解人了。試想，除了詩人（更確切的說法應該是「作者」）本身之外，又有哪一位讀者有百分之百的把握能知曉詩的本義？

「《詩》無達詁」不僅表現在詩的篇旨章旨上

「《詩》無達詁」不僅表現在詩篇的各篇篇旨與各章的章旨上，也表現在文字、辭句與詩人的創作技巧上，章旨必須配合篇旨，中國文字的一字多義及古今語文的隔閡，又造成讀者各自說解的不同，這些方面的容易「無達詁」，道理極為淺顯，至於詩人的藝術手法就每每讓人相信自己的分析而以為他人之說非本義了。

前述李中華、楊合鳴合著的《詩經主題辨析》認為〈關雎〉本義並非如某些學者所以為的「女子采荇菜於河濱，男子見而悅之」，[31] 理由是「這樣就將詩中的起興當作賦體去理解了」。原則上，筆者也不認為詩中所謂的「窈窕淑女」指的是采荇菜於河濱的女子，但要說持此新解的人一定弄擰了詩的作法，恐怕也未必然，臺灣學者吳宏一

31 《詩經主題辨析》引錄了聞一多《風詩類鈔》的這個說法，臺灣學者吳宏一《白話詩經》（臺北：聯經出版事業公司，1993 年）也主張這個說法。

先生也是採用這個說法，他認為〈關雎〉首章「因物起興，因為看到黃河河洲上一對對的雎鳩，而聯想到淑女是君子的佳偶」，二章「是寫追求淑女不能得到時的苦悶。那個採荇菜的姑娘，左右採荇菜時的美好姿態，使追求她的男子，朝思暮想，難以忘懷」。三章「承上章而來，是寫男子思慕淑女，『求之不得，輾轉反側』時幻想的情景」。[32] 顯然吳先生的解說詩義雖未必人人滿意，但其解釋詩的作法並不偏頗，他絕未將〈關雎〉處理成比體詩。

《詩》的寫作方式一般都從〈詩大序〉之說，區分為賦、比、興三大類。賦乃平鋪直敘之寫法，後人對此體之解說差異極小，[33] 比則是象徵、比喻（含明喻與隱喻）的手法，《朱傳》「比者，以彼物比此物也」之說雖稍嫌簡略，但也因此不容易引起爭議。比較麻煩的是，興的定義至今依然眾說紛紜，莫衷一是。

宋儒鄭樵對於興體詩的解釋獲得極多學者的支持，他說：「凡興者，所見在此，所得在彼，不可以事類推，不可以理義求也。」[34] 近人屈萬里以為此說和《朱傳》「興者，先言他物，以引起所詠之詞也」之言都是明達之論。然而，屈氏話鋒一轉，直指「朱子《詩集傳》遇到興體詩時，也仍然『以事類推，以義理求』，講來講去，和比體簡直沒什麼分別」，[35] 屈氏是研《詩》名家，但其認為三百篇的創作技巧會有定說，則又代表了許多學者不明《詩》無達詁而有的一種歧見。

再強調一次，「《詩》無達詁」不僅表現在各篇的主題之上而已，它也表現在詩的藝術手法上面。

---

[32] 吳宏一：《白話詩經》，第 1 冊，頁 8-9。

[33] 鄭玄：《周禮・注》謂「賦之言鋪，直鋪陳今之政教善惡」，部分學者不滿意政教善惡之詞，《朱傳》「賦者，敷陳其事，而直言之者也」之說，則後人皆無意見。

[34] 鄭樵：《六經奧論》，《通志堂經解》（臺北：漢京文化公司，出版社未註明出版年），第 40 冊，頁 23129。

[35] 屈萬里：《詩經釋義》，頁 11。

不用刻意挑選，且信手舉個例子。〈周南・桃夭〉云：

桃之夭夭，灼灼其華。之子于歸，宜其室家。
桃之夭夭，有蕡其實。之子于歸，宜其家室。
桃之夭夭，其葉蓁蓁。之子于歸，宜其家人。

一篇祝賀人家嫁女兒的詩，〈詩序〉解成「后妃之所致也」，會引起許多人反感，這是因為他們未曾考慮〈詩序〉的創作背景之故，可是當我們「以意逆志」或「據詩直尋本義」而將詩還原到多數人同意的所謂「本義」時，對於詩的寫作方式，大家還是各說各話。

《毛傳》特標此詩為興體詩，《鄭箋》進一步解釋說：「興者，喻時婦人皆得以年盛時行也。」三百篇中，《毛傳》標為興體詩的有一一五篇，[36]《鄭箋》為這些詩篇作法的說明通常是用「興者喻」三字開頭，加上《毛傳》於〈唐風・葛生〉、〈采苓〉、〈小雅・黃鳥〉等篇又以喻字說明興義，因此有人稱毛鄭的興義為「興喻之說」。[37]興喻之說在現代學者看來根本就是不明比興之不同，屈萬里就認為「《毛傳》《鄭箋》，實際上都把興體講成了比體。那就是興體詩開頭的一二句，多半和詩人要咏的本事無關，而《毛傳》《鄭箋》，卻一定要把這開頭的話和本事拉上關係，於是穿鑿附會，不一而足」，[38] 黃振民也認為康成所箋之興完全與比相混，自現矛盾，《毛傳》之興，亦常與比相混；[39]其實《毛傳》只用「興也」二字來表明某些詩是興體詩，並未有任何文字的說明，吾人充其量僅能批評其說詩簡略，至於《鄭箋》用「興者喻」之方式來為《毛傳》興詩作

---

[36] 或謂《毛傳》所定興詩應該是 118 篇，說詳裴普賢：《詩經研讀指導》（臺北：東大圖書公司，1977 年），頁 191-195。
[37] 裴普賢：《詩經研讀指導》，頁 192。
[38] 屈萬里：《詩經釋義》，頁 11。
[39] 黃振民：《詩經研究》（臺北：正中書局，1982 年），頁 167。

進一步的說明，也有相當程度上的意義，這點筆者將在後面另作說明。

《朱傳》也以為〈桃夭〉是興體詩，他說：「文王之化，自家而國，男女以正，婚姻以時。故詩人因所見以起興，而歎其女子之賢，知其必有以宜其室家也。」朱子利用《詩經》說教的用心明顯至極，他為賦比興所作的界說也獲得普遍的認同，但他的標示詩之作法，也常招來後人批判，趙制陽就認為朱子的六義解說簡明易識，但作法解說常欠妥當，趙氏以〈關雎〉、〈麟之趾〉為例，說明朱子是如何地把興詩說成比詩，[40]雖然他並未提到〈桃夭〉，但可以由此推斷，要批評朱子不明詩的比興之分，也是易如反掌之事。

被譽為宋人說《詩》第一的嚴粲，[41]也認為〈桃夭〉採用的是興之作法，他對於此詩首章的解說是：「夭夭以桃言，指桃之木也；灼灼以華言，指桃之華也。桃之夭夭，灼灼其華，取相錯成文也。言桃之少壯，故其華鮮明，木少壯則其華盛，譬婦人盛則容色麗也。此行嫁之子，往歸于夫家，則男有室，女有家，夫婦皆得其宜也。」[42]反對毛鄭「興喻說」的人想必也不會接受嚴粲之說，因為《詩緝》有「譬婦人盛則容色麗」之語，有此「譬」字在，當然容易被人譏為比興不分了。

明代《詩經》學家中，筆者以為季本是最優秀的，[43]季氏同意前人之見，〈桃夭〉乃興之寫法：「（首章）桃，木名，華紅，實可食。夭夭，少好貌。灼灼，華盛如火然也。桃之有華，婚姻之時也，

---

40 趙制陽：《詩經名著評介》（臺北：學生書局，1983年），頁133-135，142-143。

41 萬斯同《群書辨疑・詩序說》推崇嚴粲的《詩緝》為千古卓絕之書，姚際恆《詩經通論・詩經論旨》以為嚴氏《詩緝》「自為宋人說《詩》第一」。

42 嚴粲《詩緝》（臺北：廣文書局，1983年），卷1，頁28。

43 林慶彰在〈楊慎之詩經學〉中以為楊慎的《詩經》學成績為明人第一，詳林慶彰編：《詩經研究論集》（臺北：學生書局，1983年），第2冊，頁513-521，其說與筆者不同，存以備參。

故以時物起興，因以見女子德容之美也。」「（二章）蕡，大也。以實之大起興，見其當有嗣子之昌也。上章言室家，以宜室而推及於家也。此章言家室，以宜家而歸本於室也。皆見化本於閨門之意。」「（三章）蓁蓁，美盛貌。此以葉之盛起興，見其當致家道之盛也。家人，一家之人也。家人宜，則老老、長長、慈幼，無不得其所矣。」[44] 季氏之說相當平實，然而我們無須作問卷調查即可知道其說在今日很難被接受，為什麼呢？因為今人最痛恨的就是這類說教式的解《詩》方式，連毛、鄭、孔、朱都備受嘲諷了，何況是知名度不高的季本？

清代說《詩》名家中，口氣最大的姚際恆，[45] 對於毛、鄭、孔、朱的解說〈桃夭〉非常不滿意，他說：「《集傳》曰：『詩人因所見以起興，而歎其女子之賢，而知其必有以宜其室家也。』全屬虛衍，竟不成語。其尤謬者，附會《周禮》『仲春，令會男女』，曰『桃之有華，正昏姻之時』，絕類婦稚語。且不但『其實』、『其葉』又屬夏時，說不去；竟似目不睹下文者。而〈大序〉所云『昏姻以時』者，謂男子三十、女子二十之時；若『桃夭』者，毛鄭皆為喻少女壯盛時。孔氏曰：『此言「年盛時」，謂以年盛二十之時，非時月之時；下云「宜其室家」，乃據時月耳。』又曰：『正於秋冬行嫁。』孔氏恐後人誤解，故明白疏之如此。乃猶以桃之有華為昏姻之時，又豈目不睹註疏乎！蓋古嫁女在農事畢，霜降之後，冰泮之前，故孔謂『秋冬』。況《周禮》偽書，尤不可據。且如其說，是賦矣，何可謂之興乎！種種紕繆，豈可勝辨！」大肆筆伐先儒之說後，姚氏即開始進行嶄新的詮釋：「桃花色最艷，故以取喻女子；開千古詞賦咏美人之祖。本以華喻色，而其實、其葉因華及之，詩例次第如此。《毛

---

44 季本：《詩說解頤》，《四庫全書》（臺北：商務印書館，1983 年），第 70 冊，頁 32-33。

45 讀者試讀姚氏《詩經通論》卷前的〈自序〉與〈詩經論旨〉即可知此言不虛。

傳》以『實』為德喻，以『葉』為喻形體至盛，近滯；而『形體至盛』語尤未妥。呂東萊曰：『〈桃夭〉既咏其華，又咏其實，又咏其葉，非有他義，蓋餘興未已而反覆嘆咏之耳。』如此，又說得太無意義。大抵說詩貴在神會，不必著迹。如『華』，喻色矣。『實』，喻德可，喻子亦可，蓋婦人貴有子也。有實之時，其『葉』方盛，即承有實來，不必定有所喻耳。『家人』即與『室家』、『家室』一義，不必分別。」[46] 平心而論，姚氏的說《詩》成績值得肯定，他的享有盛名絕非偶然，把〈桃夭〉解成比的手法，說與前人不同，且可以自圓其說，更有參考的價值，不過硬要說詩人的創作原意被他掌握到，先儒諸說僅能代表個人之意，與詩人原意相違，這樣就不免失之武斷了。假如姚書已盡善盡美，後出之作豈非全部可廢？事實當然絕非如此，從姚書問世（康熙年間）以來，《詩經》學名著迭出，而且似未聞有公開恭維姚書成績為清代第一者，[47] 雖然誰的《詩經》學造詣較高很難有所定論，作這樣的比較也毫無意義，但這正表示沒有一位《詩經》學家可以將三百篇作定於一尊的詮釋，否則為何迄今仍有《詩經》新解之類的論文或專書出來呢？[48] 而這一切的一切無非說明了一個事實，那就是「《詩》無達詁」。

容我們再繼續以〈桃夭〉為例，看看今人如何解釋詩的作法。

王靜芝《詩經通釋》認為首章「由桃樹經春嬌發，其花灼灼、鮮豔照人寫起。在此豔麗景象中，有女出嫁，則以聯想其女子之少好豔麗，此興之作法也。繼又言女能宜其夫之家室，蓋預祝也。一路寫

46 姚際恆：《詩經通論》，頁 24-25。

47 屈萬里：《詩經釋義》謂馬瑞辰《毛詩傳箋通釋》為清代說《詩》中最好的著作（頁 21）。劉兆祐〈歷代詩經學概說〉認為馬瑞辰、胡承珙和陳奐三人之書為清代最好的《詩經》之作，其中又以胡承珙的為最著。詳林慶彰：《詩經研究論集》，頁 487。

48 相關資料極多，這裡且提供兩本專書作參考。其一，駱賓基：《詩經新解與古史新論》（山西：人民出版社，1985 年），其二，黃典誠：《詩經通譯新詮》（上海：華東師範大學出版社，1992 年）。

來，景象絕美。」二章「由桃之少好實大起興，詩義與首章同。」三章「寫法與前二章同，三章重複疊唱，以示祝賀。」[49]王氏同意了多數古人的以興詩看待〈桃夭篇〉，糜文開、裴普賢則認為詩應該是使用比的作法：「第一章以桃花的鮮豔比喻少女的美麗；二章以桃樹之實比喻女子內在之美，言此女子不只有外表美，更具有內在美。或以實喻子，謂此女子出嫁後能生子以繁衍後代，預祝她多子多孫的意思。……三章以桃葉的茂密，比喻家族的昌大和諧。全詩層次分明，比喻恰當。」[50]糜、裴二氏釋〈桃夭〉為比詩，但其解說又與姚際恆有所出入，這就是「《詩》無達詁」的最佳例證，吾人有需要為各家的詮釋來打分數嗎？

前文曾言及廣受批評的毛鄭「興喻說」也有相當程度上的意義，在此應該作進一步的說明。

《毛傳》只對興體詩標出作法，賦、比二體則不標，筆者以為這是因為毛公明白賦體易知而比興難明，標出興詩則其餘諸詩非賦即比，賦比容易區分，如此，僅標興詩即已能讓讀者知曉三百篇之作法。《毛傳》通常只標「興也」，不多作說明，像〈唐風・葛生〉、〈采苓〉、〈小雅・黃鳥〉那樣以「喻」字說明興義的畢竟太少，兼之〈鄭箋〉論述〈毛傳〉的「興也」，習慣使用「興者喻」之語發端，所以人們抨擊《毛傳》的「興喻說」，主要的矛頭是指向《鄭箋》。不過，不知大家有沒有想過一個有趣的問題，假如當年《鄭箋》在其用語中不使用「喻」字，但卻保留了箋釋的主要內容，是否「比興不明」的罪名就可以減輕一些？

《詩》無達詁，你視作興詩的，我可以看成比詩，甚至於他人可以認為只是單純的賦體詩，亦即，賦比興有時候不是那麼好區分的，

---

49 王靜芝：《詩經通釋》（臺北：輔仁大學出版部，1975 年），頁 45-46。
50 糜文開、裴普賢：《詩經欣賞與研究》（臺北：三民書局，1987 年），頁 27。

我們不要把判斷詩的作法一事看得太單純、太容易。

在宋儒朱熹看來，興體詩有兩大類，其一是兼比以取義之興，如〈關雎〉、〈麟之趾〉，此為語義相應者，另一是不兼比、不取義之單純之興，如〈小星〉、〈兔罝〉、〈山有樞〉，僅語相應而已。至於比興之別，興體詩有「興句」與「應句」分兩截，詩人在「下文」方才入題，而比體詩一開頭便入題，直接以彼物比此物。[51]

與朱子在學術上亦敵亦友的呂祖謙，解說〈關雎〉之作法云：「首章以雎鳩發興，後二章皆以荇菜發興，至於雎鳩之和鳴，荇菜之柔順，則又取以為比也。」接著他又說：「興與比相近而難辨，興多兼比，比不兼興；意有餘者興也，直比之者比也。興之兼比者，徒以為比，則失其意味矣。興之不兼比者，誤以為比，則失之穿鑿矣。」[52]

另一宋儒嚴粲更直指興詩多數兼比，這一類型的詩篇，他就直接標明「興也」，少數不兼比的，他就標「興之不兼比者也」。[53]

朱、呂、嚴諸人將興分為單純的興與兼比的興，當然是因為他們在實際標示詩的創作技巧時，發現了比興有時確實不容易作出截然不同的劃分，而他們的將興體詩再分類，基於「《詩》無達詁」之理論，筆者尊重這些宋儒的高見，不過，反對這樣的分法的學者比比皆是，[54] 凡此皆可證明，許多學者非常執著，既然傳統上將詩的作法大分為賦比興三類，他們就認為三類應該作出判然可分的界說，但是就如同各篇主題的各說各話，有誰真有絕對的把握自己的說法才是詩人

---

51 朱子論賦比興之區分，除了見於《詩集傳》之外，《朱子語類》卷 80、81 亦多所論及。今人裴普賢〈詩經興義的歷史發展〉（《詩經研讀指導》，頁 173-331）、彭維杰《朱子詩教思想研究》皆頗有論述，讀者可以參閱。

52 《呂氏家塾讀詩記》，《四庫全書》，第 73 冊，頁 342-343。

53 嚴粲解〈關雎〉首章云：「興也。凡言興也者，皆兼比。」此句之下，以小一號之字強調「興之不不兼比者，特表之。」〈關雎〉之後的〈葛覃〉、〈卷耳〉，他就標「興之不兼比者也」。《詩緝》，卷 1，頁 14、19、22。

54 讀者試讀裴普賢〈詩經興義的歷史發展〉一文即可知曉此一分類引起的正反兩面的回響。另外，有些學者未曾對此一分類表示意見，卻逕行發明新說。

本義呢？

筆者尊重專家將興體詩再分類的解釋與作法，但並不贊同解詩者凡遇興體詩，一時見不出起興之句與下文究竟有何關聯，就直接視為不兼比之興，質言之，筆者反對宋儒鄭樵「凡興者，所見在此，所得在彼，不可以事類推，不可以理義求也」之說，對於《朱傳》遇到興體詩的「以事類推，以理義求」，抱持肯定的態度，只是遺憾朱子的以事類、理義推求仍嫌不夠盡心盡力，當初他在無法確認起興之詩句到底與下文有何關係時，若能更加努力思索，或者與其他一流學者乃至學生共同商議，則古代詩人創作興體詩之藝術技巧一一被獲悉，也不是不可能的事。

我的意思是說，只要全力以赴地去解構三百篇的創作手法，將不難發現多數興體詩並不兼比，嚴粲的說法顛倒了是非，至於少數詩篇的不是那麼容易分辨究竟是興詩還是比詩，筆者以為這是因為比興可以各自有其界說，而又可以有其交集之處的緣故，須知，任何人都可以判斷詩篇是用哪一種方式寫作，但是當初詩人是否真的就是用此一方式帶領讀者進入感發，卻是一個永遠解不開的謎。所以，只要是認真的解詩者，筆者就可以諒解這些專家將興詩的再分類，而由於少數詩篇的是興或是比，學者又各執一詞，也每多能自圓其說，因此，比興的有時可以融通，應該也是極為正常之事。

以譏評《詩集傳》「所謂興、比、賦的詩篇，是定得在亂也沒有的」的近人鍾敬文為例，他自己就承認興體詩有「純興詩」與「興而帶有比意的詩」兩種，[55] 再以王靜芝為例，他最強調的是「若比而可為興，興而可為比，則比興尚有何分別？」[56] 可是面對〈小雅・常棣〉之首章：「常棣之華，鄂不韡韡。凡今之人，莫如兄弟。」王氏

---

55 詳鍾敬文：〈談談興詩〉，顧頡剛主編：《古史辨》（臺北：藍燈出版社，1987年），頁 678-683 年。

56 王靜芝：《詩經通釋》，頁 14。

的解說是這樣的：「由常棣之華，鄂不韡韡起興：言常棣華開，其所以燦然可觀者，以其承華之鄂，及鄂足之為柎者，相互連綴扶持，而成其光明也。因以喻兄弟手足之親，相關連理，若能念及常棣之華與鄂柎間相關之義，則知今之人，莫如兄弟之相親者也。」[57]「因以喻」不就是備受後人爭議的《鄭箋》「興者喻」之慣用語嗎？如此，一方面我無法不為王氏的解說〈常棣〉首章叫好，一方面也因此而對他的比興必須截然劃分的主張感到困惑。

其實，不僅比興二者有所交集，賦、比、興三者也都可以有交集之處，正如葉嘉瑩所言：

> 我們在討論「賦、比、興」三種不同性質之詩歌時，就必須既注意到其理論方面之可以區分的差別性，也同時注意到其本質上之可以相通的共同性，這才是一種比較周全而正確的認識，同時也是我們在討論中國古典詩歌中的形象與情意之關係時，所當具有的一種最基本的認識。[58]

有了這樣的認識，對於某些詩篇用的究竟是賦、比、興中的哪一種手法，專家的看法常有出入，我們也就大可不必咄咄稱奇了。何況比與興兩者早有逐漸結合的趨勢，「比興」已然形成一個新的詞語，代表一個新的觀念，[59]我們面對比興難判、似比又像興的詩篇，又何須自陷困境，苦思詩人當年究竟採用何種方式呢？也許詮釋者會以為他們很能夠心領神會、自然而然地與詩人本義契合，又或者他們接受過嚴格的文學理論訓練，解析詩篇藝術手法有理論基礎為後盾；然而問題在於：⑴在解說詩篇創作技巧的時候，有誰不是自認他們可以與詩人

---

57 王靜芝：《詩經通釋》，頁 339-340。
58 葉嘉瑩：《迦陵談詩二集》（臺北：東大圖書公司，1999 年），頁 142。
59 詳蔡英俊：《比興物色與情景交融》（臺北：大安出版社，1986 年），頁 115-117。

心靈契合無間？可是結果還不是眾說紛紜？⑵誰會承認他們的解詩完全沒有理論基礎？可是結果還不是眾說紛紜？

關於詩之作法，專家的意見往往不能一致，筆者以為《詩》無達詁之外，另有一個主要因素，那就是三百篇的創作方式根本就無法採用三分法。今天我們常說詩人本義如何如何，可是各詩既有原始作者，又有潤色者、改寫者，[60]所謂「本義」究竟是誰的「本義」？原始作者？潤色者或改寫者（史官？樂官？周王朝裡的貴族文人？）或者，壓根兒只是解詩者自以為是的「本義」？

當年朱子在《詩集傳》中所標的興式有「興也」、「興而比也」、「比而興也」、「賦而興也」、「賦而興又比也」、「賦其事以起興也」六種，這就表示朱子已然發現三百篇的創作手法是多樣化的，要他只單純地標賦或比或興，他實在辦不到。

明儒何楷《詩經世本古義》非僅不嫌朱子的囉唆，甚且還增添「興而賦」、「興之比」、「興之比又賦」、「興之比而賦」、「賦之興」、「興中有比」等六種興式。[61]

凡此種種，當然會引來讓人無所適從之譏，不過，也由此可以看出，僅將詩大分為賦、比、興三類，委實無法讓讀者意會三百篇的篇法錯綜變化之妙。清儒方玉潤就是因為發現單純的賦、比、興三式無法涵蓋詩篇的創作技巧，而朱子等人的標示作業又頗為煩瑣，故而在其《詩經原始》卷首〈凡例〉中特別表明：

> 賦、比、興三者，作詩之法，斷不可少，然非執定某章爲興，某章爲比，某章爲賦。更可笑者。賦而興、興而比之

[60] 此尤以〈國風〉諸詩為然，詳屈萬里：〈論國風非民間歌謠的本來面目〉（臺北：開明書店，1980 年），頁 194-215。

[61] 不過他取消了朱子所謂的「比而興」、「賦而興又比」與「賦其事以起興」三類，所以何書所標興詩共有九類。

類，如同小兒學語，句句強爲分解也。夫作詩必有興會，或因物以起興，或因時而感興，皆興也。其中有不能明言者，則不得不借物以喻之，所謂比也，或一二句比，或通章比，皆相題及文勢爲之，亦行乎其所不得不行已耳，非判然三體可以分晰言之也。學者不知古詩，但觀漢魏之作，其法自見，故編中興比也之類，概行刪除，唯於旁批，略爲點明，俾知用意所在而已。至賦體，逐章皆是，自無煩贅。[62]

方玉潤的說明固然也有幾分道理，但他畢竟還是承認「作詩之法，斷不可少」，我們今日處理詩篇，當然不能刻意不提詩之作法，解詩的時候也無須仿效前人將詩之作法在剖析得那般瑣碎，但過猶不及，所以也不必拿三分法來自我設限，更不能以為只有自己才有本事見出詩人創作技巧之奧妙，其他學者的解論終與詩人本義有一段距離；這才是解《詩》的正常的、健康的態度。

結　語

「《詩》無達詁」是漢儒董仲舒在《春秋繁露・精華》所提出來的命題，它是董氏觀察古代至西漢武帝這一大段時間人們的解《詩》實況，而作出的概括說明。此一命題看似平凡，卻是直至今日吾人都得提醒自己的讀《詩》四字箴言。

透過以上的討論，本文可以歸納出以下幾點結論。

⑴《詩經》是五經之一，經書在古人心目中地位一向最為崇高，[63]

62 方玉潤：《詩經原始》，上冊，頁 22。

古人抱持著虔敬的心理面對《詩經》自有其時代因素，現在雖然時代早已不同，但從《詩經》研究史的角度來看，古訓是應該受到尊重的。

⑵為了探索詩人本義，孟子標舉「以意逆志」的讀《詩》法，用意固然甚佳，但詩人本義不可能因此而浮現，而且中國傳統的「以意逆志」派的解詩即便辛苦，也未必能夠「逆」出詩人之「志」。國學大師陳寅恪認為今人所寫的詮釋古人學說的著作，「作者有意無意之間，往往依其自身所遭際之時代，所處之環境，所薰染之學說，以推測解釋古人之意志。由此之故，今日之談古代哲學者，大抵即談其今日自身之哲學者也」，[64] 陳氏雖然說的是古代哲學著作的詮釋者易犯的毛病，但可以興、觀、群、怨，兼具經學與文學雙重性質，而且還蘊藏著極為豐富的語言學和社會史的《詩經》，距離今天又已經超過兩千五百年，詮釋者難道不會強以自己之義為作者本義？就算某些詮釋果真是當年原始作者本義，又要如何加以確認？又有誰有絕對的把握說〈詩序〉所言全部只是後起之義，而不可能說中詩人本義？

⑶朱子提出「吟詠諷誦」法，姚際恆有所謂「涵泳篇章」法，今人最喜強調「據詩直尋本義」法，不可否認，這些都是讀《詩》的好方法，但採用這些方法說詩，其結果就是更加證明了《詩》無達詁的事實。

⑷孟子、朱子等人的讀《詩》法，相當接近近代西方的「作者中心論」與「作品中心論」，但是西方現代文學讀解理論已進入由現象學導源的「讀者中心論」。

⑸宋儒歐陽修、清儒魏源、龔橙等人先後提出詩的多義性之主

---

63 鄭玄《孝經・注》：「經者，不易之稱。」劉熙《釋名・釋典藝》：「經，徑也，常典也。如徑路無所不通，可常用也。」《孝經・序・疏》引皇侃：「經者，常也，法也。」劉勰《文心雕龍・宗經》：「經也者，恆久之至道，不刊之鴻教也。」
64 《全明館叢稿二編》（上海：上海古籍出版社，1980年），頁247。

張，他們的說法當然比其他古人更能瞭解「《詩》無達詁」四字的意涵，可惜的是，他們在其大著中不是喜歡自出機杼，以為這才是詩人本義（歐陽公），就是設法讓讀者以為三家古義不輸《毛詩》古義（魏、龔二氏），這就表示他們的私見使得他們永遠不能明白「《詩》無達詁」之真諦。

(6)「《詩》無達詁」雖然承認詩歌鑑賞的主觀差異性，但當然不會忘記詩歌意象自有其客觀性，所以不必擔心某些讀者會作毫無理論與根據的任意說解。

(7)「《詩》無達詁」不僅表現在各詩的篇旨、章旨、字詞句的解釋上，也表現在詩篇的創作藝術上。總之，《詩經》呈現的是全面性的「無達詁」，明白了這個事實，我們在讀《詩》時就不惟不會對於紛陳之說感到無所適從，並且可以從中領會到讀《詩》的趣味。

第二篇

朱子對所謂「淫詩」的解題

一

朱子對本書所指二十三篇「淫詩」的解題

朱子對於《詩經》中的男女言情之作，往往以淫詩視之，根據本書所收的〈貽誤後學乎？可以養心乎？——朱子「淫詩說」理論的再探〉一文，朱子所稱之淫詩一共有二十三篇，茲將朱子對此二十三篇詩的解題迻錄於下，方便讀者對照〈貽〉文閱讀：

㈠〈邶風・靜女〉，《朱傳》：「此淫奔期會之詩也。」

㈡〈鄘風・桑中〉，《朱傳》：「衛俗淫亂，世族在位，相竊妻妾，故此人自言將采唐於沫，而與其所思之人相期會迎送如此也。」

「〈樂記〉曰：『鄭衛之音，亂世之音也，比於慢矣。桑間、濮上之音，亡國之音也，其政散，其民流，誣上行私而不可止也。按桑間即此篇，故〈小序〉亦用〈樂記〉之語。』」

㈢〈衛風・有狐〉，《朱傳》：「國亂民散，喪其妃耦，有寡婦見鰥夫而欲嫁之，故託言有狐獨行，而憂其無裳也。」按：朱子在解題之時，並未明言此為淫奔之詩，但誠如筆者在「貽」文所說的，《集傳》既然強調狐者妖媚之獸，而寡婦又主動地想嫁與鰥夫，則列為淫詩，亦未嘗不可。

㈣〈衛風・木瓜〉，《朱傳》：「言人有贈我以微物，我當報之以重寶，而猶未足以為報也，但欲其長以為好而不忘耳。疑亦男女相贈答之詞，如〈靜女〉之類。」按：朱子既以〈木瓜〉為〈靜女〉同類之作，而〈靜女〉為淫奔期會之詩，則〈木瓜〉自亦可以歸為朱子所稱的淫詩。

㈤〈王風・采葛〉，《朱傳》：「采葛所以為絺綌，蓋淫奔者託以行也。故因以指其人，而言思念之深，未久而似久也。」

㈥〈王風・大車〉，《朱傳》：「周衰，大夫猶有能以刑政治其私邑者，故淫奔者畏而歌之如此，然其去二〈南〉之化則遠矣。此可以觀世變也。」按：詩中男女雖被朱子指為是淫奔者，但就《集傳》解題內容觀之，〈大車〉與朱子心目中的男女淫奔之作仍有一段差距，但正如筆者在「貽」文所言，《朱傳》在解釋首章「大車檻檻，毳衣如菼」後，不忘加上這麼一句「淫奔者相命之辭也」。又解釋詩三章說：「民之欲相奔者，畏其大夫，自以終身不得如其志也。」《詩序辨說》於〈序〉所謂「刺周大夫也。禮義陵遲，男女淫奔，故陳古以刺今大夫不能聽男女之訟焉」之下，綴語曰：「非刺大夫之詩，乃畏大夫之詩。」由此可見，將〈大車〉列為朱子定義下的較為廣義的淫詩，大抵上還是可以的。

㈦〈王風・丘中有麻〉，《朱傳》：「（首章）子嗟，男子之字也。……婦人望其所與私者而不來，故疑丘中有麻之處，復有與之私而留之者，今安得其施施然而來乎？」「（二章）子國，亦男子字也。來食，就我而食也。」「（三章）之子，并指前二人也。貽我佩玖，冀其有以贈己也。」

(八)〈鄭風・將仲子〉，《朱傳》：「莆田鄭氏曰：此淫奔者之辭。」

(九)〈鄭風・遵大路〉，《朱傳》：「淫婦為人所棄，故於其去也，攬其袪而留之曰，子無惡我而不留，故舊不可以遽絕也。宋玉賦有『遵大路兮攬子袪』之句，亦男女相說之詞也。」

(十)〈鄭風・有女同車〉，《朱傳》：「此疑亦淫奔之詩。言所與同車之女其美如此，而又嘆之曰，彼美色之孟姜，信美矣而又都也。」

(十一)〈鄭風・山有扶蘇〉，《朱傳》：「淫女戲其所私者曰，山則有扶蘇矣，隰則有荷華矣，今乃不見子都，而見此狂人，何哉？」

(十二)〈鄭風・蘀兮〉，《朱傳》：「此淫女之詞。言蘀兮蘀兮，則風將吹女矣，叔兮伯兮，則盍倡予，而予將和女矣。」

(十三)〈鄭風・狡童〉，《朱傳》：「此亦淫女見絕而戲其人之詞。言悅己者眾，子雖見絕，未至於使我不能餐也。」

(十四)〈鄭風・褰裳〉，《朱傳》：「淫女語其所私者曰，子惠然而思我，則將褰裳而涉溱以從子，子不我思，則豈無他人之可從，而必於子哉！狂童之狂也且，亦謔之之辭。」

(十五)〈鄭風・丰〉，《朱傳》：「（首章）婦人所期之男子已俟乎巷，而婦人以有異志不從，既則悔之，而作是詩也。」「（三章）婦人既悔其始之不送而失此人也，則曰我之服飾既盛備矣，豈無駕車以迎我而偕行者乎！」又釋四章「叔兮伯兮，駕予與歸」句之「歸」云：「婦人謂嫁曰歸。」

(十六)〈鄭風・東門之墠〉，《朱傳》：「（首章）東門，城東門也。墠，除地町町者。茹藘，茅蒐也，一名茜，可以染絳。陂者曰阪，門之旁有墠，墠之外有阪，阪之上有草，識其所與淫者之居也。室邇人遠者，思之而未得見之詞也。」「（二章）門之旁有栗，栗之下有成行列之家室，亦識其處也。即，就也。」

㈦〈鄭風・風雨〉，《朱傳》：「淫奔之女言當此之時見其所期之人而心悅也。」

㈧〈鄭風・子衿〉，《朱傳》：「此亦淫奔之詩。」

㈨〈鄭風・揚之水〉，《朱傳》：「淫者相謂。言揚之水則不流束楚矣，終鮮兄弟，則維予與女矣。豈可以它人離間之言而疑之哉！彼人之言特誑女耳。」

㈩〈鄭風・溱洧〉，《朱傳》：「此淫奔者自敘之詞。」

㈪〈齊風・東方之日〉，《朱傳》：「（首章）言此女躡我之跡而相就也。」「（二章）言躡我而行去也。」

㈫〈陳風・東門之池〉，《朱傳》「此亦男女會遇之詞。蓋因其會遇之地，所見之物，以起興也。」《辨說》在〈詩序〉「〈東門之池〉，刺時也。疾其君之淫昏，而思賢女以配君子也」之下，綴語曰：「此淫奔之詩，〈序〉說蓋誤。」

㈬〈陳風・東門之楊〉，《朱傳》：「此亦男女期會而有負約不至者，故因其所見以起興也。」《辨說》在〈詩序〉「〈東門之楊〉，刺時也。昏姻失時，男女多違，親迎，女猶有不至者也」之下，綴語曰：「同上。（按：〈東門之楊〉之上篇即是〈東門之池〉）」

以上二十三篇詩，衛詩佔了四篇，其分布情況是〈邶風〉一篇，〈鄘風〉一篇，〈衛風〉兩篇，佔了淫詩中的百分之十七點三九，鄭國之詩則多達十三篇，佔了淫詩中的百分之五十六點五二！

吾人言及淫靡之音，常以鄭衛兩地相提並論，但衛詩共計三十九篇，淫詩也僅有四篇，其中的〈有狐〉，還是用廣義的眼光才使之進入淫詩的，縱是如此，淫詩在衛詩中也不過才佔了總數的百分之十點二五；反觀鄭詩二十一篇中，淫詩竟然高達百分之六十一點九！

依宋儒張載之言，衛國人氣輕浮、人質柔弱、人心怠惰，「其人情性如此，則其聲音亦淫靡，故聞其樂，使人懈慢而有邪僻之心也」，[1] 若說這是一種指控，則衛人應有抗辯的權利，起碼，也應該把淫地的頭銜拱手讓給鄭國才是。

其實，朱子也發現到了以鄭衛之詩等量齊觀絕不公平，所以他在發現鄭之淫詩數目遠多於衛國之後，又說：「衛皆為男悅女之詞，而鄭皆為女惑男之語。衛人猶多刺譏懲創之意，而鄭人幾於蕩然無復羞愧悔悟之萌。是則鄭聲之淫，有甚於衛矣。」[2] 朱子明白指出，鄭聲之淫又甚於衛，對於衛人而言，這可說是遲來的正義了。

二

朱子對前人所指二十三篇之外所謂「淫詩」的解題

接著，筆者將曾被前人宣稱為朱子所謂的淫詩，但卻被本書「貽」文排除在外的詩篇，也依首段行文之方式，將朱子所為作的解題排列於下，以方便讀者索閱。

㈠〈衛風‧氓〉，《朱傳》：「此淫婦為人所棄，而自敘其事以道其悔恨之意也。」

㈡〈鄭風‧叔于田〉，《朱傳》：「段不義而得眾，國人愛之，故作此詩。……或疑此亦民間男女相說之詞也。」

㈢〈鄭風‧出其東門〉，《朱傳》：「人見淫奔之女而作此詩。以為此女雖美且眾，而非我思之所存，不如己之室家，雖貧且陋，而

1 詳《詩經集傳附斠補》（臺北：蘭臺書局，1979年），頁41，朱子於〈木瓜〉後「衛國十篇，三十四章，二百零三句」下引張子之言。

2 《詩經集傳附斠補》，頁56。

聊可自樂也。是時淫風大行，而其間乃有如此之人，亦可謂能自好而不為習俗所移矣。」《詩序辨說》：「此乃惡淫奔者之詞。」

㈣〈鄭風・野有蔓草〉，《朱傳》：「男女相遇於野田草露之間，故賦其所在以起興。言野有蔓草，則零露漙矣；有美一人，則清揚婉矣；邂逅相遇，則得以適我願矣。」

㈤〈陳風・東門之枌〉，《朱傳》：「此男女聚會歌舞，而賦其事以相樂也。」

㈥〈陳風・防有鵲巢〉，《朱傳》：「此男女之有私而憂或間之之詞。」

㈦〈陳風・月出〉，《朱傳》：「此亦男女相悅而相念之辭。」

㈧〈陳風・株林〉，《朱傳》：「靈公淫於夏徵舒之母，朝夕而往夏氏之邑，故其民相與語曰，君胡為乎株林乎？曰從夏南耳。然則非適株林也，特以從夏南故耳。蓋淫乎夏姬，不可言也，故以從其子言之，詩人之忠厚如此。」

㈨〈陳風・澤陂〉，《朱傳》：「此詩大旨與〈月出〉相類。」

以上九詩在某些研究者心目中，都是朱子所謂的淫詩，其中少數是出自一時的誤讀，〈鄭風・出其東門〉就是最明顯的例子，多數則是學者使用了最廣義的角度來研判，但筆者要再強調的是，吾人討論的既然是朱子的淫詩說，自當以朱子個人對於詩篇的解讀為基準，而不是根據朱子的淫詩理論，自行來挑出《詩經》中的淫詩，此所以筆者以為朱子所謂的淫詩充其量只有二十三篇。

國家圖書館出版品預行編目資料

朱子《詩經》學新探 ／ 黃忠慎著.--
初版,--臺北市：五南,民90
面；　公分

ISBN 957-11-2657-8(平裝)

1.詩經 -研究與考訂

831.18　　　　90018789

1BK3

朱子《詩經》學新探

作　者　黃忠慎（290.1）
編　輯　施榮華

出版者　五南圖書出版股份有限公司
發行人　楊榮川
地　　址：台北市大安區106
　　　　　和平東路二段339號4樓
電　　話：(02)27055066（代表號）
傳　　真：(02)27066100
郵政劃撥：0106895-3
網　　址：//www.wunan.com.tw
電子郵件：wunan@wunan.com.tw

顧　問　財團法人資訊工業策進會科技法律中心

版　刷　2002年　1月　初版一刷
　　　　2003年　3月　初版二刷

定　價　280元

凝煉知識 品味閱讀

凝煉知識 品味閱讀